# NÄCHTE, WILD UND UNVERGESSEN

## DANIELLE STEWART

RANDOM ACTS PUBLISHING

Besuchen Sie Danielle im Netz!
Webseite: AuthorDanielleStewart.com
E-Mail: AuthorDanielleStewart@Gmail.com
Facebook: Author Danielle Stewart
Twitter: @DStewartAuthor

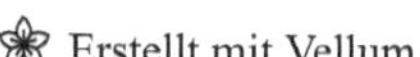 Erstellt mit Vellum

Ebenfalls von Danielle Stewart

*Die Welt der Barrington-Milliardäre:*
Ungezügelte Leidenschaft (Buch 1)
Glühend heiße Blicke (Buch 2)
Nächte, wild und unvergessen (Buch 3)

Emmitt Kalling schnippte eine Vierteldollarmünze von der Theke in ein leeres Whiskyglas und genoss das vertraute Geräusch, als sie ihr Ziel traf und darin herum klirrte, bis sie schließlich flach ganz unten im Glas zu liegen kam. *Und ganz unten war genau dort, wo er auch immer zu landen schien.* Aber dort fühlte er sich eben am wohlsten. Darauf legte er es an. Es bestand kaum Gefahr, noch tiefer zu stürzen, wenn man bereits so tief wie möglich gesunken war.

Er war erst zwei Monate in Texas und es war ihm bereits gelungen, die mieseste Bar mit wackeligen Hockern und verwässerten Drinks ausfindig zu machen. Die schummrige Beleuchtung und die dichten Rauchschwaden gewährten ihm ein gewisses Maß an Anonymität. Das Rauschen der Lautsprecher übertönte das Geschwätz und die Beschwerden der anderen Betrunkenen. Sie war auf eine geradezu perfekte Weise mit Mängeln behaftet, grässlich, aber konsequent grässlich.

Beim Militär hatte er jede Menge nützlicher Fähigkeiten erworben, aber niemand hatte Emmitt gesagt, wie viel tatenloses Warten damit verbunden war. Sich an unerfreulichen Orten aufzuhalten war praktisch sein Spezialgebiet. Der Gedanke daran, wer er gewesen war, bevor er sich als Soldat verpflichtet hatte, brachte ihn jetzt noch zum Lachen. Alles im Leben war ihm kristallklar erschienen. Sauber und ordentlich in Schubladen als Recht und Unrecht eingeteilt. Aber bereits nach einer Handvoll von Einsätzen war er ein anderer geworden und hatte seine Einstellung zum Leben verändert. Oben war unten, schwarz war weiß, und menschliche Wesen waren bloß Objekte, die ihm auf dem Weg zu seiner nächsten Zerstreuung im Weg standen. Und was Vergnügungen betraf, bot sich ihm eine unbegrenzte Auswahl, dank des Wohlstands seiner Familie und des Treuhandfonds, den er zur Verfügung hatte. Das erlaubte ihm, sich zu betrinken, bis die Stimmen in seinem Kopf verstummten. Zu trainieren, bis ihm vor Erschöpfung die Muskeln zitterten. Und sich mit einer ganzen Reihe von Frauen zu amüsieren, denen er am nächsten Tag mit Leichtigkeit aus dem Weg gehen konnte. Wenn es ihm gelang, ein Leben auf der Überholspur zu führen, konnte nichts ihn einholen, nicht einmal seine qualvollen Erinnerungen.

Er mochte zwar Albträume haben, aber er bereute nichts, was er getan hatte. Und zwar aus Überzeugung nicht. Das war der Grundsatz, nach dem er sein Leben führte. Wenn man sich dazu entschloss, so oder so zu handeln, tat man das, weil man es zu dem jeweiligen Zeitpunkt für das Beste hielt. Man dachte darüber nach. Man traf eine Entscheidung. Bloß weil man älter und weiser wurde, hatte man nicht das Recht, sich über die Dinge zu beschweren, die man verbockt hatte. Man bekannte sich dazu. Diese Rede hatte er schon vielen Leuten gehalten, die das Unglück hatten, auf dem Barhocker neben ihm zu sitzen. Aber niemand hörte sich das lange an. So viel Wahrheit ertrugen die Leute einfach nicht, aber mit etwas anderem konnte Emmitt nicht aufwarten.

»Noch einen?«, fragte das Paar Titten, das sich für eine kompetente Bardame hielt, zog ihm das Whiskyglas weg, angelte den Vierteldollar heraus und warf ihn in ihre Trinkgeldbüchse.

»Nein«, erwiderte Emmitt unfreundlich, während er seinen zerbrochenen Barhocker nach hinten schob und für die »Bardame« noch ein paar Dollarmünzen hinwarf. Jetzt würde bald jemand ankündigen, dass es Zeit zur letzten Bestellung war, das Licht würde angehen und die ganze gottverdammte Welt würde ihm viel zu hell erscheinen. Da ging er lieber jetzt schon. Das war noch eine seiner Lebensweisheiten, nichts wie weg, ehe es ungemütlich wird.

»Einen schönen –«, rief jemand hinter ihm her, aber den Rest hörte er nicht mehr, denn er hatte bereits die Tür der Bar hinter sich zugeschlagen und war auf die Straße gegangen.

Das Klingeln seines Handys ließ ihn einen Moment zusammenfahren; plötzliche Geräusche versetzten ihn immer in erhöhte Alarmbereitschaft. Das war ein Geschenk der Armee. Schlechte Nerven.

Als er einen Blick auf seinen verschwommenen Bildschirm warf, konnte er erkennen, dass es eine blockierte Nummer war. Für die meisten Leute heißt das, dass sie den Anruf direkt auf die Voicemail weiterleiten würden. Aber wenn man wie Emmitt in der Branche für Sicherheitsanliegen jeglicher Art arbeitete, konnte eine blockierte Nummer einen Job bedeuten. Einen Tipp. Einen Anhaltspunkt.

»Emmitt Kalling«, meldete er sich brüsk, denn er wollte niemals zu entgegenkommend wirken. Er war bei den Aufträgen, die ihm angeboten wurden, sehr wählerisch. Geld bedeutete ihm nichts. Davon hatte er jede Menge. Der Auftrag musste versprechen, ihm einen Adrenalinstoß zu verschaffen, sonst war er nicht daran interessiert.

»Hallo, Emmitt. Mein Name ist Dax Marshall. Ich weiß, es ist spät, aber der Kerl, von dem ich Ihre Nummer habe, hat gesagt, dass Sie jederzeit erreichbar sind. Er hat mir empfohlen, Sie besser jetzt anzurufen als tagsüber.«

»Wer hat Ihnen meine Nummer gegeben?«, fragte Emmitt, dem der Name des Anrufers nicht bekannt vorkam. Obwohl er wirklich so betrunken war, dass er sich wohl nicht einmal an den Kerl erinnert hätte, selbst wenn er ihm gestern erst begegnet wäre.

»Hören Sie, ich brauche Ihre Dienste, sind Sie verfügbar oder nicht?«, erkundigte sich Dax kühl und klang so, als ob er sofort auflegen würde, wenn die Antwort nein wäre.

»Das kommt drauf an«, erwiderte Emmitt, während er die dunkle Straße entlang zu seinem Motelzimmer ging. Er mochte wohl der einzige reiche Knilch sein, der lieber in einem dreckigen, dunklen Loch mit einem unebenen Bett und einem schmutzigen Teppich hauste als in den Luxussuiten, die sein Bruder Mathew immer zu mieten pflegte. »Lohnt es sich denn für mich? Ich bin nicht in der Stimmung, für jemanden den Babysitter zu spielen. Wenn Sie einen persönlichen Leibwächter suchen, lehne ich ab.«

»Zum Glück bin ich schon vorgewarnt, was Ihren Umgangston betrifft, ich will Ihnen den also nicht übel nehmen. Anscheinend machen Ihre Fähigkeiten das wett. Ich kann Ihnen nicht versprechen, dass dieser Auftrag besonders interessant ist, aber er ist gut bezahlt. Die Barringtons behandeln ihre Angestellten gut.«

»Die Barringtons?«, fragte Emmitt, dem sofort einfiel, dass sein Bruder sich für diese Familie interessierte. Obwohl er nur mit halbem Ohr zuhörte, wenn Mathew sich über geschäftliche

Dinge verbreitete, war er sicher, dass dieser Name gefallen war, und zwar im Zusammenhang mit der Beschwerde, dass es nicht möglich war, mit ihnen eine Besprechung zu vereinbaren. »Asher Barrington?«, forschte Emmitt nach.

»Sie kennen Asher?«, fragte Dax zögernd.

»Dem Namen nach. Aber das reicht mir; Sie haben mich neugierig gemacht. Um was für einen Auftrag handelt es sich?« Emmitt trat ein paar Steine aus dem Weg, während er sich stolpernd seinem Motel näherte.

»Lance Barrington ist es, der Ihre Dienste beanspruchen will. Er hat neulich in seinem Büro eine merkwürdige Besucherin gehabt, die sich unerlaubten Zutritt verschafft hatte, und das hat einige Besorgnis erregt.«

»Um welche Branche dreht es sich denn? Öl? Geschäfte mit dem Nahen Osten? Ich habe eine Menge Erfahrung mit –«

Dax schnitt ihm das Wort ab. »Er ist Architekt.«

»Nicht gerade ein notorisch gefährliches Gebiet«, lachte Emmitt. »Was für eine ungebetene Besucherin hat er gehabt, sagten Sie? Eine Plätzchenverkäuferin? Denn wenn das der Fall ist, kaufen Sie ihr ein paar Schachteln dünne Pfefferminz-Plätzchen ab und schicken Sie sie weg. Problem gelöst.«

Dax ignorierte den Scherz und fuhr fort. »Lance hält sich aus schmutzigen Geschäften heraus. Soweit ich weiß, hat er keine Feinde. Trotz dieser Tatsache ist eine Frau unter dem Vorwand, seine Aushilfssekretärin zu sein, in sein Büro gelangt und hat eine seltsame Visitenkarte hinterlassen. Ganz in Schwarz mit weißer Aufschrift. Bloß eine Telefonnummer. Sie hat sich scheinbar verschlüsselter Sprache bedient oder so. Mir sind die Einzelheiten nicht bekannt, aber all das genügt, um es als Warnschuss zu behandeln.«

Emmitt konnte sich bereits gut vorstellen, wer diese Frau gewesen sein könnte. Es gab auf diesem Spielfeld nicht viele

Größen und die Tatsache, dass es eine Frau war, engte die Auswahl noch weiter ein. Aber es war die typische Visitenkarte, die ihm endgültige Gewissheit verschaffte. »Ich bin dabei. Simsen Sie mir die Adresse, dann fliege ich hin und treffe mich morgen mit Lance. Bezahlung und weitere Einzelheiten können wir dann besprechen. Wenn ich mit meinem Verdacht recht habe, wem diese Karte gehört, ist Ihr Mann vielleicht doch nicht der langweilige Architekt mit weißer Weste, für den Sie ihn halten. Diese Frau gibt sich nicht mit langweiligen Leuten ab.«

»Aufregung ist das Letzte, was die Barringtons brauchen können. Davon haben sie schon selbst genug. Sie können sich morgen bei Lance melden und die Sache hoffentlich schnell bereinigen.«

»Und was ist mit Asher?«, fragte Emmitt, der wusste, dass sein Bruder nicht an dem Kontakt mit Lance, dem Architekten, interessiert war, sondern es auf ein persönliches Gespräch mit Asher angelegt hatte.

»Was soll mit ihm sein?«, gab Dax zurück und klang langsam verärgert.

»Er hat einen Ruf, der mich zu der Annahme verleitet, dass ich ihn gern kennenlernen möchte. Arrangieren Sie das für mich«, verlangte Emmitt selbstbewusst.

Dax musste laut lachen. »Wenn Ihnen tatsächlich etwas über seinen Ruf bekannt wäre, wüssten Sie auch, dass das nicht geschehen wird. Wenn Asher es für nötig hält, sich mit Ihnen zu treffen, wird er das tun. Ansonsten betrachten Sie sich als unwesentlich, denn Ihre Wege werden sich nicht kreuzen. Gewöhnlich finden sich Leute, die ihn zu fassen kriegen wollen, nur erschöpft und mit leeren Händen wieder.«

»Mit mir wird er sich treffen«, erwiderte Emmitt großspurig. »Ich bin in der Regel sehr begehrt.« Und arrogant und starrköpfig wie er war, hängte Emmitt einfach auf und stopfte sein Handy in die Hosentasche. Er wandte sich in Richtung Bar um und erwog, seine Abreise aus Texas und die Heimkehr nach Boston mit noch ein paar Drinks zu feiern. Stattdessen schleppte er sich weiter auf sein dunkles Motel zu und begann, den Angriff auf die Hausbar zu planen.

Ursprünglich hatte er gar nicht nach Texas kommen wollen. Aber Mathew hatte ihn vor einiger Zeit in Boston im Stich gelassen, weil er sich plötzlich zu einer Partnerschaft mit James West in der Ölgesellschaft seiner Familie entschlossen hatte. Mathew hatte zwar versprochen, nicht lange fort zu bleiben, aber dann war etwas dazwischengekommen. Eine Frau. Mathew hatte sich verliebt. Dann hatte sie plötzlich einen Leibwächter gebraucht und das war Emmitts Achillesferse. Da konnte er nie widerstehen. Mathew hatte ihn angerufen und um Hilfe gebeten, und Emmitt hatte sich dazu bereit erklärt. Aber dieser Job war erledigt. Sein Bruder und Jessica waren jetzt zufrieden. Sogar mehr als zufrieden. Sie waren unzertrennlich und so glücklich, dass Emmitt sie am liebsten beide von einer Brücke geworfen hätte. Nicht von einer hohen Brücke. Nichts, wobei der Sturz sie umbringen würde, sondern gerade hoch genug, um ihnen den perfekten Tag zu verderben. Die Vorstellung brachte ihn zum Lächeln.

Bei dem Gedanken an glückliche Paare warf Emmitt einen Blick auf sein Handy und sah seine SMS durch. Evie, das Mädchen, das er angeblich bewacht hatte, als er in Wirklichkeit ein Auge auf Jessica haben sollte, hatte ihm ein paar Nachrichten geschickt, die zu löschen er nicht über sich bringen konnte. Es entsprach gar nicht seiner Art, sentimental zu sein oder irgendetwas aufzubewahren, aber irgendwie konnte er sie nicht vergessen. Am meisten hatte ihn an ihr fasziniert, wie sie sich damals verhalten hatte.

Sie hatte aus Loyalität auf ihr großes Debut als Schauspielerin verzichtet. Sie hatte Jessica gegen diesen Idioten von einem Produzenten verteidigt, der daraufhin beiden die Karriere ruiniert hatte. Es brachte Emmitts Blut zum Kochen, wenn er an dieses Arschloch dachte und daran, wie er Evie behandelt hatte. Das Mädchen hatte nur getan, was es für richtig hielt, aber nun schien das Glück die Arme verlassen zu haben. Er scrollte wieder einmal durch die Nachrichten.

*Evie: Es tut mir ja so leid wegen des Wagens. Ich werde ihn reinigen lassen. Ich kann einfach nichts richtig machen.*

Er lachte leise vor sich hin, als er sich an die volle Tüte mit den chinesischen Gerichten erinnerte, die sie auf dem Rücksitz seines Mietwagens ausgeleert hatte. Sie machte für West Oil Botengänge, seit sie vom Filmset gefeuert worden war, war aber zu dieser Aufgabe nicht im Geringsten geeignet. Er vergegenwärtigte sie sich, wie sie auf Zehenspitzen in das Büro kam, das ihm im Gebäude von West Oil zur Verfügung stand, und vor Scham das Gesicht in den Händen verbarg, als sie ihm erzählte, wie sie aus Versehen mitten in einer Vorstandssitzung den Projektor umgestoßen hatte. Dabei war sie schrecklich rot geworden und er hätte sie am liebsten in die Arme genommen und über seinen Schreibtisch gelegt. Er wollte nämlich wissen, ob diese Röte jeden Zentimeter ihres Körpers bedeckte.

Doch um die Dinge nicht noch mehr zu verkomplizieren, hatte er darauf verzichtet. Texas war nur ein vorübergehender Aufenthaltsort für ihn, aber Evie schien ihm für Gelegenheitsbeziehungen nicht der Typ zu sein. Emmitt war nicht gerade dafür bekannt, Leute anständig zu behandeln, aber Evie schien so nahe daran, zu zerbrechen, und hatte so viel Pech gehabt, dass er nicht derjenige sein wollte, der ihr den Rest gab.

# KAPITEL 2

»Ich nehme den Jet«, brüllte eine barsche Stimme, die Evie so heftig zusammenzucken ließ, dass sie ein ganzes Tablett mit vollen Kaffeetassen über den langen Tisch im Sitzungssaal verschüttete.

»Mist«, schrie sie auf und versuchte, mit den Händen die Flut der sich ausbreitenden Pfütze von Eiskaffee von einem Stapel Akten fernzuhalten. Mathew sprang blitzschnell auf die Füße und zog die Dokumente aus dem Weg, um dann Evie beruhigend den Arm zu tätscheln.

»Ist schon gut, wir sagen einfach dem Putztrupp Bescheid. Es ist keine Katastrophe«, versicherte er ihr, aber Evie war nicht überzeugt.

»Aber Ihr Kaffee ist …«, keuchte sie und trat zurück, während sie immer noch die Überschwemmung anstarrte. »Es war das Einzige, wozu ich tauglich war, und jetzt kann man das auch nicht mehr sagen.«

»Es war ja gar nicht Ihre Schuld«, schaltete sich James West ein, was er nicht oft tat, um sie zu trösten. »Emmitt musste ja hereinkommen und herumbrüllen, als ob er hier zu Hause wäre. Sonst hätten Sie ja gar nichts verschüttet.«

»Erstens scheint Evie keinen Grund zu brauchen, um Dinge zu verschütten. Ich habe immer gedacht, dass das ein Hobby von ihr ist. Zweitens nehme ich den Jet«, wiederholte Emmitt und schien völlig unberührt von dem Missgeschick und Evies brennenden Wangen.

»Das hast du schon einmal gesagt«, antwortete James trocken. Evie hatte endlich begonnen, die Rollenverteilung in dieser merkwürdigen Saga zu verstehen, in die sie hineingeraten war. James West war jetzt der Vorstandsvorsitzende von West Oil, da sein Vater einen Schlaganfall erlitten hatte. Das Unternehmen war die Quelle einiger Kontroversen gewesen, aber James arbeitete daran, seine Glaubwürdigkeit wiederherzustellen. Mathew war sein Geschäftspartner, sein bester Freund, und soweit Evie es beurteilen konnte, sein absolutes Gegenteil. Sie stritten sich über praktisch alles, aber irgendwie gelang es ihnen trotzdem zurechtzukommen. Obwohl sie sich nie einig waren, schienen sie sich irgendwie doch zu mögen. Das konnte man von Mathews Bruder Emmitt nicht gerade behaupten.

Bis heute hatte sie noch nie gehört, dass er mit irgendjemandem über irgendetwas einer Meinung gewesen wäre. Sie hatte jedoch gesehen, dass es zwischen Emmitt und James in den letzten beiden Monaten schon zweimal beinahe zu einer Prügelei gekommen wäre. Mathew musste immer dazwischenfahren und schien zu versuchen, der Loyalität gegenüber seinem Bruder und der gegenüber seinem besten Freund gerecht zu werden. So oder so verloren sie am Ende doch alle.

»Mathew«, dröhnte Emmitt. »*Der Jet.*« Er konzentrierte sich nun ausschließlich auf seinen Bruder und drehte James den Rücken zu.

»Und wozu?«, fragte Mathew und stellte die Kaffeebecher wieder aufrecht. Evie hätte sich am liebsten versteckt, denn die Energie im Raum steigerte sich zu einem gefährlichen Crescendo. Sie wich ein paar Schritte zurück, aber Emmitts riesiger Körper versperrte die Tür. Ohne ihn beiseitezuschieben, konnte sie den Raum nicht verlassen. Wenn das überhaupt möglich war. Seine breiten Schultern füllten den Türrahmen fast vollständig aus und seine stämmigen Beine waren fest am Boden verankert.

»Ich muss zurück nach Boston. Ich habe da einen Job. Lass den Jet fertigmachen.« Er senkte dabei weder den Blick noch bemühte er sich um einen freundlicheren Ton. Wenn Evie oder sonst jemand im Raum auf ein höfliches Bitte oder ein Dankeschön wartete, freuten sie sich besser nicht zu früh.

»Und du meinst, du kannst meinen Jet einfach so ausleihen, als wäre er ein Spielzeug?«, machte sich James über ihn lustig. »Dann frag erst einmal artig.«

»Ach, geh dich doch selber fi-«

»Zum Teufel, könntet ihr bitte eure Ausdrucksweise mäßigen?«, forderte Mathew und wies mit dem Kinn auf Evie. »Ihr beiden seid unglaublich. Ich habe genug davon, euren dauernden Streit zu schlichten.«

»Ich bin sicher, dass ihre zarten kleinen Ohren schon Schlimmeres gehört haben.« Der Blick, der Emmitts Worte begleitete, brachte Evies Haut zum Kribbeln. Er war der intensivste Mann, der ihr je begegnet war. Die kurze Zeit, die er als ihr Leibwächter am Filmset verbracht hatte, ehe sie gefeuert wurde, war noch in ihre Erinnerung gegraben. Das Problem bestand nur darin, dass er ebenso unzivilisiert wie attraktiv war, und das bedeutete einiges, denn der Mann war umwerfend.

»Wirst du jetzt ganz nett fragen?«, reizte ihn James mit einem teuflischen Grinsen.

»Keine Ahnung«, entgegnete Emmitt so emotionslos, als wäre dies ein Pokerspiel und er hätte ein Full House in der Hand. »Ich kann natürlich die Barringtons anrufen und ihnen sagen, dass ich den Job nicht annehme. Dann ist es ganz egal, wann ich nach Boston komme.«

Dieser Name war Evie bekannt. Es war der des begehrten Geschäftsführers eines Unternehmens, mit dem sich James und Mathew unbedingt zusammenschließen wollten. Wenn sie nicht gerade Kaffee verschüttete oder vergaß, Nachrichten weiterzuleiten, saß sie herum und hörte geschäftlichen Verhandlungen zu, und darum wusste sie auch, dass Emmitt einen echten Trumpf hatte.

»Wovon redest du denn da?«, unterbrach Mathew, ehe James Zeit zu einer Erwiderung hatte. »Du hast einen Job bei Asher Barrington?«

»Lance«, erwiderte Emmitt und zuckte gelassen die Achseln. »Einer der Brüder. Ich habe noch keine Einzelheiten gehört, ihr braucht also gar nicht zu fragen. Willst du immer noch ein Arschloch sein, was den Jet betrifft?«

»Warum will er dich?«, fragte James, stand abrupt auf und kam um den Tisch herum. »Warum haben sie ausgerechnet dich angerufen?«

»Weil ich der Beste bin.«

»Dein Ruf geht dir voraus«, stimmte James ihm zu. »Aber nicht auf positive Weise.«

»Das ist deine Ansicht, aber wenn du irgendetwas darüber wüsstest, was ich tue, würdest du mir haufenweise Geld anbieten, damit ich hierbliebe.«

»Wie dieser Job in Knoxville?«, fragte James und Evie hatte wieder den Drang, durch die Tür nach draußen zu laufen.

Stattdessen drückte sie sich an die Wand und wappnete sich für das bevorstehende Feuerwerk.

»Jedes Mal«, beschwerte sich Emmitt kopfschüttelnd, »jedes Mal erwähnst du das. Ich weiß, dass es schmutzige Arbeit ist. Aber irgendjemand muss sie ja tun. Und zufällig bin ich derjenige, der sich die Hände schmutzig macht, und du derjenige, der mich danach kritisiert.«

»Dieser Kerl ist beinahe gestorben«, rief James anklagend. »Du hast ihm den Schädel eingeschlagen.«

»Ich schlage nur Schädel ein, wenn es unbedingt nötig ist«, verteidigte er sich mit ausgestrecktem Finger, der sehr wohl plötzlich zu einer Faust werden könnte, wie Evie befürchtete. »Aber wir drehen uns im Kreis. Ich werde es noch einmal sagen. Ich nehme den Jet.«

»Besteht irgendeine Möglichkeit, dass du dich unter vier Augen mit Asher unterhalten kannst?«, fragte Mathew mit skeptisch vor der Brust verschränkten Armen, ehe James noch eine spitze Bemerkung machen konnte.

»Keine Ahnung«, sagte Emmitt und zuckte wieder mit den Achseln, seine muskulösen Schultern und seine arrogante Haltung waren an diesem Morgen in voller Aktion. »Aber im Moment ist es wahrscheinlicher, dass es mir eher gelingt als einem von euch.« Evie hämmerte das Herz, als die drei Männer sich weiterhin gegenseitig Öl ins Feuer gossen.

»Wir sind durchaus dazu imstande. Wir haben mehrere Möglichkeiten«, erwiderte James, aber seine Stimme stockte leicht. »Mathew und Jessica versuchen es über Wohltätigkeitsveranstaltungen mit Sophie Barrington.«

»Wir nutzen das nicht als Mittel zum Zweck«, korrigierte ihn Mathew schnell und winkte den Vorwurf ab. »Diese Stiftung bedeutet Jessica viel. Aber zufällig hilft sie uns auch dabei, einige der Barringtons kennenzulernen. Das ist kein Vorwand. Wir sind keine Schleimer.«

»Wie auch immer«, rief James aus, der genug von dem Gerede hatte. »Ich sage ja nur, dass du dich nicht wie eine Art Messias aufführen sollst, weil du eventuell für einen der Barrington-Brüder arbeitest. Wer weiß, was das überhaupt für ein Job ist? Vielleicht brauchen sie bloß jemanden, der den Dreck von einem ihrer Hunde wegmacht.«

»Du bist ein arroganter Wichs-«

»Ich sollte gehen«, zirpte Evie, die versuchte, zur Tür zu entkommen. Ihre Hände waren mit klebrigem kalten Kaffee bedeckt und ihr hochgestecktes blondes Haar begann, ihr in die Augen zu fallen. In ihren roten Absatzschuhen sammelte sich der Schweiß, sodass sie sie sicher verlieren würde, wenn sie darin wegzulaufen versuchte.

»Das sollten Sie«, stimmte Mathew zu, auf dessen verzogenem Gesicht sich unversehens ein neugieriges Lächeln ausbreitete. »Sie sollten auf jeden Fall mit ihm gehen. Fliegen Sie mit Emmitt nach Boston.« Sein siegessicherer Ausdruck wirkte beunruhigend.

»Was?«, fragten Emmitt und Evie gleichzeitig, als hielten sie diesen Einfall für kompletten Wahnsinn.

»Ja«, sagte Mathew und drehte eine Runde im Raum. »Wenn auch nur die geringste Chance besteht, dass du in den Kreisen der Barringtons verkehren wirst, musst du etwas geschliffener auftreten. Du kannst nicht einfach erwarten, dass du dich bei ihnen so wie hier benehmen kannst.«

»Genau«, stimmte James lachend zu. »Das wäre eine Katastrophe.«

»Evie wäre die perfekte Begleitung«, fuhr Mathew fort. »Wenn es zu irgendeinem gesellschaftlichen Umgang käme, würde sie so liebenswert wirken, dass sie beinahe übersehen könnten, wie …« Mathew wies mit der Hand zu Emmitt, ohne das richtige Wort für die Mängel seines Bruders zu finden.

»Nein«, versicherte Emmitt mit Nachdruck. »Ich werde nicht babysitten. Das habe ich bereits für dich gemacht und es war total beschissen. Ich fliege allein nach Boston.«

»Nicht mit meinem Jet«, forderte James ihn heraus.

»Du warst meine offensichtlichste Wahl, aber nicht die einzige«, prahlte Emmitt ohne eine Spur von Humor. »Ich kann innerhalb von zwanzig Minuten einen Jet mieten; ich brauche dich nicht.«

»Warum zum Teufel bist du dann hier?«, fragte James, dessen Gesicht vor Wut dunkelrot angelaufen war. Evie fragte sich das auch. Wenn es stimmte, was sie über den Reichtum der Kallings gehört hatte, konnte sich Emmitt mit Leichtigkeit einen Flug nach Boston leisten. Warum also kommen und all dieses Theater über einen Job machen und einen Jet, den er nicht brauchte?

»Weil es mir Spaß macht«, grinste Emmitt, als sei das eine ganz offensichtliche Antwort. Die Grübchen in seinen Wangen vertieften sich, während sein Lächeln breiter wurde. »Dafür wache ich jeden Morgen auf. Wenn ich euch nicht ärgern kann, ist mein Leben leer.«

»Dein Leben ist leer«, schnauzte James und schlug mit der Hand auf den Tisch. »Du denkst, alles ist nur ein Witz und dass außer dir niemand zählt. Andere zählen auch, du verdammter Idiot. Dieses Unternehmen ist mir wichtig.«

»Versuche ruhig weiter, mich zu beleidigen. Daran werde ich dann denken, wenn ich mich bei einem Glas Scotch mit Asher unterhalte und aus Versehen vergesse, deinen Namen zu erwähnen.« Emmitt hielt sich kerzengerade. Er schien durch James und seine Vorhaltungen nicht im Geringsten aus der Fassung zu bringen zu sein.

»Vielleicht wäre es gar nicht so günstig für uns, mit dir in Verbindung gebracht zu werden«, gab James zurück und Evie spürte, wie der Raum wieder in eine Abwärtsspirale geriet. Es wurde plötzlich kalt, wie in einem Horrorfilm, wenn endlich das Gespenst erscheint.

»Ich schätze, das werden wir ja sehen«, erwiderte Emmitt mit einem herausfordernden Grinsen. »Ich nehme den Job jedenfalls an. Und du tust gut daran, dir mein Wohlwollen zu sichern, nur für alle Fälle.«

»Lassen Sie den Jet auftanken«, sagte Mathew entschlossen, nachdem er auf die Gesprächstaste der Telefonanlage gedrückt hatte, die vor ihm stand. Zum Glück hatte der Kaffeesee sie noch nicht erreicht. »Und schicken Sie den Putztrupp hinauf, wir haben Kaffee vergossen.«

»Schon wieder?«, fragte die nasale Stimme am anderen Ende der Leitung verärgert. Evie schlug sich eine klebrige Hand an die Stirn und versuchte, sich dahinter zu verstecken.

»Tut mir leid«, murmelte sie, obwohl sie genau wusste, dass ihr niemand zuhörte.

»Iss ja nicht meine Pralinen«, sagte James, als Emmitt wortlos den Sitzungssaal verließ. »Das ist mein verdammter Ernst. Sorg dafür, dass sie alle noch da sind, wenn der Jet zurückkommt. Ich weiß genau, wie viele es sind. Sie sind ein Vermögen wert und unersetzlich.«

Evie stand verstört in der Ecke des Sitzungssaales und wartete auf eine günstige Gelegenheit zur Flucht. Vielleicht würden sich Mathew und James jetzt in einen Streit über Emmitt stürzen und dann könnte sie leicht unbemerkt verschwinden. Aber die Gelegenheit kam nicht. Stattdessen war die Aufmerksamkeit beider Männer auf sie gerichtet.

»Wie schnell können Sie Ihren Koffer packen?«, fragte Mathew und in seinem sanften Blick lag Mitgefühl, aber auch

Unnachgiebigkeit. Was er als Frage formuliert hatte, war ein endgültiger Entschluss.

»Wofür denn?«, fragte sie, als wäre dies eine Grauzone. Emmitt hatte offenbar nicht gewollt, dass sie ihn begleitete, warum sagte Mathew nun, sie solle es tun?

»Für Boston. Sie fliegen mit. Begeben Sie sich nur zum Jet und warten Sie dort.« Mathew benutzte sein Spiegelbild in der Fensterwand, um sich die Krawatte gerade zu ziehen.

»Er will mich doch gar nicht mitnehmen«, hielt sie ihm entgegen. Sie spielte nervös mit dem kleinen Medaillon, das sie um den Hals trug, und wünschte, es hätte magische Kräfte und könnte sie fortbeamen. »Ich glaube, es ist ziemlich klar, dass ich weder ihm noch sonst irgendjemandem nützlich sein kann. Sehen Sie doch.« Sie zeigte auf den mit Kaffee bedeckten Tisch. »Das ist ein ziemlich unwiderlegbarer Beweis.«

»Das ist mir egal«, versicherte Mathew. »Das Problem mit Emmitt ist, dass er nie weiß, was gut für ihn ist. Das hat er noch nie getan. Er braucht Sie. Glauben Sie mir.«

»Was soll ich denn in Boston machen? Ich bin nicht sicher, ob ich weiß, was Sie von mir erwarten«, piepste Evie. Sie rang nervös die Hände und hoffte, Mathew würde von seinem Entschluss ablassen.

»Sie sorgen dafür, dass dieser Mistkerl ein bisschen weniger nach einem Mistkerl aussieht«, erklärte James, als er sich an der Stirnseite des Konferenztisches wieder auf seinen Stuhl sinken ließ. »Und das ist keine leichte Aufgabe, aber Sie machen das schon, da bin ich sicher.«

»Ich aber nicht«, flüsterte Evie und sah hilflos zu Mathew hinüber. Die Unsicherheit, ob ihre Hilfe nützlich sein würde oder nicht, war nicht so schrecklich wie die absolute Sicherheit, dass alles, was sie während der letzten

Monate bei West Oil getan hatte, ein Fehlschlag gewesen war.

»Steigen Sie in den Jet. Das ist der erste Schritt«, betonte James. »Wenn Sie nicht auf die Startbahn hinausgeworfen und auf dem Asphalt liegen gelassen werden, ist alles gut.«

»Oh«, sagte Evie, die sich vorstellte, wie Emmitt sie mit seinen Riesenhänden hochhob und zur Einstiegsluke hinauswarf.

»Er macht nur Spaß«, warf Mathew ein und winkte James ab. Sie tauschten einen Blick, den sie nicht interpretieren konnte.

»Ich mache keinen Spaß«, erwiderte James trocken. »Und das weiß er auch.«

Evie schöpfte tief Atem und erwog die Alternativen. Sie war keine Schauspielerin mehr. Wenigstens im Moment nicht. Und sie war offensichtlich nicht dazu geeignet, Kaffee zu servieren, Sachen aus der Reinigung abzuholen und Termine zu vereinbaren. Sie musste ihr Leben wieder in die richtige Bahn lenken. Wenigstens war Boston eine andere Umgebung. Die Chance, neue Pläne zu machen. Das war alles, was sie brauchte, einen neuen Anfang.

»Ich werde es versuchen«, sagte sie, presste die Lippen zusammen und nickte, als müsste sie sich selbst überzeugen. Um ihrer Angehörigen willen musste sie Erfolg haben, denn im Moment lebten sie noch in dem Glauben, dass sie bei irgendeinem Film eine glanzvolle Rolle spielte. Sie hatte es nicht übers Herz gebracht, zu Hause anzurufen, oder vielleicht hatte ihr dazu auch der Mut gefehlt.

»Los«, rief James und scheuchte sie aus dem Raum. »Wenn Sie nicht vor ihm da sind, wird er Sie nie und nimmer ins Flugzeug lassen.«

Ihre Füße fingen buchstäblich Feuer, als sie aus dem Saal

lief. Evie vergoss ein paar Tränen, da sie sich so allein und der Situation nicht gewachsen fühlte. Sie wischte sie sich fieberhaft mit dem Handrücken ab und begann, sich Mut zuzusprechen. Wenn im Leben alles schiefging, war es Zeit, etwas Drastisches zu unternehmen. Wie ihre Mutter immer zu sagen pflegte: »Ohne eine Herausforderung kann man nicht wachsen.« Und eine Herausforderung war Emmitt ganz bestimmt.

# KAPITEL 3

»Nein«, war alles, was Emmitt mit zusammengebissenen Zähnen hervorbrachte, als er West Oils Privatjet bestieg. Ihm kochte das Blut, als er das seidige, goldene Haar an Evies Rücken herab wallen sah, die von ihm abgewandt dasaß.

»Wirf mich nicht raus«, krächzte Evie, wirbelte herum und setzte sich schnell auf den nächsten Sitz, als wäre sie ein Kind, das versucht, bei der Reise nach Jerusalem zu gewinnen. Er sah zu, wie sie sich fest an die Armlehnen klammerte, mit langen, schlanken Fingern, deren Fingernägel mit rotem Nagellack lackiert waren.

»Du kommst nicht mit nach Boston. Es kümmert mich nicht, was James dir erzählt hat. Steig wieder aus.« Er wandte ihr den Rücken zu und warf seine Reisetasche auf den Boden. Absichtlich ihre Gegenwart ignorierend goss er sich einen Drink aus der teuersten Flasche ein, die er finden konnte, und nahm sich eine Handvoll von den Pralinen, die James ihm ausdrücklich verboten hatte. Welchen Einspruch Evie auch erheben mochte, ihm war klar, sie würde überzeugender wirken, wenn er ihr ins Gesicht schauen musste. Dieses Mädchen hatte etwas so ungeheuer Süßes an sich, und wenn sie durch ihre langen Wimpern zu ihm aufsah, würde sie es ihm viel schwerer machen, sie fortzuschicken.

»Es hat nichts mit James zu tun.« Evie zwang sich dazu, selbstbewusst aufzutreten, aber sie wirkte eher hektisch. Sie klang eher verzweifelt als mutig und während er mit Arroganz problemlos fertigwurde, fand er es schwierig, einer Frau am Rande der Tränen etwas abzuschlagen. »Ich bin nicht seinetwegen hier. Ich muss unbedingt nach Boston.«

»Was für ein seltsamer Zufall.« Emmitt musste lachen und setzte sich endlich auf einen der weichen Sitze, die ihrem gegenüberstanden. Es war ihr gelungen, ihn dazu zu bringen, sich ihr zuzuwenden und sich dafür zu interessieren, was sie zu sagen hatte. »Heute Morgen hast du noch eifrig mit Kaffee um dich geworfen und jetzt musst du plötzlich dringend geschäftlich nach Boston? Gibt es dort jemanden, der auch eine Dusche mit Cappuccino braucht?«

»Ich habe nicht gesagt, dass ich geschäftlich dorthin muss«, korrigierte ihn Evie und wurde ganz rot, was ihn unwillkürlich erregte. Etwas an ihren vollen rosa Lippen und ihren kristallblauen Augen nahm seine Blicke gefangen. »Ich kann nicht in Texas bleiben. Ich muss weg. Ich musste einfach in dieses Flugzeug steigen.«

»Kehre lieber zurück zu deiner Farm, die Kühe müssen sicher gemolken werden. Niemand zwingt dich, in Texas zu bleiben. Wenn du es dir nicht leisten kannst, würde Mathew dir den Heimflug bezahlen.« Emmitt war eingefallen, dass Evie vor Beginn ihrer Filmkarriere nur ein ländliches Kleinstadtmädchen gewesen und auf der Farm ihres Vaters aufgewachsen war. Er fand es erregend, sie sich mit abgeschnittenen Jeans und Cowboystiefeln vorzustellen. Er hatte mit allen möglichen

Frauen geschlafen, aber eine Farmerstochter stand noch auf seiner Wunschliste.

»Dorthin kann ich auch nicht zurückkehren«, sagte sie mit einem Zittern in der Stimme, was sie mit einem Hüsteln zu tarnen versuchte. »Ich muss nach Boston.«

»Hast du denn da Freunde?«, fragte Emmitt und versuchte, den berauschenden Duft ihres Parfüms und die hellen Tränen in ihren Augen zu ignorieren. Als Mann, der verschiedene Einsätze in Kriegsgebieten mitgemacht hatte, gab er nur ungern zu, dass Tränen ihm ans Herz gingen. Das hatte man davon, wenn man mit einer kleinen Schwester aufgewachsen war. Es gab nicht viele Dinge, die ihn rühren konnten, aber bei einer Frau in Tränen passierte ihm das immer.

»Ich bin noch nie dort gewesen«, krächzte sie. »Keine Freunde in Boston. Aber ich arbeite in Wirklichkeit ja gar nicht für West Oil. Es gibt da keine Zukunft für mich. Ich habe noch nie etwas richtig gemacht. Sie sind dort bloß nett zu mir, weil ich mich bei dem Drama mit Pierre für Jessica eingesetzt habe. Sonst hätten sie mich wegen der vielen Fehler, die ich gemacht habe, schon längst nach Nebraska zurückgeschickt. Ich muss mir etwas anderes suchen. Etwas Besseres und Dauerhafteres. Ich brauche eine feste Anstellung und vielleicht finde ich die in Boston.«

»Warum machst du denn nicht einfach als Schauspielerin weiter? Dieser Kerl, Pierre oder wie er heißt, kann dich nicht daran hindern zu tun, was du am liebsten machst, auch wenn es nicht auf demselben Niveau ist. Er mag zwar irgendwelchen Blödsinn über dich verbreitet haben und manche Leute werden dich deshalb nicht anstellen, aber die Welt ist groß, Schätzchen.« Emmitt lehnte sich in seinem Sitz zurück und stopfte sich noch eine Praline in den Mund. Er schloss genießerisch die Augen, als der sahnig-milde Kakaogeschmack auf seine Geschmacksknospen traf.

»Aber es stimmt ja gar nicht, dass ich es am liebsten mache«, gestand sie ihm und schien über ihre eigenen Worte erstaunt zu sein. Während der letzten beiden Monate war es nicht ihre ruinierte Karriere als Schauspielerin gewesen, um die sie sich gesorgt hatte. Es war ihre Familie gewesen. Ihre Enttäuschung und ihre Geldnot. Sie vermisste nicht die Schauspielerei selbst, sondern die damit verbundenen Zukunftsaussichten. »Alle haben mir dauernd gesagt, dass ich das tun sollte, es wäre der schnellste Weg zum Erfolg. Und das wollte ich ja. *Lächle, Evie. Trag eine engere Bluse, Evie. Lauf noch einen Kilometer, Evie. Mehr Make-up. Weniger reden. Mehr Berührung.*«

Ihre Worte waren nicht mehr an ihn gerichtet, sie sprach mit sich selbst in ihrer eigenen Welt. Er hätte sie unterbrechen können. Ihr sagen, dass ihm das alles gleichgültig sei, und ihr knochiges Hinterteil aus dem Flugzeug bugsieren. Aber es war ihm nicht gleichgültig. Emmitt hatte schon viele Leute unfair behandelt. Viele Frauen hatten sich gefragt, warum er so ein Arschloch war. Aber Evie war kein Spielzeug, das man einfach wegwarf, wenn man genug davon hatte. Er wusste, dass sie kurz vor dem Zusammenbruch stand und dass er sie mit dem kleinen Finger zerbrechen konnte. Damit wollte Emmitt sein Gewissen nicht belasten, auch wenn es nur ein winziges und oft ignoriertes Gewissen war.

»Schauspielern ist nicht meine Leidenschaft. Das ist es ja gerade. Es gibt nichts, wobei ich das Gefühl habe, dass es genau das Richtige für mich ist. Es kann schon sein, dass ich irgendwo in irgendeinem Film eine Rolle bekommen und den Weg in die Filmindustrie zurückfinden würde. Aber das will ich gar nicht. Ich brauche etwas Schnelleres und Zuverlässigeres.« Sie schüttelte den Kopf und schien Abscheu vor sich selbst zu haben, ein Gefühl, das Emmitt gut verstehen konnte, dann fuhr sie fort.

»Ich habe keine Ahnung, was ich will. Oder wer ich bin. Oder wo ich sein sollte. Ich weiß nur, dass ich einen Plan brauche, und zwar schnell, denn da sind Leute, die sich auf mich verlassen. Leute, die denken, ich wäre mittlerweile ein Filmstar.« Sie schöpfte Atem und legte sich die Hand aufs Herz. »Deshalb will ich nach Boston. Weil Boston nicht Texas ist und niemand in Boston mich so ansehen wird wie mich hier alle ansehen, wenn ich bei einer E-Mail aus Versehen auf ›Allen Antworten‹ klicke. Niemand in Boston wird mir einen zweiten Blick gönnen. Und dann kann ich vielleicht meine Probleme lösen.«

Das war nicht wahr. Sie würde überall Blicke auf sich ziehen. Emmitt nutzte jede Gelegenheit, ihr unter den Rocksaum zu sehen, und versuchte, mit reiner Willenskraft einen ihrer Blusenknöpfe zum Abplatzen zu bewegen. Er würde sie dauernd ansehen.

Ehe Emmitt etwas sagen konnte, begannen die Jetmotoren zu dröhnen. Als der Lärm etwas nachließ, lehnte er sich zu ihr hinüber. »Wir werden gleich starten.« Er warf ihr ein paar Pralinen zu. »Du schnallst dich besser jetzt an.«

»Ich dachte, James hätte gesagt, du solltest seine Pralinen nicht essen. Sie sind importiert oder so. Vielleicht würdet ihr euch besser verstehen, wenn du ihn etwas mehr respektieren und es nicht immer darauf anlegen würdest, ihn aufzubringen.« Sie hielt eine Praline in ihren zarten Fingern und er wartete ungeduldig darauf, dass sie sie an die Lippen führte. Ihm gefiel ihre Wortwahl, zum Beispiel dass sie »aufzubringen« sagte anstatt »anzuöden«.

»Falls du irgendwelche Pläne hast, mich zu retten, vergiss

sie am besten gleich wieder. Eine ganze Reihe Frauen haben vor dir versucht, mir zu helfen, mich zu heilen oder mich zu zähmen. Sie wollen mich auf den Pfad der Tugend leiten. Dazu bringen, *die Pralinen nicht zu essen.* Wenn du nur moralische Ermahnungen für mich hast, muss ich dich warnen; es ist wesentlich wahrscheinlicher, dass ich dich zerstöre, als dass du mich heilst. Und jetzt iss endlich deine verdammte Praline.«

# KAPITEL 4

Evie stand ruhig an Emmitts Seite, als sie im Hotel eincheck-
ten. Sie hatte kein Geld, jedenfalls nicht genug, um sehr lange
in einem so extravaganten Hotel wie diesem zu wohnen. Was
sie auf ihrem Konto gespart hatte, würde sie bitter nötig
haben. Alles war so schnell gegangen, dass James und
Mathew keine Gelegenheit hatten, ihr zu sagen, wie sie ihre
Ausgaben decken sollte. Sie musste also Emmitt zur Last
fallen. Und sie kam sich auch wirklich wie eine Bürde vor,
als sie ihm durch die lärmende Großstadt folgte und
versuchte, dem dahin rasenden Autoverkehr und dem
Gedränge der Menschenmenge auszuweichen. Er war ein
Mann, der sich selbstbewusst bewegte. Er wusste genau, wo
er hinwollte und wie man dorthin kam. »Ich dachte, du
wohnst in Boston? Hast du denn nicht ein Haus oder eine
Wohnung hier?«

»Ich wohne nirgendwo. Das brauche ich auch nicht und
seit ich von meinem letzten Einsatz zurückgekehrt bin, ziehe
ich es vor, nirgendwo Wurzeln zu schlagen, sie sind bloß ein
Hindernis. Die Hotelrechnung läuft unter Spesen«, erklärte er,

als er ihr den Zimmerschlüssel aushändigte. »Ich glaube, du wohnst auf der fünften Etage.«

»Wir haben unsere Zimmer auf verschiedenen Etagen?«, fragte Evie, denn die quälende Einsamkeit, unter der sie in der letzten Zeit gelitten hatte, wurde durch die neue Umgebung noch verschlimmert. Sie hatte sich in Texas nicht zu Hause gefühlt, aber Libby und Jessica hatten sich um sie gekümmert und alles war ihr schließlich vertraut geworden. Doch als sie sich nun an einem anderen lauten, betriebsamen Ort wiederfand, drohten ihr wieder die Nerven durchzugehen. Sehr bald schon begann sie, daran zu zweifeln, dass sie die richtige Entscheidung getroffen hatte. Wie konnte es ihr hier besser ergehen, wenn sie ganz auf sich gestellt sein würde?

»Ja, ich wohne auf der sechsundzwanzigsten Etage, wieso?«

»Ich weiß nicht«, sagte sie und nagte nervös an der Unterlippe. »Ich hatte bloß gedacht, unsere Zimmer lägen wenigstens nebeneinander.« Als sie seinen leicht verärgerten und verwirrten Gesichtsausdruck bemerkte, wurde sie rot. »Aber das macht nichts. Ich bin dir ja dankbar, dass du mir ein Zimmer besorgt hast.« Sie wollte auf keinen Fall mehr von Emmitt verlangen, als er ihr bereits gegeben hatte.

»Hast du vor, mit mir ins Bett zu gehen? Geht es dir um Sex?« Ein teuflisches Grinsen breitete sich auf seinen Zügen aus und ein tiefes Grübchen erschien an seiner linken Wange. »Denn bloß eine kurze Fahrt im Aufzug kann dir ein *sehr langes Vergnügen* für den Rest der Nacht verschaffen.« Er näherte sich ihr, bis er nur etwa zwanzig Zentimeter von ihr entfernt war und sein sie weit überragender Körper ihren Kopf in seinen Schatten tauchte.

»Nein«, lehnte sie empört ab. »Es geht mir nicht darum, mit dir *ins Bett zu gehen*.« Sie hatte schon immer den Ruf, eine schlechte Lügnerin zu sein, aber sie hoffte um ihrer selbst willen, dass er das jetzt nicht merkte. Seit sie Emmitt vor einigen Monaten in Jessicas Make-up-Anhänger zum ersten Mal gesehen hatte, hatte er in ihr erotische Fantasien geweckt. Aber das würde sie ihm gegenüber nie zugeben. »Ich kenne mich hier bloß nicht aus. Ich habe dir doch gesagt, dass ich noch nie hier gewesen bin. Ich dachte, wir wären wenigstens auf derselben Etage.«

»Du hast doch nicht etwa Angst, oder?«, fragte er lachend, aber das Lachen verging ihm schnell, als sie nicht sofort antwortete. Nach einem kurzen Zögern nahm sie sich zusammen.

»Ist ja auch egal. Vergiss, was ich gesagt habe.«

»Auf dem Boden, im Bett oder im Schwimmbecken, du kannst dir aussuchen, wo du es haben willst, und da machen wir es dann.« Er lehnte sich näher zu ihr hinunter und einen Augenblick lang dachte sie, er würde sie jetzt küssen. Stattdessen packte er mit seiner großen Hand ihren Koffer und hob ihn mühelos auf die Ablage für den Hotelpagen.

»Hey, den brauche ich doch«, fuhr sie ihn an, denn sie fühlte sich beleidigt, weil er sie nicht geküsst hatte. Sie hätte ihm ohnehin eine Ohrfeige gegeben, aber wenigstens dazu hätte sie gern die Gelegenheit gehabt.

»Er wird dir aufs Zimmer gebracht. Gib dem Hotelpagen aber ein Trinkgeld, wenn er kommt.« Emmitt nahm einen Schritt zurück und ihr wurde plötzlich kalt.

»Ich habe kein Bargeld dabei«, murmelte sie verlegen. »Ich hatte heute Morgen keine Zeit, es richtig zu planen. Ich bin einfach ins Flugzeug gestiegen.«

»Bereust du es schon?«, fragte er und sie war nicht sicher, welche Antwort er lieber hören würde. Sie sagte also nichts, denn diese Genugtuung wollte sie ihm nicht geben. Aber selbst ihr Schweigen verfehlte seine Wirkung. Er schien stets selbstzufrieden auszusehen.

»Hier«, stöhnte er und zog ein dickes Bündel Banknoten aus der Tasche. »Ich glaube, es sind etwa tausend Dollar. Gib dem Kerl fünf und behalte den Rest. Ich muss zu einer Besprechung, damit hast du also genug zum Mittagessen.«

Sie nahm ihm das Geld aus der Hand und war erstaunt, wie schwer es sich anfühlte. »Das kann ich nicht annehmen. Glaub mir, wo ich essen gehe, brauche ich höchstens hundert.«

»Dann such dir was Besseres.«

»Ganz allein?«, fragte sie. Der Gedanke daran, allein in einem Restaurant zu sitzen, kam ihr vollkommen unnatürlich vor.

»Warum nicht? Ich gehe immer allein essen. Man kann es richtig genießen, anstatt sich anhören zu müssen, wie jemand anderes über irgendwelchen Mist labert, der einen gar nicht interessiert.«

»Ich interessiere mich aber für andere Leute; es ist mir wichtig, was sie zu sagen haben.« Sie versuchte verzweifelt, an dem letzten Rest ihrer selbst festzuhalten, der ihr noch sinnvoll vorkam. Evie wusste so wenig von der Welt und ihrem Platz darin, aber sie wusste, dass sie ein gutes Herz hatte. Selbst wenn es schwierig war, selbst wenn sie zurückgewiesen wurde, das konnte ihr niemand nehmen. Emmitt war ein Mann, der es ihr brechen konnte, wenn sie ihm die Gelegenheit dazu gab. *Das würde sie nicht zulassen.*

»Na wunderbar«, sagte er und verdrehte seine mehrfarbigen und so hypnotisch wirkenden schönen Augen. »So eine bist du also. Dann kann ich also nicht erwarten, dass du nachher an meine Tür klopfen und mich wie einen Hengst reiten wirst. Es ist gut, dass ich das weiß.«

»Ich …« Sie erstickte beinahe an ihren Worten. »Du bist

ein Arschloch. Ich hatte einen ganz anderen Eindruck von dir, als du vorgetäuscht hast, mein Leibwächter zu sein. Ich habe dich tatsächlich gemocht.«

»Das Schlüsselwort hier ist *vorgetäuscht*. Ich habe dich benutzt, um an Jessica ranzukommen, damit ich sie für meinen Bruder bewachen konnte. Hätte ich meine wahre Natur gezeigt, dann hättest du mich weggeschickt.«

»Das ist ganz richtig, aber es erklärt nicht, warum du mich nicht aus dem Flugzeug geworfen hast. Wenn du wirklich solch ein Widerling bist, warum bin ich dann hier?«

»Am Ball bleiben, Mädchen. Hast du vergessen, dass ich sagte, du würdest vielleicht heute Nacht an meine Tür klopfen? Ich amüsiere mich so gern wie jeder andere. Ich dachte, du bist vielleicht ein nettes Spielzeug. Ich würde gern mit dir spielen.«

»Das kannst du vergessen«, sagte sie und verschränkte verächtlich die Arme vor der Brust, während sie zum Aufzug gingen. »Und wenn du meinst, dass du als Gegenleistung für dieses Geld –«

Er schnitt ihr das Wort ab und wurde plötzlich ernst. »Dafür brauche ich nicht zu bezahlen, das kannst du mir glauben. Das Geld habe ich dir nur gegeben, weil du nun einmal hier bist und weil du es versäumt hast, besser für dich zu planen. Mein Bruder wird es mir mit Zinsen zurückzahlen. Mir ist das ganz egal.«

Sie bestiegen den Aufzug und er drückte auf die Knöpfe zu ihren verschiedenen Etagen. »Warte mal, so ist das also? Wir gehen jetzt getrennte Wege? Ich befinde mich allein in dieser Stadt und habe nichts zu tun?«

»Ich habe dir ja Vorschläge gemacht, was du während deines Aufenthaltes hier tun könntest. Ich würde schon dafür sorgen, dass du beschäftigt bist. Wenn dir das nicht passt, kann ich dir auch nicht helfen. Aber ich bin sicher, dass der Jet noch mal hier vorbeikommen und dich abholen könnte. Er könnte dich sogar auf deiner Farm im Wilden Westen absetzen. Ich wette, es gibt da einen Kerl im Overall, der dich nur allzu gern an den Zöpfen ziehen würde.«

Der Aufzug pingte, als er auf der fünften Etage ankam und sich die Türen öffneten. »Scher dich zum Teufel«, schrie sie und weinte Tränen der Wut. »Ich brauche dein Geld nicht.« Sie zog das Bündel Scheine wieder aus der Tasche und warf es schnell in den Aufzug, ehe sich die Türen wieder schlossen. Evie hörte ihn das Wort *verrückt* äußern, als er sich bückte, um das Geld aufzuheben.

Den Zimmerschlüssel fest in der Hand ging sie auf die Nummern an der Wand zu. Wenn sie mitten im Winter bei einem Traktor einen Ölwechsel machen konnte, konnte sie auch hier in Boston zurechtkommen. So schwer konnte es schließlich auch nicht sein. Sie hatte noch etwas Geld auf ihrem Konto und das Zimmer war für eine Woche bezahlt, solange Emmitt nicht seine Kreditkarte zurückzog.

»Ihr Gepäck«, ertönte hinter ihr die laute Stimme eines Hotelpagen, als sie gerade den elektronischen Schlüssel in den Türschlitz steckte.

»Verdammt«, sagte sie, als ihr das Trinkgeld einfiel, das von ihr erwartet wurde, und das Geld, das sie Emmitt ins Gesicht geworfen hatte. Ersteres hatte sie wohl infolge ihrer berechtigten Entrüstung vergessen.

»Ich habe leider kein Bargeld bei mir«, entschuldigte sie sich mehrmals, während er ihr Gepäck hereinbrachte und es auf dem Boden abstellte.

»Das ist wirklich kein Problem, Ma'am. Eine schöne Frau sollte für gar nichts bezahlen müssen. Nur Ihr ...«, er zögerte einen Moment und ließ den Blick über sie schweifen, »... Lächeln ist Bezahlung genug.«

Sie lächelte und lachte auf die verunsicherte Weise, bei der sie sich immer gedemütigt vorkam. Wenn ein Mann sie lüstern anstarrte oder sich ihr gegenüber unangebracht ausdrückte, verringerte das immer ihr Selbstwertgefühl.

»Kann ich sonst noch etwas für Sie tun?«, fragte er hoffnungsvoll und wippte auf den Zehen.

»Nein, Sie haben schon genug getan. Es tut mir wirklich leid wegen des Trinkgeldes.« Sie schluckte und wartete nervös darauf, dass er endlich gehen würde.

»Ich habe in ein paar Stunden Feierabend, vielleicht könnten wir unten in der Bar etwas zusammen trinken«, sagte er und brachte einen glänzenden Goldknopf an seiner Jacke in Ordnung. Sein drahtiges schwarzes Haar stand hinten in einer wilden Tolle ab und seine Hakennase sah einem Schnabel täuschend ähnlich. »Sie sind ganz allein hier, und das macht keinen Spaß. Ich wette, Sie sind gute Gesellschaft.«

»Danke, aber da muss ich leider passen«, sagte sie und versuchte wieder, so auszusehen, als täte es ihr schrecklich leid. »Ich bin aus beruflichen Gründen hier und habe so viel zu tun. Ich fürchte, ich habe gar keine Freizeit.« Sie gab eine viel ausführlichere Erklärung ab, als ein Mann wie er es verdiente.

»Rufen Sie unten an, wenn Sie irgendetwas brauchen. Mein Name ist Steve; fragen Sie nach mir. Ich kann im Handumdrehen hier sein.«

»Vielen Dank, Steve.« Sie lächelte und seufzte erleichtert auf, als er auf dem Weg hinaus hinter sich die Tür schloss.

Als sie endlich die Gelegenheit hatte, sich im Zimmer umzusehen, nahm sie dessen Üppigkeit wahr. Obwohl es nicht besonders weitläufig war, war es im Detail makellos und luxuriös ausgestattet. Es musste Emmitt ein Vermögen kosten. Sie malte sich aus, was im schlimmsten Fall passieren konnte. Was wäre, wenn sie Emmitt auf dieser Reise nicht mehr zu Gesicht bekäme und Mathew sich deshalb nicht verpflichtet fühlte, ihre Kosten zu decken? Wenn man ihr eine astronomische Rechnung schickte? Vielleicht war Boston doch nicht das gelobte Land, das sie sich erhofft hatte. Dann würde sie wieder ganz von vorne anfangen müssen.

Als sie sich auf den weichen Wildledersessel fallen ließ, der wohl mehr gekostet hatte, als sie für den Rest des Monats verdienen würde, nahm sie die Wellness-Broschüre und die Speisekarte für den Zimmerservice zur Hand. Emmitt sollte ruhig zu seinen Besprechungen gehen und machen, was er wollte. Evie würde sich in der Zwischenzeit nicht nur selbst versorgen, sondern sich so richtig verwöhnen lassen – auf seine Rechnung. Denn wann würde sie je wieder das Geld für eine Mani- und Pediküre zur Verfügung haben? Oder eine Gesichtsbehandlung? Oder eine Massage? Oder für Erdbeeren in Schokolade? Oder dieses Wasser mit Gurkenscheiben?

Sie hob den Hörer des Zimmertelefons ab und fügte ihrer Wellnessliste noch einige Anwendungen hinzu. »Hallo, ich möchte mich für ein paar Termine anmelden.«

»Selbstverständlich, Mrs. Kalling, darf ich das für Sie erledigen?«, sagte eine männliche Stimme am anderen Ende der Leitung fröhlich.

»Ähm, nein«, antwortete sie.

»Entschuldigung, spricht da nicht Mrs. Kalling? Das Zimmer ist auf Mr. Emmitt Kalling gebucht und wird über seine Kreditkarte abgerechnet. Das ist mein Fehler.«

»Nein, das ist ganz richtig«, sagte sie schnell. »Ich habe mit jemand anderem geredet. Es tut mir leid. Mein Mann hat heute den ganzen Tag Besprechungen und ich möchte inzwischen die Wellnesseinrichtungen in Anspruch nehmen. Können Sie das für mich einrichten?«

»Selbstverständlich, Mrs. Kalling«, antwortete der Mann

zuvorkommend. »Wir haben diese Woche für unsere Elite-kunden wie Sie selbst einige ganz besondere Behandlungen anzubieten. Wären Sie daran interessiert, eine Reservierung vorzunehmen?«

»Können Sie das über die Kreditkarte in Ihren Unterlagen verrechnen?«, vergewisserte sie sich zur Sicherheit.

»Das ist kein Problem.«

»Dann würde ich mich sehr dafür interessieren«, lächelte sie.

»Ich werde Ihnen alle Einzelheiten besorgen und dann die gewünschten Termine für Sie buchen. Haben Sie sonst noch Wünsche? Vielleicht etwas aus unserem Restaurant?«

»Ja«, sagte sie und warf einen Blick auf die Speisekarte. »Wie ist denn der Hummer?«

# KAPITEL 5

Emmitt kochte vor Wut. Es gab nichts, was er mehr hasste, als wenn jemand mit ihm Katz und Maus spielte. Mit einer Ausnahme vielleicht. Unrecht zu haben. Er hatte vor seinem Bruder damit geprahlt, dass er mit den Barringtons mehr Glück haben würde, und bis jetzt war sein Kontakt mit ihnen auf etwa fünfundzwanzig Sekunden beschränkt gewesen. Er war in die Eingangshalle von Lance Barringtons Bürogebäude geschlendert und, wie es der Zufall wollte, stand Lance Barrington direkt vor ihm. Doch nach einer flüchtigen Begrüßung stellte sich heraus, dass Lance an Emmitts Diensten nicht interessiert war. Und nun würde jemand dafür büßen, seine Zeit verschwendet zu haben.

Es kostete ihn ein paar Stunden, aber dann hatte Emmitt Dax gefunden, der ihn ursprünglich angerufen und nach Boston bestellt hatte.

»Ich lasse mich nicht verarschen«, dröhnte Emmitt, als er, ohne anzuklopfen, in Dax' Büro stürmte. »Sie rufen mich hierher und dann erfahre ich von Ihrem Lance, dass er mich nicht braucht; was ist denn nun richtig?«

»Wer zum Teufel ist das denn?«, fragte ein Mann, sprang auf und sah aus, als würde er sich gleich auf Emmitt stürzen. Zuerst nahm Emmitt an, dass es sich um einen Sicherheitsbeamten handelte, aber dazu trug der Mann einen viel zu eleganten Anzug.

»Ich nehme an, das ist Emmitt Kalling«, erwiderte Dax mit einem ironischen Lächeln. »Seine ungewöhnlichen Umgangsformen zeigen sich ebenso bei persönlichem Kontakt wie am Telefon.« Jetzt waren beide Männer auf den Füßen und sahen verärgert aus.

»Also«, fragte Emmitt und warf die Hände hoch, »sind alle Barringtons so bipolar gestört wie Lance? Sie sagen mir, Sie haben einen Job für mich, und Lance behauptet das Gegenteil.«

»Wir haben unsere Probleme«, schaltete sich der andere Mann ein, »aber von Wildfremden hören wir das gar nicht gern.« Er hatte nun lässig die Hände in die Taschen gesteckt in der Annahme, dass die Bedrohung vorüber war.

»Asher?«, fragte Emmitt, der ihn jetzt nach einem Foto erkannte, das er im Internet gesehen hatte. Er überlegte, ob er sich jetzt entschuldigen sollte, aber das tat er in der Regel nie. Warum also jetzt damit anfangen?

»Dax, willst du mir jetzt sagen, um was es hier geht, oder soll ich den Sicherheitsdienst rufen?«, fragte Asher, aber Emmitt sah diesen Männern an, dass sie wahrscheinlich lieber selbst jemanden rausschmissen, als den Sicherheitsdienst zu bemühen. Emmitt machte das jedenfalls immer Spaß.

Dax ließ sich wieder auf seinem Stuhl nieder und bedeutete Asher, es ihm nachzutun. »Er ist ein Sicherheitsexperte. Ich habe ihn wegen einer Sache gerufen, die sich in Lance' Büro ereignet hat. Hast du von dem Besuch gehört, den er gehabt hat?«

»Nein«, erwiderte Asher besorgt. »Was für einen Besuch denn?«

»Eine Frau ist unter dem Vorwand, seine Sekretärin zu sein, in sein Büro gekommen und hat eine mysteriöse schwarze Visitenkarte hinterlassen.«

»Mit weißer Aufschrift?«, fragte Asher und schien auf einmal an der Situation und Emmitts Gegenwart sehr interessiert zu sein.

»Sie kennen sie also auch?«, fragte Emmitt und musste kurz lachen. »Es ist unwahrscheinlich, dass Alethea ihm irgendwelche Probleme verursacht, wenn sie es war, die die Visitenkarte dagelassen hat.«

»Ja, ich kenne sie«, antwortete Asher kopfschüttelnd. »Was will sie wohl von Lance?«

Dax zuckte die Achseln. »Keine Ahnung, aber als ich davon erfuhr, habe ich Lance gesagt, dass er seine Sicherheit verstärken muss und dass ich jemanden bestellt habe. Emmitt Kalling ist mir sehr empfohlen worden, wenn man von seinen Manieren absieht. Ich bin in diesen Dingen bei euch allen ein Experte geworden, ich habe es also für eine gute Idee gehalten.«

»Offenbar hat Lance diesbezüglich seine Meinung geändert«, schnauzte Emmitt.

»Das ist ein Jammer«, unterbrach ihn Asher. »Ich sage Lance schon seit Jahren, dass er bessere Sicherheit braucht. Selbst wenn es nur Alethea gewesen ist und sie keine bösen Absichten hat, muss er etwas unternehmen. Er ist ein Barrington; er hat die Pflicht zu schützen, was ihm gehört.«

Nichts von alledem hatte auch nur die geringste Bedeutung für Emmitt. Er interessierte sich in diesem Moment gar nicht für Lance und Alethea oder die anderen Dinge, über die diese Leute sich beklagten. Er fand jedoch bemerkenswert, mit welcher Überzeugung Asher seine Feststellung gemacht hatte. »Dann rufen Sie ihn an. Sagen Sie ihm, dass ich morgen anfangen kann, wenn Sie sich so um seine Sicherheit sorgen.«

Asher verschränkte die Arme vor der Brust und schüttelte den Kopf. »Haben Sie schon mal diese Anzeigen in Fabriken gesehen, die besagen, wie viele Tage seit einem Vorfall oder einem Unfall verstrichen sind?«

»Sicher«, grunzte Emmitt, der sich fragte, worauf zum Teufel Asher hinauswollte.

»Meine Familie hat unsere schon seit ein paar Monaten nicht mehr auf null zurückstellen müssen. Ich kann Lance keine Vorschriften machen, wie er sein Unternehmen zu leiten hat«, bemerkte Asher sarkastisch.

»Dann bin ich weg«, knurrte Emmitt beleidigt. »Ich schicke Ihnen die Rechnung, Dax, denn Sie haben mich technisch gesehen umsonst kommen lassen.«

»Ich habe nicht gesagt, dass Sie den Job nicht bekommen«, gab Asher zurück. »Ich habe nur gesagt, dass Lance nichts davon wissen soll. Ich stelle Sie ein und Sie tun, was nötig ist, aber Sie bleiben unbemerkt. Wenn Sie so gut sind, wie Sie behaupten, sollte das kein Problem sein.«

»Das wird es nicht«, versicherte Emmitt. »Er wird nie erfahren, dass ich hier bin.«

»Über die Bezahlung können wir uns ja dann noch einigen und –«

Emmitt fiel ihm ins Wort. »Ich will kein Geld von Ihnen. Ich brauche etwas anderes.«

»Ach ja?«, fragte Asher belustigt. »Um was handelt es sich denn?«

»Mein Bruder ist Finanzchef bei West Oil. Er würde sich gern mit Ihnen treffen, um Geschäftliches zu besprechen. Ich schaffe Lance' Probleme aus der Welt, wenn Sie sich mit dieser Besprechung einverstanden erklären.«

»Wenn ich an einem Kauf von West Oil interessiert wäre, hätte ich es bereits erworben. Wenn es dort etwas gäbe, was ich brauchen kann, wüsste ich darüber Bescheid. Wenn ich mit jemandem dort reden wollte, hätte ich das längst getan.«

»Dann wünsche ich Lance alles Gute«, sagte Emmitt kühl. »Wer immer den Job übernimmt, muss verdammt vorsichtig sein, denn bei meinem kurzen Treffen mit ihm habe ich den Eindruck gewonnen, dass er total ausflippen wird, wenn er herausfindet, dass jemand die Drähte zieht. Und bei seinem großen Entwicklungsprojekt müssen Sie unbedingt verhindern, dass irgendwelche schleimigen Bauunternehmer die schwachen Stellen in seiner Sicherheit ausnutzen.«

»Sie wissen über das Projekt Bescheid, an dem er arbeitet?«, fragte Asher.

»Ich stelle immer prompte Nachforschungen an«, erklärte Emmitt. »Dax hat meine Nummer aus gutem Grund bekommen. Ich bin der Mann, den Sie brauchen.«

»Warum würden Sie mir Ihre Dienste als Gegenleistung für ein Gespräch mit Ihrem Bruder anbieten? Das bedeutet viel Arbeit Ihrerseits.« Asher lehnte sich zurück und betrachtete Emmitt skeptisch.

»Warum würden Sie das Risiko eingehen, Ihre Familie zu verärgern, wenn Sie mich anstellen, um Lance zu helfen?«

Dax, der sich während der letzten Minuten still verhalten hatte, musste unwillkürlich lachen, was er mit einem verlegenen Hüsteln tarnte.

Ashers Mundwinkel hoben sich beinahe unmerklich zum Anflug eines Grinsens. »Also schön«, gab er nach, »Sie liefern mir ein systematisches und gründliches Gutachten und Verbesserungsvorschläge bezüglich Lance' Sicherheitsbedarfs, ohne dass er merkt, dass Sie daran gearbeitet haben, und ich erkläre mich zu einem kurzen Zusammentreffen mit Ihrem Bruder bereit. Damit garantiere ich aber nicht, dass ich mich für das interessiere, was er zu sagen hat.«

»Dann haben wir ja eine Menge gemeinsam. Ich will mir auch nur selten anhören, was Mathew zu sagen hat. Aber ich bin sicher, dass Sie es interessant finden werden. Alles, was mein Bruder anfasst, verwandelt sich in Gold. Er ist ein Geschäftsgenie.« Es fiel Emmitt nie schwer, seinen Bruder vor anderen Leuten zu loben. Nur von Angesicht zu Angesicht mit Mathew weigerte er sich, das zu tun.

»Ich erwarte also, in zwei Wochen von Ihnen zu hören.«

Emmitt angelte sein Handy aus der Tasche und wandte sich zum Gehen. »Hey, wie werden Sie eigentlich Lance dazu bringen, meinen Vorschlag zu implementieren, wenn Sie alle Unterlagen von mir haben, ohne dass er stinksauer wird?«

»Ganz einfach«, lachte Asher. »Ich überlasse es meiner Schwester, es ihm zu sagen.«

# KAPITEL 6

»Was gibt's Neues?«, fragte Mathew ungeduldig und Emmitt hängte beinahe auf.

»Lass mich in Ruhe. Ich bin gerade erst sechs Stunden hier und du nervst mich bereits. Ich melde mich bei dir; ruf nicht mehr an.«

»Aber du hast mit Lance gesprochen?«, sagte Mathew schnell.

»Ich habe mit Asher gesprochen«, erwiderte Emmitt selbstbewusst und genoss es sehr, die Kontrolle auf seiner Seite zu haben. Mathew war immer der bessere Geschäftsmann gewesen. Der bessere Sohn. Der bessere Bruder. Der Vernünftige mit soliden Plänen. Aber jetzt hatte Emmitt die Oberhand. Endlich.

»Was, jetzt schon?«, fragte Mathew für Emmitts Geschmack viel zu ungläubig.

»Ich habe hier eine Aufgabe übernommen. Wenn alles glattgeht, bekommst du dein Treffen mit Asher. Aber wenn du Mist baust, während du ihn vor dir hast, ist das natürlich deine Sache.«

»Und wenn du Mist baust mit dem Job, den er dir gegeben hat, was passiert dann? Ich lande auf der schwarzen Liste oder so.« Mathews Pessimismus war ärgerlich, aber nicht vollkommen unberechtigt, was Emmitts Erfolgsbilanz betraf.

»Konzentriere du dich auf deine Vorschläge für Asher, um meinen Job kümmere ich mich schon selbst.« Er hatte schon den Hörer vom Ohr genommen, um aufzuhängen, als sich eine andere Stimme meldete.

»Was macht denn Evie?«, fragte Mathews Freundin Jessica interessiert. »Kommt sie gut zurecht?«

»Keine Ahnung«, antwortete Emmitt lässig. »Ich habe ihr einen Tausender gegeben und ihr gesagt, dass sie mich nicht stören soll.«

»Du hast was gemacht?«, fragte Jessica wütend. »Du kannst sie nicht einfach mit so viel Geld in einer Großstadt sich selbst überlassen!«

»Das habe ich auch nicht. Sie hat es mir vor die Füße geworfen und ist in die entgegengesetzte Richtung verschwunden.«

»Sie hat also gar kein Geld?«, schimpfte Jessica. »Du kannst sie doch nicht *ohne Geld* auf eine fremde Stadt loslassen! Was zum Teufel ist denn los mit dir? Such nach ihr! Sie könnte mittlerweile Gott weiß wo hingeraten sein.«

»Na und? Sie ist eine erwachsene Frau.« Emmitt wehrte sich dagegen, Gewissensbisse zu haben. Evie war nicht seine Verantwortung. Er hatte wichtigere Dinge zu tun, als sich darum zu sorgen, wo sie war.

»Da irrst du dich aber. Ich war mit ihr unterwegs. Sie ist sehr naiv und sie ist in letzter Zeit in eine Sackgasse geraten. Es ist keine gute Idee, sie allein zu lassen. Als wir einmal in einem Nachtklub waren, musste Mathew sie von einem Tisch herunterziehen, auf dem sie getanzt hat, und sie zu meiner

Wohnung tragen. Sie war so betrunken, dass sie sogar vergessen hat, dass sie ihn geküsst hat.«

»Evie hat Mathew geküsst?«, fragte Emmitt und wurde unwillkürlich eifersüchtig, was für ihn ganz ungewöhnlich war.

»Es hatte nichts zu bedeuten«, beeilte sich Mathew zu versichern. »Jessica und ich waren noch nicht einmal richtig zusammen. Warum sollte dich das stören?«

Jessica schnaubte erbost, denn sie waren beide vom Wesentlichen abgekommen. »Emmitt, ob du dich nun für sie verantwortlich fühlst oder nicht, du bist es nun einmal. Wenn ich heute Morgen dabei gewesen wäre, als Mathew auf die Idee kam, sie solle dich begleiten, hätte ich Nein gesagt. Evie hat mir aus der Patsche geholfen und ich weiß, dass ihr das teuer zu stehen gekommen ist. Sie hat ihre Rolle in Pierres Film verloren und ihre Karriere auf unbestimmte Zeit geschädigt, indem sie seine Unterhaltung mit mir aufgenommen und bei der Polizei gegen ihn ausgesagt hat. Sie ist im Moment sehr verletzlich, und das ist zum Teil meine Schuld. Ich versuche schon seit Stunden, sie anzurufen, aber sie meldet sich nicht.«

»Dann kannst du ja herkommen und Babysitter spielen«, knurrte Emmitt.

»Es ist teilweise auch deine Schuld«, behauptete Jessica. »Du hast sie als Deckung benutzt, um mir für Mathew nachzuspionieren.«

»Nachspionieren ist nicht das richtige Wort«, unterbrach Mathew sie sofort, was er jedes Mal tat, wenn dieses Thema angesprochen wurde. Es erboste ihn immer, wenn sie es so bezeichnete.

Aber Jessica übertönte ihn. »Aber du bist es gewesen, der sie in erster Linie in die Sache verwickelt hat. Ich will ja nur, dass du auf sie aufpasst und dafür sorgst, dass sie keine Dummheiten macht. Sie ist wahrscheinlich jetzt irgendwo da draußen und wird von irgend so einem Verlierer belästigt, den sie nicht loswerden kann. Geh sie suchen!«

»Seid ihr beide jetzt fertig?«, fragte Emmitt und schöpfte tief Atem.

»Tu, was gut und richtig ist«, wies ihn Jessica in mütterlichem Ton an. »Sie braucht im Moment jemanden, der ihr hilft.«

Emmitt lachte herzlich. »Du verwechselst mich mit meinem Bruder. Ich weiß, dass er dein Ritter ohne Furcht und Tadel ist und so weiter, aber das liegt nicht in der Familie. Wenn Evie sich in eine missliche Lage bringt, muss sie auch selbst wieder herauskommen. Ich habe für so etwas keine Zeit.«

»Sie ist ein nettes Mädchen, Emmitt«, sagte Mathew niedergeschlagen.

»Und das hast du heute Morgen auch schon gewusst«, erinnerte ihn Emmitt. »Und wer ich bin, ist dir auch bekannt. Es ist keine gute Idee, mir ein nettes Mädchen anzuvertrauen.«

»Schick sie zurück«, sagte Mathew streng. »Ich habe mich heute Morgen egoistisch verhalten. Ich habe nur an die Barringtons gedacht und wie Evie uns im Kontakt mit ihnen nützlich sein könnte. Du hast recht. Sie sollte nicht mit dir zusammen dort sein. Schick sie zurück.«

»Ich schätze, zuerst muss ich sie einmal finden«, antwortete Emmitt. »Soll ich beim Amateurabend im Stripklub ein paar Häuser weiter anfangen oder in der nächsten Crackhöhle?«

»Schick sie zurück, Emmitt«, befahl Mathew. »Und vergreife dich ja nicht an ihr.«

»Was ist das Einzige, was man einem Bären nie sagen

darf?«, witzelte Emmitt, wohl wissend, dass der Blutdruck seines Bruders jede Sekunde höher schießen musste. »Sag ihm nie, dass er den Honig nicht haben darf ... sonst reißt er das ganze verdammte Bienennest vom Baum.« Er hängte auf und steckte sein Handy in die Tasche. Er konnte sich vorstellen, wie Mathew jetzt im Büro im Kreis herumlief und leise vor sich hin fluchte. *Geschafft.*

Aber er hatte noch anderes zu tun, als Mathew zu ärgern. Er musste Nachforschungen über ein architektonisches Unternehmen anstellen und analysieren, ohne bemerkt zu werden.

Er versuchte, die Vorstellung zu verdrängen, wie Evie in einer Bar belästigt wurde, ballte die Hände aber immer wieder zu Fäusten, wenn er daran dachte. Sie war quälend süß und naiv, hatte so eine weiche Haut und duftete so gut ... er konnte sich nicht konzentrieren, wenn er in seiner Vorstellung ihr Bild heraufbeschwor. Sie war so ein Mädchen, das man in Watte packen und beschützen wollte. Die Art von Mädchen, das die falsche Art von Mann anzog und wahrscheinlich erst merkte, dass sie in Schwierigkeiten steckte, wenn es zu spät war.

Er ging zurück in sein Zimmer und öffnete seinen Laptop. Es gab eine schnelle Lösung, Evie zu orten. Ihr Handy zu lokalisieren war ein guter Anfang. Er klickte auf die App, tippte ihre Nummer ein und sah zu, wie die kleine, elektronische Pinnnadel direkt über der Adresse ihres Hotels stehen blieb. Sie war genau da, wo er sie gelassen hatte.

Er zog sich wieder die Schuhe an und überlegte dabei, was er zu ihr sagen würde. Die Anweisungen waren eindeutig gewesen. Schick sie zurück. Aber er ließ sich nichts mehr befehlen. Stattdessen genoss er es, das Gegenteil zu tun.

Also dachte er über das nach, was er bereits wusste. Evie würde nicht bloß mit ihm schlafen, weil er sie dazu aufgefordert hatte. Er hatte es ja bereits versucht. Um mit einer Frau wie ihr zu schlafen, müsste er »beteiligt« sein. Er würde sie gernhaben müssen. Etwas für sie empfinden. Bei dem bloßen Gedanken daran lief ihm ein kalter Schauer über den Rücken. Wenn er also das Vorhaben aufgab, mit ihr zu schlafen, würde er sie nur lange genug in Boston behalten, um seinen Bruder zu ärgern. Noch ein taktischer Zug in dem Spiel, das ihm so ungeheuren Spaß machte.

# KAPITEL 7

Evie fuhr erschrocken auf, als jemand laut an ihre Zimmertür klopfte. »Nein danke«, krächzte sie und versuchte, so schnell wie möglich ihren Morgenmantel anzuziehen. Sie hatte nach ihrer Massage, Gesichtsbehandlung, Maniküre und Pediküre die Vorhänge zugezogen und beschlossen, dass die zehntausend Kalorien des Zimmermenüs und ein paar Stunden Schlaf jetzt genau das Richtige für sie seien. Aber nun war sie schlaftrunken in einer ungewohnten Umgebung aufgewacht und fühlte sich völlig desorientiert. »Nein danke«, sagte sie wieder.

»Was?«, erklang Emmitts Stimme durch die Tür. »Ich bin's, mach auf.«

»Ich bin nicht angezogen«, stammelte sie und fragte sich, ob er herausgefunden hatte, wozu sie seine Kreditkarte benutzt hatte.

»Komm schon«, brüllte Emmitt wieder. »Mach jetzt auf. Ich habe jede Menge zu tun.«

Evie band sich den Morgenmantel so fest wie möglich zu, aber es war immer noch ein seltsames Gefühl, nur die Baumwolle zwischen sich und Emmitt zu spüren. Sie öffnete die Tür und nahm schnell einen Schritt zurück, als er hereinstürmte und eine Bestandsaufnahme ihres Zimmers vornahm.

»Du bist den ganzen Tag hier gewesen?«, fragte er und klang enttäuscht. »Jessica war sicher, dass du dich irgendwo in Schwierigkeiten gebracht hast.« Er nahm ein Blatt Papier vom Schreibtisch in der Ecke des Hotelzimmers und lachte. »Mein Bargeld hast du als Beleidigung aufgefasst, aber es hat dir nichts ausgemacht, meine Kreditkarte für den Spabereich zu benutzen?« Er bemerkte den Stapel leerer Teller auf einem Tablett bei der Tür. »Und durch die halbe Speisekarte hast du dich auch gefuttert.«

»Wieso hat Jessica gedacht, ich würde mich in Schwierigkeiten bringen?«, fragte Evie, die jedes Mal, wenn er sich bewegte, einen weiteren Schritt zurücktrat.

»Sie hat mir alles über den Abend erzählt, als ihr zusammen ausgegangen seid, und wie du am Schluss noch meinen Bruder geküsst hast.« Evie betrachtete ihn und glaubte beinahe, einen Funken Eifersucht in seinen Zügen zu entdecken. Aber er war schnell wieder verschwunden.

»Ach, ja«, sagte sie und senkte vor lauter Verlegenheit den Kopf. »Ich kann kaum glauben, dass ich das getan habe. Aber meint Jessica wirklich, dass ich mich hier so benehme? Es war eine Dummheit und ein verrückter Abend. Das mache ich doch nicht immer so.«

»Jedenfalls oft genug, dass sie mir aufgetragen haben, dich zurückzuschicken. *Und zwar sofort.*« Er zog die dicken Vorhänge zurück und ließ das Licht der untergehenden Sonne ins Zimmer fluten.

»Ich gehe nicht dorthin zurück. Sie können mich nicht einfach wie ein Paket behandeln, einen Weihnachtspullover, den niemand haben will.« Evie war sicher, dass das Einzige, was sie in Texas erwartete, weitere Fehlschläge waren. »Und ich werde mich auch nicht wieder betrinken und einen Narren aus mir machen. Ich werde …« Sie zögerte, denn sie wusste, dass sie noch keinen Plan hatte.

»Du wirst mir helfen«, sagte Emmitt und kam auf sie zu. Da sie bereits mit dem Rücken zur Wand stand, konnte sie ihm nicht ausweichen, aber das wollte sie eigentlich auch gar nicht. Der Duft seines Rasierwassers umwehte sie und weckte das starke Bedürfnis in ihr, ihn am Hemd zu packen und an sich zu ziehen. Aber sie tat es nicht.

»Wie?«, fragte sie und strich sich mit einer Hand das Haar aus dem Gesicht. »Wie kann ich etwas für dich tun?« Sein breiter, muskulöser Brustkorb war jetzt auf ihrer Augenhöhe und sie versuchte, sich auf etwas anderes im Zimmer zu konzentrieren.

Emmitt berichtete ihr von seinem Gespräch mit Asher und erklärte, dass es ihm nicht möglich sei, in Lance' Büro ein und aus zu gehen, ohne bemerkt zu werden. Sie hingegen konnte das sehr wohl. Wenn sie wirklich so fest entschlossen war zu bleiben, würde sie etwas dafür tun müssen.

»Das kann ich machen«, sagte sie mit einem nervösen Lächeln. »Ich kann tun, was du willst. Du brauchst es mir nur zu sagen.«

»Rede nicht so einen Mist, wenn du nur in einem Morgenmantel vor mir stehst. Das ist unfair.« Er hob die Hand und strich ihr über die Wange, und als er ihr in die Augen sah, fiel ihm das Atmen schwer.

Plötzlich beugte er sich zu ihr hinunter und drückte die Lippen auf ihre. Wie ein Stromstoß durchzuckte sie heiße Begierde und brachte ihren Unterleib zum Prickeln. Und so plötzlich, wie er sie geküsst hatte, zog sich Emmitt wieder zurück. Ihr entfuhr ein leises Stöhnen, als sie sich seiner Lippen beraubt fühlte.

»Ich wollte nicht, dass du denkst, jeder Kuss von einem Kalling ist wie der, den du von Mathew bekommen hast. Einen so schlechten Ruf kann ich nicht auf mir sitzen lassen.«

Sie murmelte etwas Dummes, ehe sie ihm die Arme um den Hals warf und versuchte, seinen Mund wieder auf ihren zu ziehen. Ihr war, als würde sie von pulsierenden Druckwellen in Stücke gerissen und als sei er der einzige Mensch, der sie wieder zusammensetzen könnte.

Als sie den Morgenmantel öffnete und ihm ihren nackten Körper enthüllte, schmolz der leichte Widerstand, den sie an seinen Lippen spürte, dahin. Ob dies ihrem Charakter entsprach oder nicht, war nicht mehr wichtig. Sie begehrte ihn. Sie wollte etwas unmissverständlich Wirkliches empfinden. Etwas, das nur ihr galt, ihr innere Ruhe gab und ihre Nerven beruhigte. Sie wusste, dass er dazu fähig war. Emmitt schien ein Mann zu sein, der einen selbst die größten Sorgen vergessen lassen konnte. Wenigstens eine Weile, bis er selbst eine dieser Sorgen wurde.

Eine Sekunde später prallte er mit seinem Körper auch schon gegen ihren und drückte sie an die Wand, während er sich an ihr rieb. Sie spürte seinen großen, erregten Schwanz, mit dem er voller Ungeduld in sie eindringen wollte, obwohl er noch bekleidet war. Mit seinen Händen glitt er nach unten, umfasste ihren Hintern und hob sie hoch. Instinktiv spreizte sie die Beine und schlang sie um ihn. Mühelos hielt er mit seinen Armen ihr Gewicht, während er seine Erektion gegen sie stieß. So ungeplant und außergewöhnlich dieser Moment auch war, gab er ihr das Gefühl, endlich in vollen Zügen zu leben. Seine leidenschaftlichen Küsse trafen sie am Hals und am Schlüsselbein, begleitet von Beißen und Lecken, das sie weiter auf abgrundtiefe Lust zutrieb.

Sie sollten miteinander reden. Evie sollte etwas sagen,

erklären, was dies ihr bedeutete und warum sie sich ihm so willig hingab. Es brauchte Zusammenhang und sie verdiente auch zu wissen, was ihm durch den Kopf ging. Aber sie hatten keine Worte füreinander. Er sagte nichts, als er mit dem Finger in sie eindrang und mit dem Daumen ihre Klitoris rieb. Und nun war sie auch nicht mehr fähig, etwas Zusammenhängendes hervorzubringen.

Evie keuchte vor Begierde und flehte ihn praktisch an, in sie einzudringen, während sie an seinem Hemd zerrte. Ein anhaltender Klingelton trennte sie voneinander. Er hielt sie an die Wand gedrückt, als er sein Handy aus der Tasche nahm und auf den Bildschirm starrte. Eine SMS.

»Ist alles in Ordnung?«, fragte Evie, als sein Gesicht von einem Ausdruck überschattet wurde, den sie nicht interpretieren konnte. Etwas war gerade anders geworden und das Zimmer wirkte plötzlich kalt. Eben hatte er sie noch begehrt, aber jetzt erschien er ihr abgelenkt und gleichgültig.

»Es hat mit der Arbeit zu tun. Ich muss gehen«, seufzte er, während er seinen Griff lockerte und ihren Körper an der Wand entlang herabgleiten ließ, bis ihre Füße wieder den Boden berührten. Sie fühlte sich leer und unerfüllt.

Er stopfte sich wieder das Hemd in die Hose und wischte sich ihren Lippenstift von den Lippen. »Schließ hinter mir die Tür ab. Sie sollte immer abgeschlossen sein.«

»Kommst du heute Abend nicht zurück?«, fragte sie, bedeckte sich so gut sie konnte mit den Händen und versuchte, außer Demütigung noch etwas anderes zu empfinden.

»Nein.« Er hatte bereits die Tür geöffnet, ehe sie ihm weitere Fragen stellen konnte. Als er verschwunden war und die schwere Zimmertür des Hotels laut hinter ihm ins Schloss gefallen war, erstarrte sie. *Was zum Teufel war eigentlich gerade geschehen?*

Emmitt sah auf sein Handy hinunter und zerquetschte es beinahe mit bloßen Händen, als er Jessicas Nachricht noch einmal las.

*Jessica: Hast du sie gefunden? Ich habe so ein schreckliches Gefühl, dass sie mit irgendeinem Drecksack zusammen ist, der versucht, sie zu verführen.*

Sie war mit ihren Sorgen nicht weit von der Wahrheit entfernt. Er hatte es zwar nicht geplant, aber als er Evie in ihrem dünnen Baumwollmorgenrock gesehen hatte, war er gegen seine Begierde machtlos gewesen. Es war ein schrecklicher Gedanke, was er gerade in dieser Minute mit ihrem Körper gemacht hätte, wenn Jessicas gerade rechtzeitig geschickte Nachricht ihn nicht daran erinnert hätte, mit wem er es zu tun hatte. Nicht dass er nicht schon Dutzende von Herzen gebrochen hätte. Es kümmerte ihn nicht, wie viele Frauen er schon verlassen hatte. Aber Evie hatte etwas Besonderes. Etwas Zartes und Liebenswertes, dem er nichts anhaben konnte. Die Frauen vor ihr waren zweifellos darüber hinweggekommen, dass er sie verlassen hatte, aber bei Evie war er sich keineswegs sicher. Für die Frauen davor war er ein ausgezeichnetes Barometer gewesen: die niedrigste Stufe eines Mannes, die sie dazu benutzen konnten, sich eine Vorstellung der Dinge aufzubauen, die sie von einer echten Beziehung erwarteten. Er war der Vorläufer und der nächste Mann nach ihm war immer der Richtige. Aber Evie war anders, selbst wenn er sich nicht erklären konnte, warum das so war.

Der bloße Gedanke daran, sie zu benutzen, ihren Körper zu besitzen und sie dann zu verlassen, machte ihn ganz krank. Das war eine Schwäche, etwas, das er an sich hasste, aber irgendwie wurde sie immer mächtiger. Und je mehr Zeit er mit ihr verbrachte, desto klarer erkannte er, dass das die Wahrheit war. Er musste also den Plan aufgeben, mit ihr zu schlafen. Er durfte sich nicht mehr vorstellen, wie ihr das lange, goldene Haar über die Schulter fiel, während sie rittlings auf ihm saß und seine Hand auf ihrer Hüfte sie auf und nieder leitete. Er durfte nicht mehr davon träumen, wie sie sich im Dampf der Dusche keusch berührte und ihn bat, sich zu ihr zu gesellen. Er durfte nicht …

»Fuck«, murmelte er vor sich hin, als das Läuten der Aufzugsglocke ihn in die Realität zurückbrachte. Emmitts Ruf war der eines egoistischen, gedankenlosen Arschlochs. Er pflegte sich nicht bloß von einer liebeswilligen Frau zu entfernen, weil er Angst hatte, er könnte ihr am Ende wehtun. Was zum Teufel war nur mit ihm los?

# KAPITEL 8

Zwei Tage. Emmitt war seit zwei Tagen verschwunden, ohne sich auch nur telefonisch zu melden oder eine SMS zu schicken. Sie hatte ein paarmal versucht, ihn auf seinem Zimmer anzurufen, und sogar an seine Tür geklopft. Aber nirgendwo war eine Spur von ihm zu finden. Die Frau am Empfang versicherte ihr, dass er nicht abgereist sei, aber sie war nicht bereit, irgendeine andere Information zu geben, falls sie sie hatte.

Evie hatte ihre Zeit hauptsächlich im Hotel verbracht. Seit sie Emmitt sein Bargeld vor die Füße geworfen hatte, verließ sie sich darauf, dass alles auf die Zimmerrechnung ging. Es war nicht gerade ein moralischer Sieg, denn es war immer noch sein Geld, aber schließlich musste sie ja etwas essen. Das Geld auf ihrem Konto musste sie sparen, da sie bisher überhaupt noch keine realistischen Zukunftsaussichten hatte.

Sie wusch sich den letzten Rest der Lavendelspülung aus und stellte die Duschhähne ab. Sie ergriff eines der sauberen, flauschigen Handtücher, wickelte sich hinein und fuhr mit der Hand über den beschlagenen Spiegel. Sie betrachtete aufmerksam ihr Gesicht, als fände sie darin die Antwort auf ihre dringende Frage. *Warum zum Teufel ist er fortgegangen?*

Evie war nicht prüde, aber sie war auch nicht sexbesessen. Ihr Highschool-Freund war auch ihr Erster gewesen und dann waren sie noch zwei Jahre zusammengeblieben. Als er zur Universität ging, hatte sie ein paar andere Freunde und schlief mit zweien davon. Niemand hatte sie jedoch so berührt wie Emmitt. Doch andererseits hatte sie auch niemand je so plötzlich verlassen. Sie musste etwas gesagt oder getan haben, was ihn abschreckte.

Sie wurde aus ihren Gedanken gerissen, als jemand an ihre Zimmertür klopfte. »Ja bitte?«, sagte sie zögernd.

»Ich bin's, Emmitt.« Seine schroffe Stimme drang durch die Tür und verursachte ihr eine Gänsehaut.

»Ich komme gerade aus der Dusche, warte einen Moment, ich hole meinen Morgenmantel«, sagte sie und fuhr sich mit den Fingern durchs nasse Haar, um etwas Leben hineinzubringen.

»Nein«, erwiderte er schnell. »Zieh dich einfach nur an und wir treffen uns dann in einer Viertelstunde in der Empfangshalle.«

»Okay«, entgegnete sie durch die Tür und sah schnell durch das Guckloch, ob er noch da war.

Er sah verärgert aus, seine Kiefermuskeln waren angespannt und die Zähne zusammengebissen. Emmitt stand noch einen Moment da, als wollte er etwas hinzufügen, dann schüttelte er den Kopf und ging davon.

Nachdem sie sich schnell angezogen und sich das Haar geföhnt hatte, eilte Evie hinunter zur Empfangshalle. Sie hatte tausend Fragen an ihn und war zwischen Ärger und Bedauern hin- und hergerissen, obwohl sie nicht sicher war warum.

»Wo bist du gewesen?«, fragte sie und versuchte, kühl und

unbeteiligt zu klingen, als sie in der eleganten Empfangshalle auf ihn zuging.

»Untersuchungen anstellen«, antwortete er, ohne von seinem Handy aufzublicken. »Bist du immer noch fest entschlossen hierzubleiben? Wenn ja, habe ich einen Job für dich.«

»Ich dachte, du würdest zurückkommen oder mich wenigstens anrufen. Habe ich etwas falsch gemacht? Die Art und Weise, wie –«

Er unterbrach sie und ließ endlich sein Handy sinken. »Das wird nicht mehr vorkommen«, versicherte er. »Du willst hier irgendwas machen und Geld verdienen, kein Problem. Ich kann dich wahrscheinlich gebrauchen. Aber *das* machen wir nicht noch einmal.«

»Warum?«, fragte sie und gestikulierte nervös mit den Händen. »Du hast doch dauernd gesagt –«

»Du bist nicht mein Typ. Ich bin nicht interessiert.«

»Oh«, krächzte sie. »Ja, in Ordnung. Kein Problem.«

»Wenn ich also bei dir anklopfe, öffne mir nicht wieder bloß mit diesem Morgenrock bekleidet die Tür.«

Sie betrachtete ihn neugierig, als sie sich die Sache überlegte. »Warum kümmert es dich denn, was ich trage, wenn du dich nicht für mich interessierst?«

Er öffnete den Mund, um ihr zu antworten, schloss ihn aber schnell wieder, als müsste er sich die Antwort noch überlegen. »Ich möchte, dass du heute in Lance' Büro gehst und das hier in einen seiner Computer steckst.« Er hatte so schnell und zielstrebig das Thema gewechselt, dass sie nicht das Gefühl hatte, auf einer Antwort von ihm bestehen zu können.

»Also gut«, sagte sie und nahm ihm das kleine Datenspeichermedium aus der Hand. »Soll ich einfach da hineinspazieren und es machen? Brauche ich denn nicht einen Ausweis oder so etwas?«

»Die genügen dir als Ausweis«, sagte er und zeigte auf ihre Brüste.

»Wie bitte?«, fragte sie ungläubig und verschränkte die Arme. »Was soll das denn bedeuten?«

»Der Sicherheitsbeauftragte der Tagesschicht heißt Sinclair. Er hat eine Schwäche für Jungfrauen in Nöten und ein hübsches Paar Brüste. Wenn du dein rosa Top mit den Röschen drauf trägst, ein paar nette Worte mit ihm wechselst und ihm zublinzelst, lässt er dich schon rein.«

»Welches rosa Top?«, fragte sie und ignorierte, wie beleidigend der Rest seines Vorschlags klang.

»Das mit der Spitzenborde. Du hast es an dem Abend bei Mathew und Jessica getragen, als sie irgendwas gefeiert haben. Ich weiß nicht mehr, was es war.«

»Du kannst dich nicht daran erinnern, dass es Jessicas Geburtstag war, aber du weißt noch genau, welches Top ich getragen habe?« Sie legte den Kopf zur Seite und starrte ihn erstaunt an. Irgendetwas ging in ihm vor, aber er wollte es nicht zeigen.

»Zieh dich um«, sagte er und sah auf seine Armbanduhr. »Ich will das so bald wie möglich erledigen.«

»Und was dann?«

»Dann nehme ich die Daten und Informationen, die du runtergeladen hast, und fange an, auf der Grundlage des Sicherheitsgutachtens für Asher einen Verbesserungsentwurf auszuarbeiten.«

»Aber ich meine, was ist mit dem Mittagessen? Oder was machen wir heute Abend? Ich habe keine Lust mehr, immer auf meinem Zimmer zu essen.«

»Ich bezahle dich für deine heutige Arbeit, dann kannst du essen gehen, wo du willst.«

»Kannst du mir nicht einfach sagen, was ich falsch mache?«, fragte sie beleidigt. »Ich bin ein nettes Mädchen.«

»Eben«, erwiderte er, drehte sich auf dem Absatz herum und ging zum Ausgang. »Zieh dich um, wir treffen uns dann vor dem Hotel. Den Rest des Plans besprechen wir unterwegs.«

Als Evie sich wieder nach unten begab, war sie nicht gerade stolz darauf, wie lange sie dazu gebraucht hatte, ihr Dekolleté mit ihrem schmeichelhaftesten BH zur Geltung zu bringen und das Top anzuziehen, das Emmitt vorgeschlagen hatte. Aber sie hatte genug davon, bei allem und jedem zu versagen, und vielleicht wäre dies seit Langem das Erste, was sie einmal richtig machte.

Emmitt hielt ihr bereits die Tür des Taxis auf, als sie aus dem Hotel auf die Straße trat. Als er sie ansah, fühlte sie die Intensität seines Blickes am ganzen Körper.

»Dieses Top?«, fragte sie und konnte die Antwort bereits seinem Gesichtsausdruck entnehmen. Er grunzte nur etwas Zustimmendes aus der Tiefe seiner Kehle.

»Dies ist deine letzte Chance, es dir anders zu überlegen«, sagte Emmitt, als er auf den Sitz neben ihr glitt, wobei sein Schenkel gegen ihren prallte, ehe er sich auf seine Seite zurückzog. »Ich habe schon Kleinkinder mit einem besseren Pokergesicht gesehen.«

»Wenn du es mir nicht zutraust …«, stotterte sie und ihr ganzer Körper begann, nervös zu prickeln.

»Ich habe dafür gesorgt, dass du es unmöglich vermasseln kannst«, sagte er. »Du machst das schon.«

»Was passiert, wenn ich erwischt werde?«

»Hast du deine Zahnbürste und Unterwäsche zum Wechseln dabei, falls du ins Gefängnis kommst?«, fragte Emmitt, der ihr keinen Blick gönnte, sondern mit seinem Handy beschäftigt war.

»Ich will aber nicht ins Gefängnis«, zirpte sie nervös. »Ist das dein Ernst?« Ihr brach am ganzen Körper kalter Schweiß aus, als sie sich ausmalte, wie man sie in Handschellen davon schleifen würde.

»Tu bloß, was ich sage«, wiederholte er. »Dann wird alles gut gehen.«

# KAPITEL 9

Obwohl er Dutzende von militärischen Operationen in feindlichem Territorium überlebt hatte, war es Emmitt ganz mulmig, als er Evie in Lance' Büro schickte. Sie würde nicht ins Gefängnis wandern, selbst wenn man sie dabei erwischte. Aber um das zu verhindern, würde er wahrscheinlich Asher Barrington als denjenigen angeben müssen, der die ganze Sache veranlasst hatte. Und das würde wohl jegliche Hoffnung auf eine Zusammenarbeit zwischen West Oil und Asher zunichtemachen. *Reinfall.*

Das würde nicht nur bedeuten, dass er seinem Bruder nicht eins auswischen konnte, sondern auch, dass er völlig versagt hatte. Und wie sehr Evie auch ihr dauerndes Versagen beklagen mochte, das war nichts im Vergleich zu Emmitts Fehlschlägen. Alle sahen ihn als einen emotionalen Tsunami, der nichts als Verwüstung hinterließ. Und dieser selbsterfüllenden Prophezeiung wurde er immer wieder gerecht. Wenigstens war er konsequent.

Aber als Evie durch die Eingangstür von Lance' Bürogebäude verschwunden war, befürchtete er, dass es diesmal anders kommen könnte. Nicht weil er die Sache vermasseln könnte, sondern weil er das aus irgendeinem unerklärlichen Grund unbedingt vermeiden wollte. Und der Gedanke, dass ihm ein erfolgreicher Ausgang wichtig war, beunruhigte ihn zutiefst.

»Kannst du mich gut verstehen?«, fragte er leise, wobei er darauf achtete, dass niemand ihn hören konnte, der an der Bank vorbeikam, auf der er saß. »Du brauchst nicht in ganzen Sätzen Selbstgespräche zu führen. Das Mikrofon, das ich auf der Innenseite deiner Bluse befestigt habe, ist sehr empfindlich. Ich kann die leiseste Bestätigung hören.« Er wehrte sich gegen die bildliche Vorstellung ihres nervös wogenden Brustansatzes, als er ihr das winzige Mikrofon angesteckt hatte.

»Mm«, murmelte sie leise.

»Wenn du also an Sinclair beim Empfang vorbeigekommen bist, musst du die Treppe raufgehen.«

»Mm«, wiederholte sie und dann hörte er, wie sie in atemloses Lachen ausbrach. »Ach du je«, sagte sie und kicherte. »Ich wette, ich würde meinen Kopf vergessen, wenn er nicht angeschraubt wäre. Das hat mein ehemaliger Freund jedenfalls immer gesagt.«

»Wie kann ich Ihnen behilflich sein?«, hörte Emmitt Sinclair fragen und sein Ton zeigte ihm deutlich an, dass Evie von ihm alles haben könnte. Dieser Mann war kein Türhüter.

»Ich habe meine Kennkarte zu Hause gelassen«, erklärte sie und er konnte hören, wie sie sich an die Stirn schlug. »Typisch Blondine, ich weiß. Ich arbeite für die IT-Unternehmensberatung und bin bereits eine Viertelstunde zu spät dran. Was soll ich bloß machen?« Die verzweifelte Note in ihrer Stimme war so echt, dass Emmitt daran erkennen konnte, wie nervös sie war.

»Keine Sorge«, flüsterte Sinclair. »Ich weiß, wie es ist. Es passiert öfter, als Sie denken. Ich weiß nicht mal, warum wir diese dummen Kennkarten überhaupt haben. Ich lasse sowieso alle rein.«

»Sie sind ein Schatz«, zirpte sie. »Warum gibt es auf der Welt nicht mehr Männer wie Sie? Ich schwöre, dass ich mich nicht mehr daran erinnern kann, wann ich das letzte Mal einem solchen Gentleman begegnet bin. Ihre Frau ist ein Glückspilz.«

»Oh, ich bin nicht verheiratet«, stellte Sinclair richtig. »Geschieden, alleinstehend und bereit zu neuen Taten.«

»Verdammt noch mal«, stöhnte Emmitt. »Jetzt reicht's aber langsam.«

»Wie in aller Welt ist es möglich, dass Sie unverheiratet sind? Hören Sie doch auf«, fuhr Evie fort. »Ich bin sicher, dass sich die richtige Frau für Sie gleich um die Ecke befindet. Bleiben Sie nur, wie Sie sind, Sinclair.«

»Aber ich bitte Sie«, lachte Sinclair und Emmitt konnte praktisch sehen, wie sein pockennarbiges Gesicht vor Freude errötete.

»Hey, Kummerkastentante, er hat dir ja gar nicht gesagt, wie er heißt. Gott sei Dank ist er viel zu sehr damit beschäftigt, deine Titten anzustarren, sonst hättest du die ganze Sache bereits jetzt schon ruiniert.«

»Ich gehe jetzt besser.« Sie seufzte. »Die Kerle, mit denen ich arbeiten muss, sind richtige«, sie senkte ihre Stimme zu einem Flüstern, »Arschlöcher. Sie kommandieren mich den ganzen Tag herum und behandeln mich wie eine Idiotin. Ganz zu schweigen von diesem besonders schlimmen Typen, der angefangen hat, mir bei diesem Projekt zu helfen. Ich dachte, alles würde richtig gut laufen und war ganz glücklich, und dann lässt er mich auf einmal sitzen. Er hat mich einfach stehen lassen, als wäre ich unsichtbar. Es war mir sehr peinlich.«

Emmitt spürte, wie sein Schwanz reagierte, ehe er sich überlegen konnte, was er sagen sollte. Er wusste genau, auf welches »Projekt« Evie anspielte. Ihre weiche Haut, den biegsamen Rücken und ihre sanften Lippen im Stich zu lassen, hatte seiner ganzen Willenskraft bedurft. Der bloße Gedanke daran raubte ihm den Verstand. Er konnte nur noch an sie denken, bis ein paar schnatternde Frauen vorbeikamen und er endlich wieder fähig war, sich zu konzentrieren.

»Du kennst den Weg noch?«, fragte er, räusperte sich und setzte sich anders hin, damit die harte Beule in seiner Hose nicht von jedem Vorbeikommenden gesehen werden konnte.

»Mm, kein Problem«, sagte sie seiner Meinung nach viel zu selbstbewusst. Nichts gefährdete das Gelingen eines Unternehmens so sehr wie Arroganz. »Wenn dir wirklich daran liegt, dies nicht deiner Liste vergangener Fehlschläge hinzuzufügen, solltest du genau befolgen, was ich dir sage.«

»Ich weiß, was ich zu tun habe«, flüsterte sie. »Du machst mich ganz nervös. Lass mich nur machen.« Er hörte das ihm wohlbekannte statische Kratzen, das ihm anzeigte, dass die Kopfhörer manipuliert wurden, und er wusste sofort, dass sie sie ausgeschaltet hatte, und das Mikrofon ebenfalls.

»Evie«, knurrte er, wohl wissend, dass sie ihn nicht mehr hören konnte. Emmitt stand auf, ging fünf Schritte auf die Straße zu und wollte sie schon überqueren, als er stehen blieb. Er sah auf die Uhr und wusste, dass dem Plan zufolge Evie bereits nach oben gegangen sein musste. Sie würde sich jetzt nach dem Computerraum umsehen, der mit etwas Glück nicht abgeschlossen sein würde. Aufgrund der mangelhaften Gebäudesicherung standen ihre Chancen nicht schlecht. Wenn sie seinen Erklärungen im Taxi zugehört hatte, würde sie genau wissen, wo sie das Zip-Laufwerk anschließen musste, und würde nicht vergessen zu warten, bis es grün aufleuchtete, ehe sie es wieder entfernte.

Er ging zur Bank zurück und setzte sich wieder. Er konnte hier draußen jetzt nichts anderes tun als zu warten. Warten und sich genau überlegen, was er zu ihr sagen würde, wenn sie zu ihm zurückkehrte. Sobald er sie über die Straße stolzieren sah und wusste, dass alles in Ordnung war, würde er einen Weg finden müssen, sie zu bestrafen.

# KAPITEL 10

Evie konnte sich gut vorstellen, wie wütend Emmitt in diesem Augenblick war. Seine Anweisungen waren klar und eindeutig gewesen. Er hatte jeden Schritt zehnmal wiederholt, aber der unbehagliche Ausdruck in seinen Augen hatte sie schrecklich nervös gemacht. Seine Stimme in ihren Ohren, die wie ein intimes Flüstern klang, verschlimmerte das Zittern ihrer Beine nur. Sie hatte den Ohrhörer nicht herausgezogen und das kleine, an ihrer Bluse befestigte Mikrofon nicht abgestellt, weil sie gegen ihn rebellieren wollte, sondern aus reinem Selbsterhaltungstrieb. Sie musste seine leise, heisere Stimme aus ihrem Kopf verbannen, damit sie sich nicht dauernd vorstellte, wie er ihr mit der Zunge über den Hals strich. Sie musste sich konzentrieren.

Aber nichts von dem, was sie tun musste, war auch nur annähernd so schwierig, wie sie es sich vorgestellt hatte. Es war eigentlich sogar ziemlich enttäuschend, wie alles andere in ihrem Leben. Ihre sexuelle Begegnung mit Emmitt hatte mit demselben Gefühl geendet. *Viel Lärm um nichts.*

Evie hatte den größten Teil ihres Lebens damit verbracht,

sich Sorgen zu machen, was andere Leute von ihr dachten, aber je weiter sie sich von zu Hause entfernte, desto mehr wurde ihr bewusst, dass die Leute sich kaum um sie kümmerten. Alle waren mit ihren Handys beschäftigt und ganz in ihrer eigenen, kleinen Welt versunken. Sie bewegte sich ungehindert durch Lance Barringtons Büro und öffnete einfach die Tür des Computerraums, der nicht einmal abgeschlossen war. Die Leute, an denen sie vorbeikam, lächelten oder nickten ihr kurz zu und beschäftigten sich dann sofort wieder mit ihren eigenen Angelegenheiten.

Als sie fertig war und in den Aufzug stieg, beschloss sie, den Ohrhörer wieder einzuschalten. »Emmitt«, sagte sie lächelnd, »ich habe es geschafft. Ich fahre gerade mit dem Aufzug nach unten.«

»Sophie Barrington ist unterwegs in die Eingangshalle«, schnauzte Emmitt, ohne auf ihre Mitteilung zu reagieren. »Sieh zu, dass du ihr nicht begegnest. Wir versuchen, unerkannt zu bleiben. Links vom Aufzug ist eine Toilette. Versteck dich dort.«

»In Ordnung«, brummte sie, wobei es ihr gleichgültig war, dass sie enttäuscht klang. Sie hatte auf sein Lob gehofft, zumindest den Ausdruck beglückten Erstaunens über ihren Erfolg. In letzter Zeit hatte sie so wenig Erfolgserlebnisse gehabt, dass es schön war, zur Abwechslung einmal etwas richtig zu machen. Aber das zählte nur, wenn es auch von anderen gewürdigt wurde.

Als sie die Tür zur Damentoilette aufstieß, schaltete sie das Mikrofon und den Ohrhörer aus. Wenn er schon wieder sauer war, war er selbst schuld. Schließlich war dies die verdammte Damentoilette. Sie betrat eine Kabine und knurrte vor sich hin: »Ein Dankeschön wäre nett gewesen. Schließlich bin ich es hier, die ihren Hals riskiert.«

Sie legte ihr Handy auf die kleine Ablage in der Kabine. Als sie versuchte, den unbequemen Ohrhörer zurechtzurücken, glitt er ihr plötzlich vom Ohr und rollte über den Boden davon. »Verdammt«, entfuhr es ihr und sie bückte sich schnell, um ihn aufzuheben. Auf keinen Fall wollte sie ihre Bezahlung für diesen Job dafür ausgeben müssen, ein zerbrechliches und teures Abhörgerät zu ersetzen.

Wie in der Zeitlupenszene eines Horrorfilms sah sie, wie ihr das Zip-Laufwerk, das sie gerade erst mit allen relevanten Informationen gefüllt hatte, aus der Tasche fiel und aufspritzend in der Toilette landete. »Nein!«, schrie sie entsetzt auf und das Echo ihres Schreis hallte laut von den Wänden wider. Sie brach in Panik aus, als sie das Plastikteil im Wasser der Toilette schwimmend erblickte.

Sie riss sich einen ihrer Schuhe vom Fuß, tauchte ihn voller Ekel in die Toilette und angelte damit das Laufwerk heraus. Sie brach in Tränen aus und konnte ihr Schluchzen nicht zurückhalten. Sie hatte nicht viele anständige Paar Schuhe und das nunmehr ruinierte Zip-Laufwerk war die Frucht des einzigen Erfolges, den sie kürzlich erlebt hatte.

»Ist bei Ihnen alles in Ordnung?«, hörte sie eine leise Stimme durch die Kabinentür fragen.

»Nein«, schniefte sie. Das war es nicht. Nichts in ihrem Leben war in Ordnung.

»Geht es Ihnen nicht gut?«, fragte die freundliche, tröstliche Stimme wieder. »Ich habe hier Aspirin und ich kann Ihnen auch eine Flasche Wasser besorgen. Was kann ich tun, um Ihnen zu helfen?«

Evie ergriff etwas Toilettenpapier, angelte das Laufwerk aus ihrem Schuh heraus und stopfte es sich in die Tasche. Mit dem tropfenden roten Schuh in der Hand und immer noch tränennassen Wangen kam sie aus der Kabine gestolpert.

»Ach, Schätzchen«, sagte die elegant gekleidete Dame mit der perfekt gestylten Frisur in einem singenden Tonfall, während sie Evie prüfend betrachtete, »ist Ihr Schuh nass geworden?«

»Toilettenwasser«, krächzte Evie und zuckte resigniert die Achseln, als ob es eben Pech wäre. Ein Tag im Leben von Evie Pike.

»Oh«, antwortete die Frau, runzelte die Brauen und sah etwas schockiert aus. »Werfen Sie sie doch einfach da drüben in den Abfalleimer und nehmen Sie stattdessen diese hier.« Sie entnahm ihrer großen Designer-Handtasche ein Paar Sandalen. »Ich habe sie immer dabei, falls mir ein Absatz abbricht. Solche Dinge passieren immer im ungünstigsten Moment. So bin ich wenigstens darauf vorbereitet.«

Evie tat wie geheißen und warf den Schuh in den Abfalleimer. Als sie sich die Hände wusch, vermied sie es, in den Spiegel zu sehen. Sie wusste, dass ihre Wimperntusche zerlaufen und ihr Haar zerzaust war.

»Das kann ich nicht annehmen«, sagte sie und schüttelte den Kopf, während sie sich die Hände abtrocknete. »Es scheint mir ein sehr teures Paar zu sein und ich würde es mir nicht leisten können, Ihnen das Geld dafür zu geben.«

»Wie heißen Sie, meine Liebe?«, fragte die Frau, neigte den Kopf zur Seite und lächelte ein wenig mitleidig. Sie erinnerte Evie an ihre eigene Mutter, wie sie ihr nach einem besonders harten Schultag mit einem Teller Plätzchen gegenübersaß und nach besten Kräften gute Ratschläge gab.

»Evie«, seufzte sie und sah ein, dass der eine Absatzschuh, den sie noch anhatte, ihr auch nichts nützen würde. Sie zog ihn aus und warf ihn ebenfalls weg.

»Ich bin Sophie«, sagte die Frau, legte Evie eine Hand auf die Schulter und verließ mit ihr die Damentoilette. Im großen

Eingangsbereich des Bürogebäudes suchte Sophie ihnen eine Bank und lud Evie mit einer Geste ein, sich zu setzen.

»Ich sollte gehen«, sagte Evie. »Ich gehöre nicht hierhin. Ich gehöre nirgendwo hin, weil ich immer nur alles vermassele. Immer wieder.«

»Erstens gehört dieses Gebäude meinem Sohn, also dürfen Sie so lange auf dieser Bank bleiben, wie Sie wollen. Zweitens bin ich sicher, dass, was immer Sie auch Ihrer Ansicht nach vermasselt haben mögen, wieder in Ordnung gebracht werden kann. Und nun ziehen Sie diese Sandalen an.« Sie hielt ihr die goldenen Sandalen wieder hin und diesmal nahm Evie sie an. Hauptsächlich tat sie das deswegen, weil sie nur noch an die Tatsache denken konnte, dass gerade die Frau, die zu meiden ihr Emmitt eingeschärft hatte, nun neben ihr saß und ihr ein Taschentuch reichte.

»Sie können mir ruhig glauben«, widersprach sie ihr, denn da sie ohnehin keine Ausstiegsstrategie hatte, brauchte sie sich auch nicht zu verstellen. Diese Frau schien ausgesprochen nett zu sein und Evie konnte ein wenig Sympathie gut gebrauchen, denn offensichtlich war Emmitt dazu nicht fähig. »Ich habe eine ganze Liste von Dingen, die ich in letzter Zeit falsch gemacht habe. Dabei versuche ich ja bloß, den richtigen Weg zu finden. Ich habe wirklich gedacht, ich könnte mir endlich ein Leben aufbauen und alle Fehler korrigieren. Ich hatte einen Plan, aber jetzt habe ich keinen mehr. Ich kann nicht nach Hause gehen. Nicht, bevor ich alles im Griff habe. Ich habe ja solches Heimweh. Aber ich kann nicht zurück.«

»Warum denn nicht?«, fragte Sophie, lehnte sich näher zu ihr und berührte Evie sanft an der Schulter. Evies Kummer schien ihr wehzutun, was bezeugte, dass sie eine Frau war, die wusste, wie wichtig es ist zuzuhören. Richtig zuzuhören.

»Vielleicht ist es das, was Sie brauchen? Es kann eine sehr heilende Wirkung haben, nach Hause zu kommen.«

»Meine Mutter«, sagte Evie und schüttelte den Kopf. »Ich könnte ihr jetzt nicht in die Augen sehen. Ich kann nicht zurück. Aber was mache ich, wenn ich hierbleibe? Ich kann noch nicht einmal Kaffee servieren. Etwas mit mir kann ja nicht in Ordnung sein«, redete sie ziellos mit tränenerstickter Stimme weiter. »Er nimmt mich nicht einmal wahr, wenn er mich anblickt. Ich stehe direkt vor ihm und er geht einfach weg. Als wüsste er, dass ich nichts wert bin. Er sieht es mir an.«

»Immer hübsch langsam«, erwiderte Sophie und musste ein wenig lachen. »Erstens sollten Sie nicht einmal eine Minute an einen Mann verschwenden, der Ihren Wert nicht erkennt. Zweitens, und das kann ich Ihnen aus eigener Erfahrung sagen, Sie können immer nach Hause gehen. Meine Tochter und ich haben unsere Schwierigkeiten miteinander gehabt, aber wir arbeiten daran. Manchmal verstehen wir uns wirklich gut. Aber man kann keine Probleme lösen, wenn man sich ihnen nicht stellt.«

»Ich wünschte ja nur, ich wüsste, wo ich meinen Platz habe. Ich wünschte, ich wüsste genau, wozu ich geschaffen bin.« Evie schlug sich aus lauter Frustration wegen ihres dauernden Versagens mit der Faust der einen Hand in die Handfläche der anderen. »Es muss doch etwas geben, womit ich den Menschen in meinem Leben nützlich sein kann.«

»Das Leben ist keine Leiter, die man erklimmt, Evie«, sagte Sophie beredt. »Man kommt nicht an der Spitze an, auf der letzten Sprosse, und erkennt, dass man es geschafft hat. Das Leben ist ein buntes Gemälde aus verschiedenen Geweben und Farben. Jeden Zentimeter davon sollte man erforschen und berühren und kennenlernen. An manchen Tagen ist es ein

Kunstwerk und an anderen nur ein Entwurf. Aber man kann es nicht erzwingen.« Sophie sah Evie voller Mitgefühl an und strich ihr mütterlich eine Locke aus dem Gesicht. »Sie haben es ja schon erreicht, Evie. Sie sitzen mitten in dem wunderschönen Gemälde, das Sie geschaffen haben.«

»Ich sollte mir das Gesicht waschen«, sagte Evie und stand auf, denn sie fühlte sich endlich ein wenig besser. »Es tut mir ja so leid, dass ich so die Fassung verloren habe. Was müssen Sie nur von einer Wildfremden denken, die Ihnen etwas vorweint. Wie peinlich.« Sie drehte sich ein wenig zur Seite und trocknete sich mit dem Taschentuch die Augen.

»Da bist du ja. Warum weinst du? Ist alles in Ordnung?« Emmitt legte seine Hände sanfter auf ihre Schultern, als sie es ihm je zugetraut hätte. »Ist etwas geschehen?«

»Mir fehlt nichts«, brachte sie schnell hervor, denn sie wollte auf keinen Fall, dass Emmitt vor Sophie etwas Kompromittierendes über den Grund ihres Hierseins äußerte, falls er sie noch nicht bemerkt hatte. »Ich hatte ein Problem und habe zufällig Sophie getroffen. Sie ist so nett zu mir gewesen.«

»Oh«, sagte Emmitt, biss sich auf die Unterlippe und nickte. Sophie sprang auf und bot ihm die Hand.

»Sophie Barrington«, stellte sie sich vor. »Ich habe ja gar nicht viel getan. Evie ist eine sehr liebe junge Dame. Und Sie sind?«

»Emmitt Kalling«, erwiderte er und lächelte gezwungen. »Ich glaube, Sie kennen meinen Bruder Mathew.«

»Oh ja, Mathew Kalling. Was für eine wundervolle Stiftung er doch mit seiner Freundin gegründet hat. Ich wünsche den beiden das Allerbeste. Ich freue mich schon darauf, mich dafür zu engagieren.«

»Es wird langsam«, sagte Emmitt und Evie spürte buchstäblich, wie in ihm die Wut brodelte. Er verzog zwar keine

Miene, aber Evie konnte seine wahren Gefühle an kleinen Anzeichen ablesen. »Wir sollten jetzt gehen, Evie. Es war mir ein Vergnügen, Ihre Bekanntschaft zu machen, Mrs. Barrington.«

»Aber bitte nennen Sie mich doch Sophie. Und vergessen Sie nicht, was ich gesagt habe, Evie.« Sie lehnte sich näher zu ihr und senkte die Stimme. »Man kann immer nach Hause zurück.«

»Danke, Sophie«, sagte Evie mit einem letzten Schluchzer. »Und ich bin Ihnen ja auch so dankbar für die Schuhe.«

»Ich habe diese Karten für die Bostoner Philharmonie heute Abend, aber mein Mann und ich sind leider verhindert. Ich hasse leere Sitze. Hätten Sie Lust, an unserer Stelle hinzugehen, Evie?«

»Ach, ich weiß nicht«, sagte Evie und winkte abwehrend. »Ich kenne mich in Boston nicht aus. Ich bin zum ersten Mal hier.«

»Ich habe jede Menge Telefonnummern von angesehenen Junggesellen hier, die Ihnen nur zu gern die Stadt zeigen und Sie heute Abend begleiten würden. Das ist natürlich nur für den Fall, dass Sie noch keine Begleitung haben.«

»Nun«, sagte Evie und sah Emmitt an. Dann blickte sie schnell fort und senkte den Kopf. Er würde sie wohl eher zum nächsten Flughafen bringen als mit ihr zu einem Konzertabend zu gehen. Nach dem, was vorgefallen war, konnte sie sich glücklich schätzen, wenn er sie ins Taxi steigen ließ.

»Ich habe heute Abend nichts vor«, sagte Emmitt kühl mit seiner tiefen Stimme. »Ich liebe die Bostoner Philharmonie. Ich bin schon seit Jahren nicht mehr dort gewesen.«

»Passt das nicht wunderbar?«, fragte Sophie und übergab Evie die Karten.

»Ich besorge uns ein Taxi«, sagte Emmitt und nickte Sophie zum Abschied zu. »Und vielen Dank für die Karten.«

»Ist er das?«, fragte Sophie augenzwinkernd mit einem wissenden Lächeln.

»Ja«, gestand ihr Evie verlegen.

»Er nimmt Sie wahr«, erwiderte Sophie lachend. »Als Sie sich die Tränen getrocknet haben, haben Sie nicht gesehen, wie er die Empfangshalle durchquerte und dabei aussah, als würde es ihm das Herz zerreißen. Sie haben nicht den Ausdruck in seinen Augen gesehen, als er dachte, es wäre Ihnen etwas geschehen. Männer scheinen immer nur ihre wahrsten Gefühle zu zeigen, wenn sie meinen, dass niemand sie sehen kann. Aber ich habe ihn beobachtet.«

»Wirklich?«, fragte Evie und versuchte, das hoffnungsvolle Flattern ihres Herzens zu unterdrücken.

»Viel Spaß beim Konzert«, grinste Sophie, drehte sich um und schlenderte beinahe ein wenig siegessicher davon.

Vielleicht hatte Sophie ja recht. Vielleicht mochte Emmitt sie ja doch und die Philharmonie wäre die ideale Gelegenheit, das herauszufinden. Genau wie in einem dieser romantischen Filme, in denen sie so gern die Chance gehabt hätte, eine Rolle zu spielen. Das einzige Problem war, dass sie ihm noch beibringen musste, dass das Zip-Laufwerk in die Toilette gefallen und ruiniert war. Aber wenn Sophie sich nicht geirrt hatte und er wirklich Gefühle für sie hegte, würde er ihr das verzeihen können.

# KAPITEL 11

»Was zum Teufel sollte das denn?«, schnauzte Emmitt, ehe Evie auch nur die Wagentür des Taxis geschlossen hatte. »Ich habe dir doch ausdrücklich gesagt, du sollst sie meiden, und stattdessen schüttest du ihr verdammt noch mal dein Herz aus. Wo sind denn deine Schuhe?«, fragte er und starrte die Sandalen an.

»Einer davon ist in die Toilette gefallen«, erklärte sie sanft, als könnte ihre Ruhe seine Entrüstung ausgleichen. »Ich habe sie also weggeworfen und Sophie hatte diese Sandalen in der Handtasche, falls ihr ein Absatz abbricht. Es passiert öfter, als du denkst.«

»Schuhe fallen häufiger in die Toilette, als ich denke?«, fragte er und starrte sie an, als wäre sie verrückt geworden.

»Nein«, begann Evie lächelnd, aber Emmitts Züge erweichten sich nicht. »Absätze brechen ab. Darum hatte Sophie ja auch die Sandalen dabei. Du denkst vielleicht, man könnte einfach ohne den Absatz gehen, aber es ist nicht so, als hätte man plötzlich flache Schuhe an. Absatzschuhe haben eine ganz andere Form. Ohne den Absatz sind sie ein Albtraum. Du weißt, was ich meine?«

Emmitt öffnete den Mund, um etwas zu sagen, aber stattdessen glotzte er sie an, als würde sie eine fremde Sprache sprechen, die er nicht verstand. »Was?«, stotterte er. »Warum war dein Schuh in der Toilette?«

»Ich habe ihn benutzt, um das Zip-Laufwerk herauszufischen. Ich weiß, dass ich total Mist gebaut habe. Ich weiß, dass wir das Ganze noch einmal machen müssen, aber das kann ich doch. Gib mir bloß noch eine Chance.«

»Nein«, sagte er kategorisch und nahm ihr das in Toilettenpapier eingewickelten Zip-Laufwerk aus der Hand.

»Aber jetzt weiß ich doch, wo alles ist. Ich brauche es nur noch mal zu machen, kein Problem.« Evie zuckte gelassen die Achseln, als wäre sie jetzt ein alter Hase.

»Da du dich nun mit Sophie Barrington angefreundet hast, nützt du mir gar nichts mehr. Ich schicke dich weder in dieses Gebäude zurück noch in irgendein anderes, wenn ich etwas brauche. Diese Chance ist jetzt futsch. Und wie du Kaffee servierst, habe ich ja gesehen. Ich war auf das Schlimmste vorbereitet, weil ich schließlich wusste, mit wem ich es zu tun habe. Das Zip-Laufwerk ist wasserdicht. Ich wollte in dieser Beziehung kein Risiko eingehen.« Sie hoffte auf den Anflug eines Lächelns, um die Beleidigung abzuschwächen, aber es war ihm bitter ernst.

»Dann hat es ja geklappt«, sagte sie in dem Versuch, die Stimmung zu heben. Sie klammerte sich an den Gedanken, dass Sophie etwas in seinen Zügen entdeckt hatte, das lauter sprach als seine bösen Worte in diesem Moment. »Ich habe es geschafft. Jetzt hast du, was du brauchst. Was macht es schon, wie es dazu gekommen ist?«

»Dies ist nur der Anfang von dem, was ich brauche. Es ist nicht das Einzige«, sagte er und zeigte auf das Zip-Laufwerk. »Aber es hat keinen Zweck, dass du noch hierbleibst. Ob du nach Texas willst oder nach Hause, kannst du dir aussuchen, aber ich werde Vorkehrungen treffen, damit du heute Nachmittag abreisen kannst.« Er war fuchsteufelswild. Emmitt hatte auf sie gesetzt und sie hatte es vermasselt. Das Zip-Laufwerk mochte wohl noch funktionieren, aber sie musste zugeben, dass es nur als Katastrophe angesehen werden konnte, wenn man ohne Schuhe aus der Toilette gestolpert kam, und noch dazu in Gesellschaft der einzigen Frau, die man meiden sollte.

»Und was ist mit der Philharmonie?«, fragte Evie in der Hoffnung, dass Emmitt vielleicht ihren Plan für den Abend getrennt von seinem Zorn sehen könnte. »Sophie hat uns diese Konzertkarten geschenkt und wir haben versprochen hinzugehen.«

»Ich gehe nicht mit dir ins Konzert«, schrie Emmitt unbeherrscht zurück. »Ich habe keine Ahnung, was zum Teufel du da drinnen gemacht hast, aber ich habe draußen auf der Bank gesessen und mich gefragt, ob dir etwas passiert ist. So ein Mist hat mir gerade noch gefehlt. Jemanden wie dich kann ich nicht gebrauchen.«

»Du hast dir Sorgen um mich gemacht?«, fragte Evie und gab ihm damit die Gelegenheit, sich mit ihr zu vertragen. Er sollte sein Temperament zügeln und einen Augenblick mal aufrichtig mit ihr reden. »Du hast dich gesorgt, mir könnte etwas zugestoßen sein, und das passt dir wohl nicht, wie? Du kannst so tun, als wäre es dir egal, ob ich gehe oder hierbleibe, aber ich weiß, dass das nicht wahr ist.« Sie schrie nun beinahe und es kümmerte sie nicht, dass der Fahrer immer wieder neugierig in den Rückspiegel sah. Sollte er sie ruhig für verrückt halten. »Männer wie dich kenne ich viele. Aber du bist der erste, der mich an die Wand gedrückt und mich berührt hat, als würdest du meinen Körper besitzen, als wärst du im Begriff, mir alles zu geben. Und du bist auch der erste, der mich einfach so hat stehen lassen, der wegging, als wäre ich ein Nichts.«

»Halt«, sagte er mit gerötetem Gesicht, was sie seinem Ärger zuschrieb. Aber er klang jetzt nicht mehr fordernd, sondern eher bittend.

»Ich war dort, Emmitt, nackt und für dich bereit, und du bist einfach weggegangen. Warum? Und heute hast du dich um mich gesorgt. Warum?«

»Halt«, verlangte er wieder, aber diesmal sprach er mit dem Fahrer. »Um Gottes willen, halten Sie an!« Der Wagen hielt sofort und Emmitt öffnete die Tür. »Flieg nach Hause oder wohin auch immer. Aber verschwinde.«

»Ich gehe in die Philharmonie«, versicherte sie. »Ich habe genug von der Leiter. Jetzt werde ich stattdessen das Gemälde erleben.«

»Was?«, fragte er vollkommen verdutzt, während er noch die Wagentür aufhielt. »Wovon redest du eigentlich? Ist ja auch egal. Ich gebe einen Scheißdreck drum.« Er zog sich wild gestikulierend zurück.

»Wohin, Miss?«, fragte der Fahrer schüchtern.

»Zurück zum Hotel«, sagte sie seufzend und hatte schon die Befürchtung, dass die ganze Konfrontation vielleicht umsonst gewesen war.

Ehe der Fahrer den Gang einlegen konnte, öffnete Emmitt noch mal die Tür. »Bitte«, sagte er und warf etwas mehr Geld hinein. »Bringen Sie sie, wo auch immer sie hinwill.«

Die Tür wurde wieder zugeknallt und er stürmte davon.

Es war durchaus möglich, dass Emmitt einfach nur genug von ihr hatte und dass sie nicht sein Typ war. Sie hatte sich behauptet, aber danach zu urteilen, wie er sich entfernte, hatte sie schlechte Karten.

# KAPITEL 12

»Dieses Mädchen hat Probleme«, rief Emmitt aus und schlug mit der Hand auf das Geländer seines Hotelzimmerbalkons. »Hast du gewusst, dass sie total verrückt ist, als du sie mir mitgeschickt hast? War das ein Witz? Wenn du willst, dass ich meine Aufgabe hier erfülle, hol sie zurück nach Texas, denn sie ist mir keine Hilfe.«

»Was ist denn passiert?«, fragte Mathew, der seine Belustigung nur schlecht verbergen konnte.

»Ich habe sie mit einem einfachen Auftrag hineingeschickt, den sie unbemerkt erledigen sollte, und wen trifft sie? Ausgerechnet Sophie Barrington. Dabei habe ich ihr ausdrücklich aufgetragen, sie zu meiden.« Er starrte zur untergehenden Sonne hinüber und wusste, dass der Abend nicht mehr fern war. Bald würde das Konzert anfangen und Evie würde mit zwei ungebrauchten Konzertkarten herumsitzen.

Sie hatte recht gehabt; er hatte sie gepackt, sie geküsst und war dann weggegangen. Sie wusste allerdings nicht, dass diese Begegnung in seine Erinnerung eingebrannt war. Es war, als hätte er einen heißen Topf angefasst; er hatte sie schnell wieder loslassen müssen, aber das Brandmal, das sie auf seiner Haut hinterlassen hatte, schmerzte noch.

»Ich war es doch, der dir gesagt hat, dass du sie zurückschicken sollst. Ich habe dir ja zugestimmt.« Mathew machte seiner Entrüstung laut Luft, denn die Mätzchen seines Bruders gingen ihm langsam auf die Nerven.

»Du hast genau gewusst, dass ich das Gegenteil tun würde, als du mir gesagt hast, ich sollte sie zurückschicken. War das deine Absicht? Hast du umgekehrte Psychologie angewendet, damit sie hierbleibt?«

»Kein Kommentar«, lachte Mathew. »Du sagst also, das mit Sophie war eine Katastrophe?«, fragte er auf eine überhebliche Art, die Emmitt den Wunsch verspüren ließ, er wäre näher bei ihm und könnte ihm einen Faustschlag versetzen.

»Nein«, erwiderte er böse. »Alles ging sehr gut. Sie hat uns für heute Abend Konzertkarten gegeben. Ich bin ziemlich sicher, dass Evie einen guten Eindruck gemacht hat, und −«

»Und du?«

»Ich habe auch einen guten Eindruck gemacht«, erklärte Emmitt erbost. »Aber darauf kommt es nicht an. Einen Teil meiner Tätigkeit hier verstehst du nicht, denn er muss geheim bleiben. Sie sollte sich unauffällig verhalten. Und das vermasselt sie mir total.«

»Um wie viel Uhr fängt das Konzert an?«, fragte Mathew spontan. »Sicher bald?«

»Woher zum Teufel soll ich das wissen? Ich gehe nicht hin.«

»Warum nicht? Hast du Sophie nicht versprochen hinzugehen?«

»Ja«, grunzte Emmitt, »aber ich tat es nur aus Höflichkeit.«

»Ich muss Evie eine Zulage geben«, schmunzelte Mathew. »Sie hat dich dazu gebracht, höflich zu sein.«

»Fick dich!«, röhrte er. »Dieses Spiel wird langsam alt.«

»Wenn du die Karten von Sophie angenommen und ihr gesagt hast, dass du hingehst, dann solltest du auch gehen. Du kannst nie wissen, neben wem du sitzt, und falls Sophie diesen Leuten Bescheid gesagt hat, solltest du auch dort sitzen. Wenn sie erführe, dass du die Karten verschwendet hast, wäre sie gar nicht glücklich.«

»Ich habe genug davon«, sagte Emmitt kategorisch. »Evie muss weg. Du musst sie anrufen und ihr sagen, dass sie zurückkommen soll. Was für einen Grund du angibst, bleibt dir überlassen. Sieh nur zu, dass sie Boston verlässt. Auf mich hört sie ja nicht, aber du bezahlst sie schließlich. Ich kann nicht denken, wenn sie um mich ist. Ich kann mich nicht konzentrieren.«

»Schön«, stimmte Mathew zu. »Morgen. Ich rufe sie an und sage ihr, dass sie zurückkommen muss. Ich lasse ihr keine Wahl. Aber heute Abend geht ihr ins Konzert.«

»Ich habe was gut bei dir«, knurrte Emmitt.

»Ich schätze, das wäre wahr, wenn ich dich nicht schon aus tausend Zwangslagen gerettet hätte. Mach alles Nötige und dann sind wir quitt.« Diese Zahlen waren ganz realistisch, wenn er es auch nicht gern zugab.

Emmitt hängte auf und sah auf die Uhr. Das Konzert würde in einer Stunde beginnen. Das war knapp, da er noch keinen Smoking hatte und noch keinen Taxiservice organisiert hatte, aber es war möglich. Er versuchte, Evie anzurufen, aber sie ging nicht ans Telefon. Die Ärmste weinte wahrscheinlich in ihr Kissen und aß die andere Hälfte der Menüs auf der Speisekarte. Noch ein paar Dutzend Anrufe bei Geschäften, in denen man einen Smoking mieten konnte, und dann war endlich alles bereit.

Sein Smoking war ein wenig eng, aber gebügelt, und seine

Schuhe auf Hochglanz poliert, als er sich auf den Weg zu ihrem Hotelzimmer machte. Er klopfte ein paarmal an ihre Tür, bis sie schließlich antwortete.

»Oh, Sie sind früh dran, eine Sekunde bitte.« Ihre Stimme klang fröhlicher als sonst.

»Früh?«, antwortete Emmitt und fragte sich, ob Mathew Evie telefonisch verständigt hatte, dass sie doch noch ins Konzert gehen würde.

»Emmitt?«, fragte sie erstaunt, öffnete die Tür und hielt sie mit dem Fuß auf, während sie einen glitzernden Ohrring anlegte. »Was machst du denn hier?« Sie trug ein champagnerfarbenes Kleid, das so natürlich wie eine zweite Haut aussah und ihre Figur betonte. Ihre eleganten Schulterknochen und ihr Schlüsselbein hielten die dünnen, seidigen Träger hoch.

»Ich begleite dich zum Konzert«, verkündete er, als wäre es so abgemacht.

»Du hast doch gesagt, du würdest nicht mitkommen«, stotterte sie. »Du hast gesagt, ich sollte abreisen.« Ihre Augen schweiften über seinen Smoking, als könnte er jeden Moment verschwinden. Und sie hatte recht. Er wäre am liebsten davongelaufen.

»Du hast also beschlossen, Sophies Vorschlag anzunehmen und mit einem Wildfremden zu gehen? Du wärst mit einem Kerl, über den du nichts weißt, in einer unbekannten Stadt ausgegangen, weil ein anderer wildfremder Mensch es dir geraten hat?« Der Gedanke, dass sie am Arm eines anderen Mannes die Marmortreppe der Philharmonie hinaufsteigen würde, machte ihn ganz krank. Irgend so ein aufgeputzter reicher Kerl würde ihr heute Abend Komplimente ins Ohr flüstern. Er war der einzige aufgeputzte reiche Kerl, dem dies erlaubt sein sollte. Denn jeder andere würde dies in der Absicht tun, sie genau dahin zu bringen, wo Emmitt sie bereits hatte. Der einzige Unterschied wäre, dass dieser Kerl sie nicht stehen lassen würde ... wie hatte sie sich noch ausgedrückt? *Nackt und bereit.*

»Gehst du mit mir in die Philharmonie?«, fragte sie mit gedämpfter Stimme, als wollte sie ein verängstigtes Tier beruhigen. Sie hatte den Kopf gesenkt und blickte ihn unter den langen, getuschten Wimpern hervor an.

»Ja«, sagte er, als wäre das eine Selbstverständlichkeit. »Ja, ich gehe mit dir in die Philharmonie.«

»Also gut.« Sie lächelte strahlend, dämpfte aber ihre Freude sofort, als hätte sie Angst, sie zu sehr zu zeigen. »Wir treffen uns in fünf Minuten in der Eingangshalle. Ich muss noch schnell einen Anruf tätigen.«

»Gut«, stimmte er zu und schüttelte den Kopf. »Ja. Gut. In die Philharmonie. Das machen wir.« Er trat auf den Flur zurück und hörte, wie sich die Zimmertür schloss. »Gut«, sagte er wieder, als müsste er sich selbst überzeugen, dass es das Richtige war.

Der Anblick ihrer üppigen, blonden Locken und der winzigen Kette, deren Anhänger in ihrem Dekolleté verschwand, machte starken Eindruck auf ihn, der aber sofort von der Realität übertroffen wurde, als sie aus dem Aufzug stieg und er alles noch einmal zu sehen bekam. Sie hatte die Lippen mit glänzendem rosa Lippenstift geschminkt und die Augen mit einem leuchtenden Lidschatten in weißen und lila Farbtönen, die ihr Blau betonten.

»Du siehst ...«, murmelte er und wand sich verlegen.

»Danke«, erlöste sie ihn schnell. »Ich bin froh, dass du dich doch noch entschlossen hast mitzukommen.«

Er erwog, ihr zu sagen, dass Mathew ihm keine Wahl gelassen hatte. Dies war nur ein Teil des Auftrags, den er zu erledigen hatte. Eine Verpflichtung. Aber dazu war Emmitt doch zu klug. Wenn er die geringste Chance haben wollte, diesen Abend mit einer lächelnden Evie zu überstehen, konnte er ihr nicht die Wahrheit sagen. Die meisten Leute machten den Fehler, die Wahrheit überzubewerten. Als wäre sie eine absolute Notwendigkeit. Seiner Meinung nach war sie eher eine relative Größe.

»Du siehst wirklich gut aus«, sagte sie schüchtern, als sie ihm erlaubte, sie hinaus auf die Straße zu geleiten.

»Ich habe einen Wagen gemietet. Kein Taxi für heute. Die benutze ich nur zur Arbeit. Das ist unauffälliger.« Er wies auf die elegante, schwarze Limousine mit getönten Fensterscheiben und malte sich aus, wie er sie darin ficken würde. Im Augenblick war er unfähig, darüber nachzudenken, ob es richtig oder falsch war.

»Die Sache mit Sophie tut mir leid«, sagte Evie freimütig, als sie in die Limousine stiegen und sich direkt nebeneinandersetzten, obwohl jede Menge Platz war.

Er wusste genau, was er jetzt eigentlich sagen sollte. *Kein Problem. Mir tut es auch leid. Ich habe überreagiert.* Aber wenn unausgesprochene Worte Raum einnehmen könnten, hätte Emmitt damit im Laufe seines Lebens den Grand Canyon zuschütten können. Die Anzahl von Frauen, die er mitten im Satz stehen gelassen hatte, war schwindelerregend. Verdrängung war seine Spezialität.

Er senkte den Kopf und biss sich in die Wange. Alles, was er hervorbrachte, war eine Art von räusperndem Grunzen. Es war eigentlich erbärmlich, wie die Reaktion eines Kindes, das nicht zugeben will, dass es unartig gewesen ist. Aber das war eben ein Charakterfehler bei ihm und zeigte sich besonders in Situationen dieser Art. Zu seiner Verblüffung genügte diese unsinnige, unverständliche Reaktion, um Evie so zum Lächeln zu bringen, als hätte er sich wortreich mit einem ganzen gottverdammten Monolog entschuldigt. Ihr schien das zu genügen.

»Bist du schon einmal in der Philharmonie gewesen?«, fragte Evie und strich sich eine lose Locke hinters Ohr. »Ich weiß, dass du Sophie das erzählt hast, aber ich war nicht sicher, ob du nur angeben wolltest.« Einer ihrer Ohrringe baumelte hin und her, als wollte er ihn reizen, sie anzuspringen.

»Meine Mutter hat uns oft dorthin geschleift, als wir noch klein waren. Ich konnte es nicht ausstehen. Einmal habe ich auf der Toilette eine Stinkbombe losgelassen. Danach hat sie mich nicht mehr mitgenommen.«

»Warst du ein Problemkind?«

»Für eine alleinerziehende Mutter sicher schon. Mein Dad hat uns im Stich gelassen und Mathew versuchte, den Mann im Haus zu spielen, aber ich war bloß auf die ganze Welt wütend. Ich habe meiner Mutter das Leben zur Hölle gemacht. Darum bin ich auch zur Armee gegangen. Ich dachte, wenn ich das nicht täte und so weitermachte, würde es sie noch umbringen. Es geht ihr ohnehin nicht gut.«

»Was hat sie denn?«, fragte Evie, doch er konnte nicht ertragen, wie sie sich leicht nach vorne beugte und ihn besorgt anblickte. Ihre ganze Körpersprache drückte das Mitgefühl eines Menschen aus, der ihn auf eine Weise kennenlernen wollte, die er lieber nicht zulassen wollte.

»Ich will nicht darüber reden. Ich will bloß deinen Anblick in diesem Kleid genießen. Wie hast du in so kurzer Zeit so etwas finden können? Es passt dir, als wäre es für dich gemacht.«

»Das war es auch. Ich habe es vom Filmset gestohlen«, gestand Evie und ihre verlegen flatternden Wimpern erregten in ihm das Verlangen, die Träger ihres Kleides zu zerreißen und sie hier und jetzt zu nehmen. »Es sollte in der großen Versöhnungsszene benutzt werden, wenn das Arschloch im Film endlich einsichtig wird und aufhört, die Frau, die ich spiele, wie Dreck zu behandeln.« Ob sie mit Absicht versuchte, Parallelen zum wirklichen Leben zu ziehen oder nicht, es traf jedenfalls zu.

Emmitt versuchte nicht, sich zu verteidigen oder sich irgendjemandem gegenüber zu rechtfertigen. Es machte ihm nichts aus, ein Arschloch zu sein. Jedenfalls bis jetzt. Er hatte ausgezeichnete Bewusstseinskontrolle. Es war ihm immer gelungen, sich wieder zu fangen. Er hatte als Soldat eine ganze Menge Blutvergießen und unsinnige Dinge gesehen. Man brauchte einen gewissen Grad an Seelenstärke, um damit fertigzuwerden. Irgendwie liefen seine Gedanken jetzt auf einer Wiederholungsschleife und er konnte sie einfach nicht abstellen. Sie sagten ihm immer wieder, dass er Evie küssen sollte. Nicht nur, weil er mit ihr schlafen wollte, sondern damit niemand anderes sie küssen würde. Damit er es vielleicht am nächsten Tag und dem Tag danach wieder tun könnte. Er begehrte sie. Und er würde sie auch bekommen. Er *musste* sie einfach haben. Zum Teufel mit den Konsequenzen, seinen Schwächen und seinen Schuldgefühlen. Dies war unerträglich und er musste dem ein Ende setzen.

»Ich glaube, wir sollten das Konzert auslassen«, sagte Emmitt. »Ich würde es sowieso nicht bis zum Ende aushalten.«

»Warum nicht? Warum kannst du nicht schöne Musik in einer wundervollen Umgebung genießen?« Sie betrachtete ihn prüfend, aber er wusste, dass sie seine Antwort bereits erriet.

»Dieses Kleid ist zu viel für mich«, gestand er ihr, nahm ihre zarte Hand in seine und ließ sie an seinem Schenkel empor gleiten, bis sie seine Erregung spüren konnte. »Kannst du damit klarkommen?«, fragte er, während er mit der Hand über das seidige Material fuhr und ihre aufgerichteten Brustwarzen fand, die sich nach seiner Berührung sehnten. Er drückte sie einmal fest zusammen und biss ihr gleichzeitig ins Ohrläppchen.

»Wir sollten trotzdem hingehen«, keuchte sie, aber ihr Körper strafte ihre Worte Lügen. Sie bäumte sich auf, um seiner Berührung näher zu sein.

»Es ist näher zum Hotel als zur Philharmonie. Wir könnten in weniger als fünf Minuten wieder dort sein. Und in knapp acht Minuten in meinem Zimmer. In zehn Minuten könnte ich in dich eingedrungen sein«, flüsterte er ihr ins Ohr.

»Und mich in knapp dreißig Minuten wieder wegschicken«, seufzte sie, als sie sich daran erinnerte, wie es wirklich war. »Ich weiß ja, dass es dir nichts bedeutet.«

»Es würde wesentlich länger als dreißig Minuten dauern. Ich weiß nicht, mit wem du bisher geschlafen hast, aber ich bin nicht so ein Frühspritzer von der Farm, auf der du aufgewachsen bist.« Er ließ seine Hände weiter über ihren Körper gleiten und reizte jeden Zentimeter ihrer Haut. »Ich würde dich stundenlang besitzen.«

»Stunden?«, fragte sie mit einem ironischen Lächeln, das schnell wieder verblasste. »Ich Glückliche, dich stundenlang für mich zu haben, ehe du mich wegwirfst.« Sie zog sich ein wenig zurück und versteifte abwehrend den Rücken.

»Du willst Versprechen von mir, die ich nicht halten kann. Aber ich kann dafür garantieren, dass es Spaß macht.« Er fuhr mit der Hand an ihrem Bein aufwärts, immer noch entzückt, wie weich sich ihr Kleid anfühlte.

»Das wird das Konzert auch«, sagte sie und schlug so fest die Beine übereinander, als würde sie eine Tür ins Schloss werfen. Eine sehr sexy, verführerische Tür, durch die er unbedingt eintreten wollte.

»Du bist ein harter Brocken«, sagte er und kniff die Augen zusammen. »Ich verstehe dich nicht. Zuerst bist du wütend, weil ich weggegangen bin, als du ganz offensichtlich gefickt werden wolltest. Und nun, wo ich dazu bereit bin, bestehst du darauf, stattdessen ins Konzert zu gehen.«

»Und du hast mir gesagt, ich sollte so schnell wie möglich von hier verschwinden, dann erscheinst du in einem Smoking und mit einer Limousine. Wenn wir beide Esel sind, schimpf mich nicht Langohr.«

»Schön und gut«, stöhnte er und lehnte sich zurück, wohl wissend, dass er seine Chance vertan hatte. »Aber nachher wirst du froh sein, dass du mit mir gegangen bist und nicht mit irgend so einem Verlierer, den Sophie Barrington dir als Begleitung auserkoren hat. Seinen Namen wirst du längst vergessen haben, wenn du meinen herausschreist.«

»Wieso bist du so sicher, dass ich heute Abend mit dir schlafe?« Sie verschränkte die Arme vor der Brust, als wollte sie ihm eine weitere Tür verschließen.

»Willst du das denn nicht? Hast du nicht daran gedacht, seit ich neulich dein Zimmer verlassen habe?« Er schlüpfte mit dem Finger unter den dünnen Träger ihres Kleides und streifte ihn ihr von der Schulter.

»Sogar ziemlich oft«, gab sie zu. »Aber ich habe auch darüber nachgedacht, wer du bist. Als du vorhin an meiner Zimmertür aufgetaucht bist, ist aus dem Kerl, der mich vielleicht dazu bringen könnte, seinen Namen zu schreien, ein Mann geworden. Etwas Einheitlicheres, Vollkommeneres als das zweidimensionale Objekt, als das du dich ausgegeben hast. Und jetzt überlege ich, was das bedeutet. Ob es bedeutet, was ich mir wünsche.«

In seinem Magen schnürte sich etwas zusammen. Dies war genau, was er zu vermeiden versucht hatte. »Es bedeutet nichts«, sagte er kurz angebunden. »Es heißt, dass du nur siehst, was du sehen willst, und nicht das, was wirklich da ist. Du hältst mir mehr zugute, als ich verdiene. Ich baue Scheiße. Ich ruiniere anderen Leuten das Leben. Ich richte Verwüstung an. Meine Entscheidungen sind Mist. Mir liegt an nichts und niemandem etwas außer an mir selbst.«

»Wenn das eine Werbung für dich sein soll, finde ich das ehrlich gesagt abschreckend.«

Ihr ironisches Lächeln beunruhigte ihn noch mehr. Sie sollte sich von ihm fernhalten, anstatt sich über seine Fehler lustig zu machen. »Ich will dich ja nur warnen. Du bist ein netter Mensch. Du darfst dich nicht ins Unglück stürzen. Du kannst fragen, wen du willst.«

»Ich bilde mir mein Urteil selbst«, sagte sie, als sie vor dem Konzertsaal anhielten. »Ich kann dich nicht wegen all der Dinge verurteilen, die geschehen sind, bevor wir uns kennengelernt haben.«

»Natürlich kannst du das. Und das solltest du auch. Das ist ja der Sinn von Urteilsvermögen. Der Blick fürs Ganze. Wenn du auf Sex aus bist und heute Abend Spaß haben willst, sorge ich dafür, dass es der beste deines Lebens wird. Aber wenn du mehr von mir willst, muss ich passen.«

»Passen?«, fragte sie lachend. »Wenn ich also heute Abend an deine Zimmertür klopfe und unter diesem Kleid nichts anhabe, schickst du mich dann weg? Wenn ich …« Sie ergriff seine Hand, bog alle Finger außer dem Zeigefinger aus dem Weg und saugte ihn sich tief in den Mund. Nachdem sie ihn langsam mit der Zunge umkreist und wieder herausgezogen hatte, fuhr sie fort. »Wenn ich dich begehre, kann ich dich haben?«

»Spielchen«, sagte er kopfschüttelnd, konnte aber nicht

verbergen, dass die Berührung ihrer Zunge ihm den Atem verschlug. »Du solltest nicht mit mir spielen.«

»Ich habe noch eine wichtigere Frage. Wirst du sie mir ehrlich beantworten?«, fragte sie, lehnte sich zu ihm hinüber und zwang ihn, ihr in die Augen zu sehen. Mit einer Hand an seiner Wange hielt sie ihn fest und sah ihm unverwandt in die Augen, bis er widerstrebend nickte.

»Wenn ich dich heute Abend anriefe und sagte, dass ich dich brauche, dass ich etwas vermasselt habe und verzweifelt, verletzt oder in Schwierigkeiten bin, würdest du mich retten?« Ihr Blick war so intensiv, dass er das Gefühl hatte, er müsste in Flammen aufgehen, wenn er sie anlügen würde. »Wenn ich weinen würde und Angst hätte, wie schnell würdest du bei mir sein?« Sie kam noch näher und strich mit den Lippen über seine, während sie weitersprach. »Würdest du mich retten? Würdest du mich beschützen?«

»Fuck«, sagte er, zog sie mit einem Ruck auf seinen Schoß und küsste sie leidenschaftlich.

»Vielleicht liegt dir ja doch etwas an anderen«, forderte sie ihn heraus und wich seinem Kuss ein paar Sekunden aus. »Vielleicht ist es ja doch mehr als bloß Ficken.«

Dieses schmutzige Wort aus ihrem hübschen Mund zu hören gab ihm den Rest. »Zum Teufel mit dem Konzert«, sagte er, machte aber keine weitere Bewegung, bis sie antwortete.

»Ja«, seufzte sie schließlich und bekräftigte es mit einem Kuss. »Ja, zum Teufel mit dem Konzert.«

Es gab noch ein Schlupfloch für ihn. Das war Evie bewusst. Er hatte nicht gesagt, es bedeute ihm mehr als Sex. Zwischen ihnen gab es kein Versprechen. Aber jetzt war es zu spät. Sie konnte sich nicht mehr bremsen und sie wollte ihn auch nicht bremsen. Zwei widersprüchliche Stimmen stritten in ihrem Kopf. Die eine beharrte darauf, dass Emmitt seine guten Seiten verbarg, und sagte immer wieder: »Emmitt ist zur Liebe fähig und du bedeutest ihm etwas.« Die andere war wesentlich bösartiger und sie musste sie mit Gewalt zum Schweigen bringen. Vielleicht benutzte er sie nur. Vielleicht wäre er bereits verschwunden, wenn sie aufwachte. Doch ihre Hormone stiegen ihr zu Kopf, knebelten diese bösartige kleine Stimme und brachten sie zu dem Entschluss, den Dingen ihren Lauf zu lassen.

Er wies den Fahrer an, sie zurück zum Hotel zu bringen. Er zog sie schnell hinter sich her, als sie zu seinem Zimmer eilten. Das Kleid, das sie vom Filmset gestohlen hatte und das sie sich wahrscheinlich nie leisten könnte, lag zerrissen auf dem Boden. Evie trug jetzt nur noch einen schwarzen Tanga, als sie zum Kopfende des Bettes kroch, um abzuwarten, was er als Nächstes tun würde. Ihr das Kleid vom Leib zu reißen war solch ein Akt ursprünglicher Kraft gewesen, dass sie sich vorstellen konnte, zu was er sonst noch fähig war.

Unter seinem Blick wurde ihr Unterleib von einer Hitze erfüllt, wie sie sie noch nie erlebt hatte, und sie hoffte, dass es einem Gefühl erregter Verwunderung entsprang, als er den Kopf schüttelte. »Was ist?«, fragte sie und hatte das instinktive Bedürfnis, sich vor seinen Blicken zu verbergen.

»Lass das«, verlangte er. »Hör auf, dich zu verstecken. Heute Nacht bleibt nicht einmal der kleinste Teil von dir bedeckt. Ich will dich ganz haben.« Im Schein der Nachttischlampe glitzerten seine Augen. Sie blickte zur Lampe hinüber und wollte sie schnell löschen. »Das Licht bleibt an«, beharrte er, als könnte er Gedanken lesen. »Hier gibt es nichts, wovor du dich verstecken müsstest.« Er zog sich knurrend aus und warf die Kleider auf den Boden, während er jeden Zentimeter seines muskulösen Körpers enthüllte. »Wir werden es richtig machen. Und du wirst mir genau sagen, wie du es machst, wenn du allein bist.«

»Wie meinst du das?«, fragte sie und ihr wurde vor Verlegenheit sofort unbehaglich heiß.

»Jede Frau weiß besser als irgendein Mann, wie sie gern berührt wird. Sie weiß, wie schnell sie gefickt werden will und wie hart. Aber aus irgendeinem Grund«, sagte er, während er zu ihr aufs Bett kam, sich die Lippen leckte und sie intensiv betrachtete, »scheinen Frauen zu denken, dass sie es nicht so haben können, wie sie mögen. Dass sie nur hoffen können, dass es zufällig geschieht. Nicht mit mir. Ich mache es genau so, wie du es haben willst.«

»Ich … ähm, ich weiß nicht«, log sie. Sie wusste, wie sie es am liebsten hatte, was sie aus Leidenschaft zum Wahnsinn trieb. Sie wusste bloß nicht, ob sie dazu fähig war, es laut in Worte zu fassen.

»Das Licht bleibt an«, sagte er fest. »Kein Verstecken. Keine Lügen. Keine Verstellung. Kein Vortäuschen. Nur ficken, so lange und so fest, wie du es am liebsten magst.«

»Ich hatte nicht erwartet, dass du ein so großzügiger Liebhaber bist.« Sie kicherte nervös in dem Versuch, von der Realität der Situation abzulenken.

»Und ich hatte erwartet, dass du so verlegen reagieren würdest, wie du es gerade tust. Ich habe mir gedacht, dass du noch nie darum gebettelt hast, wie du es heute Nacht tun wirst. Wovor hast du Angst? Ich kann es dir recht machen. Was kann daran so falsch sein?«

»Ich bin bloß nicht daran gewöhnt«, gestand sie ihm und wagte es nicht, ihn anzusehen. »Ich habe noch nie viel darüber gesprochen. Es war immer nur —«

»Gefummel?« Er lachte. »Vortäuschung falscher Gefühle? Heute nicht. Nicht mit mir.«

»Ich bin mir nicht sicher«, log sie wieder.

»Doch, das bist du. Du könntest mir sofort fünf Dinge nennen, die dich in Ekstase versetzen. Du könntest mir jede Stelle zeigen, die dich zum Aufschreien bringt. Du weißt, wie fest du gebissen, wie schnell du geleckt werden möchtest.«

»Ja«, sagte sie, denn sie konnte die Hitzestrudel, die sie am ganzen Körper spürte, nicht länger unterdrücken. Pulsierendes Verlangen überwältigte sie. Er hatte recht. Sie wusste, was sie wollte und wie sie es am liebsten hatte. »Ich bin gern oben«, stotterte sie. »Und ich werde gern dabei berührt.«

»Ein guter Anfang«, sagte er, glitt endlich auf sie zu und spreizte ihr die Beine, indem er mit beiden Händen ihre Knöchel ergriff. »Ich werde den Anblick genießen, während du mich reitest. Mal sehen, was du noch magst.« Mit den

Lippen wanderte er von ihrem Knöchel an ihrer Wade entlang zur Innenseite ihres Schenkels, wobei er sie abwechselnd küsste und leckte, bis er so nahe an ihren Falten war, dass sie seinen Atem spüren konnte. Doch hier hielt er plötzlich inne.

»Bitte mich.«

»Ich, ähm …« Sie schüttelte den Kopf und kniff die Augen zu. »Ich bin sicher, dass ich nicht bin, woran du gewöhnt bist. Ich weiß, dass du wahrscheinlich mit –« Ihre Lippen schlossen sich plötzlich, als sein Mund ihre Klitoris berührte und ihr winziger Tanga durchweicht wurde. »Ja«, stöhnte sie schockierend laut.

»Du bist besser als irgendeine der Frauen, mit denen ich geschlafen habe«, sagte er gelassen, während er ihr den Tanga herunterzog und erfreut über den Schatz aussah, den er darunter entdeckte. »Du bist perfekt. Mach die Augen auf.«

Sie gehorchte ihm und fand die Kraft, sich diesem Moment zu überlassen. Ganz in ihm aufzugehen. »Du verlangst mehr von mir als nur meinen Körper«, flüsterte sie, während er, immer noch zwischen ihren Schenkeln wartend, zu ihr empor starrte. »Du verlangst, dass ich dir vertraue. Dass ich mich dir völlig schutzlos ausliefere.«

Er antwortete nicht, aber sie konnte an seinem Gesichtsausdruck ablesen, dass er sie verstanden hatte. »Sollte ich das wirklich tun?«, fragte sie nervös. »Bin ich bei dir sicher?«

Plötzlich rührte er sich und bewegte sich wie ein Panther an ihrem Körper entlang nach oben, bis er Auge in Auge mit ihr war. Sein ganzes Gewicht ruhte auf seinen Armen, während er ihr unverwandt in die Augen sah. »Bei mir bist du sicherer als irgendwo sonst auf der Welt. Ich werde dir nicht wehtun und solange ich da bin, wird es auch sonst niemand tun.«

»Aber du hast mir geraten, vor dir zu flüchten«, widersprach sie ihm und musste unter der Intensität seines Blickes schlucken.

»Tu das nicht«, sagte er schlicht. »Lauf nicht weg. Bleib hier.«

»Und was wird morgen sein?«, flüsterte sie. »Du hast mich gewarnt, dass du kein netter Mensch bist.«

»Ich weiß«, nickte er. »Aber wenn ich es jemals werde, dann mit dir. Du bist bei mir sicher.«

Sie wölbte den Rücken und hob sich ihm entgegen, bis sie seine Erektion an ihrem Schenkel spüren konnte. »Ich habe mich anders entschlossen«, lächelte sie und sah die Sorge in seinen Zügen, dass sie das Ganze rückgängig machen wollte. »Ich möchte es ganz genau so. Bleib, wo du bist. Erfülle mich, umarme mich, küsse mich. Genau so.«

»Genau so«, sagte er, als er tief in sie eindrang und Schockwellen durch ihren Körper liefen. Sie versenkte die Hände in seinem Haar und strich wild darüber. Er ließ die Lippen an ihrer Wange entlang über ihren Hals abwärts gleiten, bis er ihre aufgerichtete Brustwarze fand, die sich ihm entgegenstreckte. Mit der Zunge umkreiste er ihr prickelndes Fleisch und ihm entfuhr ein Urlaut, als ein Schauer durch ihren Körper rann.

Emmitt zog sich aus ihr heraus und drang immer wieder in sie ein, während er sie mit den Zähnen reizte. »Evie«, flüsterte er und bewegte sich immer schneller. »Mist, Evie, ich werde kommen.« Er schmiegte den Kopf an ihren Nacken, schlang einen Arm um ihren Rücken und hielt sie so fest, dass sie in Stücke zu brechen glaubte. Er wartete auf ihre Zustimmung, ihre Vergebung, und sie gab sie ihm willig.

»Komm ruhig, Emmitt, fick mich schnell und komm.«

Als hätte er alle Kontrolle verloren und könnte sich nicht länger beherrschen, nahm er ihre Worte als Absolution von seinem lächerlichen Mangel an Ausdauer. Sein Orgasmus war episch, laut und machtvoll, und er packte sie fest, als er sich aus ihr herauszog. Emmitt brauchte über eine Minute, bis sich sein Atem wieder normalisierte, nachdem er auf ihr zusammengebrochen war. Als er schließlich wieder sprechen konnte, war er verlegen, was ihm so gut wie nie passierte. »Mist«, sagte er und schüttelte ungläubig den Kopf. »Du bist so verdammt eng und heiß. Ich konnte mich einfach nicht zurückhalten.«

»Das macht doch nichts«, sagte sie, winkte ab und tat so, als wäre die wachsende Begierde zwischen ihren Schenkeln völlig unwichtig.

»Ist das dein Ernst?«, fragte er und sah sie mit einer hochgezogenen Augenbraue an, als hätte sie den Verstand verloren. »Hast du etwa gedacht, das wäre alles? Dass wir uns jetzt schlafen legen?«

Sie zuckte die Achseln, denn sie wollte nicht, dass er sich schämen sollte. Er legte sich wieder auf sie und ließ sich an ihrem Körper entlang abwärts gleiten. »Du hast keine Ahnung, worauf du dich eingelassen hast.« Er packte sie an der Rückseite ihrer Schenkel, hob ihr Hinterteil vom Bett und warf sich ihre Knie über die Schultern. »Wie oft bist du bisher in einer Nacht gekommen? Welchen Rekord müssen wir schlagen?«

»Was für einen Rekord?«, fragte sie lachend. »Ist dies ein Wettbewerb?«

»Nein«, sagte er ernsthaft. »Mir kann niemand das Wasser reichen. Also, wie oft?«

»Zweimal vielleicht?«, antwortete sie verlegen.

»Mein Gott«, lachte er. »Das ist ja lächerlich.« Mit dem Finger drang er in ihre schlüpfrigen Falten ein und sie zuckte zusammen, als hätte sie ein Stromschlag getroffen. Emmitt rieb mit seinem Daumen rhythmisch über ihre Klitoris. In

Sekundenschnelle fand er das perfekte Tempo und sie wölbte sich ihm entgegen und stieß sich näher an ihn, um ihn noch tiefer in sich aufzunehmen.

»Ja«, schrie sie auf. »Emmitt, ja.« Sehr zu ihrer Verwunderung ließ er ihre Beine los, während er mit dem Daumen immer noch ihre Klitoris reizte. Er war wieder hart und stieß sich in sie hinein, ehe sie den nächsten Atemzug nehmen konnte. Aber den hätte es ihr ohnehin verschlagen. Er blieb ihr in der Kehle stecken, als sie vor Lust explodierte, ihre Muskeln sich verkrampften und um seinen festen Stab pulsierten.

Emmitt stützte sich über ihr auf und als sie den Höhepunkt der Lust erreichte, spürte sie wieder das Bedürfnis, sich zu verstecken. Ihm entging kein einziges Erzittern ihres Körpers noch die Art, wie sie das Gesicht verzog und sich mit den Händen ans Bettlaken klammerte. Er sah ihr bei allem zu. Ein zufriedenes Lächeln spielte um seine Züge, als er sie sanft wieder aufs Bett legte.

Ihr Atem ging keuchend und ihr Haar war schweißverklebt, als er lachend zu ihr sagte: »Das war Nummer eins. Nun machen wir es noch zwei Dutzend Mal.«

# KAPITEL 14

Emmitt hatte mit vielen Frauen geschlafen. An allen möglichen Orten und aus allen möglichen Gründen. Aber noch nie war es vorgekommen, dass er danach irgendein anderes Bedürfnis hatte, als davonzulaufen. Buchstäblich. Einfach fortzulaufen. Ein paar Kilometer einfach zu laufen. Zu laufen, bis sich die Gedanken in seinem Kopf aufgelöst hatten. Aber nun lag ihm diese Absicht fern, vertrieben vom Duft von Evies Haar, das über seinem Arm ruhte.

»Bist du froh, dass du nicht mit irgend so einem Verlierer gegangen bist, mit dem Sophie dich losschicken wollte?«, fragte Emmitt und zeichnete mit einem Finger den Umriss ihrer Hüfte und Flanke nach.

»Da war kein Verlierer«, sagte sie, bedeckte seinen Brustkorb mit Küssen und schmiegte sich dann in seine Arme.

»Du kannst mir glauben, Geld ist nicht alles.«

»Nein«, sagte sie lachend. »Ich meine, ich habe Sophie gar nicht mit der Bitte um Begleitung angerufen. Wenn ich nicht mit dir gehen konnte, wollte ich auch mit niemand anderem gehen. Ich musste bloß beim Taxiunternehmen anrufen, um abzusagen. Als du an meine Tür geklopft hast, dachte ich, das wäre vielleicht der Fahrer. Es tut mir leid, wenn meine Gefühle für dich dir unangenehm sind oder dich nervös machen oder was auch immer, aber ich habe dich gern.«

»Ich sorge mich nur, weil du keinen Grund hast, mich zu mögen. Es ist vollkommen unlogisch.«

»Ich bin nicht sicher, ob Logik je großen Einfluss auf Gefühle gehabt hat. Ich habe dich gern.« Sie errötete nun und er wusste, dass er ihr entweder jetzt die Wahrheit sagen oder diesem ein Ende setzen musste.

»Das macht mich ganz nervös«, gab er zu. »Aber ich bin immer noch hier. Das ist für mich ganz ungewöhnlich. Das solltest du wissen. Ich gebe mir Mühe.«

»Ist ja in Ordnung«, sagte sie, aber sie sah nicht so aus.

»Lass mich zu Ende erklären. Es macht mich nervös, dass du mich gernhast, weil ich keine Abneigung gegen dich habe.«

»Du hast keine Abneigung gegen mich?«

»Ganz richtig. In der Regel mag ich andere Leute nicht. Und das gilt für alle. Ich kann sie nicht leiden. Ich kann mit niemandem etwas anfangen. Aber gegen dich habe ich nichts.«

»Also magst du mich?«, fragte Evie und hielt ihre Freude in Schranken, bis sie verstand, was zum Teufel er ihr damit sagen wollte.

»Das geht mir ein bisschen zu weit«, scherzte er, ließ sie aber nicht los. »Aber ich habe nichts gegen dich.«

»Was soll das heißen?«, fragte sie und verdrehte die Augen. »Du findest mich anziehend.«

»Selbstverständlich.«

»Wir haben jede Menge vernünftige Unterhaltungen geführt und scheinen uns gut zu verstehen.«

»Das kann man sagen.«

»Ich bringe dich zum Lachen«, sagte sie und begann, ihre Argumente an den Fingern abzuzählen.

»Das lässt sich bestreiten. Wenn man von Slapstickkomödie absieht, denn du hast ein Talent, über Dinge zu stolpern und gegen Türen zu laufen.«

»Wie kommt es, dass du nicht einfach sagen kannst, du magst mich?«, fragte Evie, aber Emmitt erwiderte prompt mit einer Gegenfrage.

»Wie kommt es, dass du sagen kannst, du magst mich?«

»Wer hat dir gesagt, dass du ein Arschloch bist? Wer hat dir diesen Unsinn so lange eingeredet? Denn du scheinst es oft genug gehört zu haben, um selbst daran zu glauben.«

»Das beantwortet nicht meine Frage«, beharrte Emmitt.

»Also schön, du willst wissen, warum ich dich gernhabe? Ich habe deinen Gesichtsausdruck gesehen, als Jessica verhaftet wurde. Du hast dir Sorgen um sie gemacht. Ich sehe, wie du deinen Bruder ansiehst. Ich sehe, was du alles zu tun bereit bist, um ihm bei seinem Unternehmen zu helfen. Ich habe gesehen, wie du mit Taxifahrern, Portiers und dem Hotelpersonal umgehst. Ich habe gesehen, wie oft du dem Obdachlosen im Park gegenüber von West Oil in Texas Geld in die Sammelbüchse geworfen hast. Wenn du meinst, dass niemand es merkt, behandelst du die Leute richtig nett. Aber ich merke das schon, seit ich dich kennengelernt habe.«

»Ich bin es auch, der James' Pralinen isst und nur aus Spaß meinen Bruder ärgert. Ich bin jähzornig und habe eine laute Stimme.«

»James ist Milliardär. Ich bin sicher, dass er es sich leisten kann, weitere Pralinen zu kaufen, und dein Bruder würde sich schrecklich langweilen, wenn du ihn nicht mehr aufziehen würdest.« Evie gab nicht nach.

»Ich habe vielen Leuten wehgetan«, gestand Emmitt, der merkte, dass diese romantisierte Version seiner selbst, die Evie sich erhoffte, in Wirklichkeit gar nicht existierte. Oder wenn es sie gab, war es nur ein Tropfen auf den heißen Stein im Vergleich zu seinem wirklichen Wesen.

»Ich habe auch vielen Menschen wehgetan«, seufzte Evie traurig. »Ich bin oft egoistisch gewesen und habe unwiderruflichen Schaden angerichtet.«

»Was du angerichtet hast, ist gar nicht auf derselben Ebene mit den Dingen, die ich getan habe. Du kannst dir gar keinen Begriff davon machen.« Emmitt schüttelte hartnäckig den Kopf.

»Dann erkläre es mir doch«, bettelte Evie und streichelte ihm die Wange. »Wenn du mich davon überzeugen willst, dass ich mich nicht mit dir abgeben soll, musst du es auch begründen.«

»Ich versuche ja gar nicht, dich abzuschrecken. Ich habe gemeint, was ich gesagt habe, und zwar nicht nur, weil ich deinen wundervollen Körper vor Augen habe. Wenn ich jemals ein guter Mensch werde, dann mit dir. Außerdem ist es schwer, irgendetwas zu erklären, solange du nackt bist.«

»Dann nimm mich in die Arme und lass uns schlafen«, sagte sie und küsste ihn wieder auf den Brustkorb, ehe sie sich an ihn kuschelte. »Oder sag mir, was an dir so schrecklich ist. Denn ich kann es nicht erkennen.«

»Als ich ein Junge war, war ich dauernd wütend, jeden Tag, und meine Mutter hat sehr darunter leiden müssen. Und mein Bruder und meine Schwester ebenfalls. Niemand konnte mit mir fertigwerden oder mich zur Vernunft bringen. Ich habe ihnen das Leben zur Hölle gemacht.«

»Du sprichst nicht oft von deiner Schwester, wohnt sie hier in Boston?«

»Ja. Harlan hatte es schwer. Ich habe sie im Stich gelassen, als ich Soldat wurde. Und dann wurde alles noch viel schlimmer für sie. Sie hatte einen Versager von einem Freund, der ihr Versager von einem Ehemann wurde, dann ein Versager von einem Vater ihrer Kinder und jetzt ein Versager von einem Ex.«

»Hast du sie zur Heirat gezwungen?«

»Nein«, seufzte Emmitt, als wäre sie schwer von Begriff. »Aber ich war nicht für sie da, um das zu verhindern.«

»Du kannst anderen Menschen nicht ihre Entscheidungen abnehmen. Und die Konsequenzen müssen sie selber tragen. Du hast mich nicht überzeugt. Sag mir, was noch war.«

»Meine Mutter«, sagte er und schüttelte den Kopf. »Ich habe ihr schrecklich viel Kummer gemacht. Bevor ich sechzehn war, bin ich sieben Mal verhaftet worden. Ich habe eine Million Versprechen gegeben und sie alle gebrochen. Bei mir konnte sie sich lediglich darauf verlassen, dass ich sie immer wieder enttäuschte. Was noch schlimmer war, wenn sie mich fragte, warum ich das tat, konnte ich ihr das nicht erklären. Mir war einfach danach.«

»Du warst noch ein Kind. Ein frustriertes Kind, das sich schlecht benahm. Das kommt oft vor. Wie gesagt, ich habe auch Leuten wehgetan. Damit hast du mich immer noch nicht überzeugt.« Sie fuhr mit dem Finger über die Muskeln seines Brustkorbs und lächelte ihn kurz an. »Nächster Versuch.«

»Ich habe Frauen erzählt, was sie hören wollen, um sie dazu zu bringen, mit mir zu schlafen. Ich spiele mit ihren Gefühlen. Ich wechsle meine Handynummer. Ich verschwinde spurlos. Ich breche Verbindungen ab. Ich lüge.« Er starrte jetzt die Decke an, da er es nicht ertragen konnte, ihr ins engelhafte Gesicht zu sehen. »Ich mag Jobs, bei denen ich in Schlägereien geraten kann. Ein paar Runden Prügelei mit irgend so einem

Arschloch, das es verdient hat, zusammengeschlagen zu werden, ist praktisch mein Lebenszweck. Wenn ich eine Weile keine Gelegenheit dazu gehabt habe, mich zu schlagen, Kugeln auszuweichen oder mich aus irgendeiner Gefahr zu retten, werde ich verrückt. Ich werde aggressiv. Ich explodiere. Ich werde destruktiv.«

»Du hast aber auch für dein Land gekämpft«, widersprach ihm Evie. »Und du tust so viel für deinen Bruder. Wann hast du das letzte Mal etwas für deine Schwester oder deine Mutter getan?«

»Ich habe den Ex-Mann meiner Schwester, dieses Arschloch, rausgeworfen, als er betrunken aufkreuzte, um die Kinder abzuholen. Für meine Mutter habe ich nicht viel getan. Ich versuche nur, ihr zu helfen, wenn es ihr nicht gut geht, und halte mich fern, wenn alles in Ordnung ist.«

»Du hast gesagt, dass deine Schwester Kinder hat. Bist du ein guter Onkel?«

»Nein«, lachte er, »ich bin ein schrecklich schlechter. Ich gebe ihnen Schokolade, bevor sie zu Bett gehen. Ich kaufe ihnen ein Schlagzeug und fluche in ihrer Gesellschaft. Ich wecke sie einfach auf, weil ich sie sehen will. Es treibt meine Schwester zum Wahnsinn.«

»Aber sie kommen immer angelaufen, wenn sie dich kommen sehen?«

Emmitt lachte. »Jedes Mal.«

»Es tut mir leid, aber ich bin immer noch nicht überzeugt. Du hast vielleicht ein paar schlechte Gewohnheiten, aber tief im Innersten –«

»Okay, Evie«, sagte Emmitt und küsste sie auf den Scheitel. »Du kannst denken, was du willst, aber du kannst nicht behaupten, ich hätte dich nicht gewarnt.«

»Du bist viel besser, als du denkst, Emmitt. Es ist Zeit,

dass du daran zu glauben beginnst. Und bis dahin werde ich es für dich tun.«

Er seufzte schwer und fragte sich, wo Evie sein würde und was sie wohl täte, sollte sie ihren Glauben verlieren.

# KAPITEL 15

Evie fuhr mit der Hand über das kalte Bettlaken und merkte zu spät, warum es nicht warm war. Emmitt war nicht mehr im Bett. Die Vorhänge waren zugezogen, ihre müden Augen konnten also nicht erkennen, ob es mitten in der Nacht oder mitten am Tag war.

»Emmitt?«, flüsterte sie in die Dunkelheit.

»Ich bin hier«, sagte er und klang so, als fühlte er sich ertappt. »Es ist etwas vorgefallen. Ich muss weg. Du kannst dich ausschlafen.«

»Emmitt«, sagte sie und rieb sich den Schlaf aus den Augen. »Wenn du das Ganze abbrechen willst, brauchst du es nur zu sagen. Dann gehe ich.« Evie stand auf und bedeckte ihren nackten Körper mit dem Bettlaken.

»Es ist wirklich etwas passiert«, versicherte er und rieb sich den kurz geschorenen Kopf, als hätte er Kopfschmerzen.

»Nimm mich mit«, sagte sie so gelassen, als wäre ihr die Antwort gar nicht so wichtig. »Wenn es mit der Arbeit zu tun hat, kann ich vielleicht helfen.«

»Es hat mit der Arbeit nichts zu tun«, sagte er, band sich

die schwarzen Stiefel zu und warf sich einen Rucksack über die Schulter.

»Okay«, entgegnete sie und nickte unzufrieden, während sie plante, was sie als Nächstes tun würde. Sie würde warten, bis er fort war, und sich dann erst anziehen. Er hatte nicht einmal mehr einen letzten flüchtigen Blick auf ihre nackte Haut verdient.

»Du könntest mitkommen«, sagte er und räusperte sich unbehaglich. »Es handelt sich um etwas Persönliches. Es gibt nichts zu tun, aber wenn du Lust auf eine Ausfahrt hast, kannst du mich begleiten.«

»Ja«, antwortete sie und runzelte die Stirn, als müsste sie es sich überlegen. »Ich schätze, das könnte ich, wenn du willst.« Sie hatte es ihm leicht gemacht; nun brauchte er nur noch Ja zu sagen. *Ja, ich möchte dich mitnehmen.*

»Wir fahren in zehn Minuten los«, sagte er und sah auf die Uhr.

Sie überlegte sich, wie sie es wohl in zehn Minuten schaffen sollte zu duschen, sich das lange Haar zu trocknen und sich anzuziehen. Aber die Einladung war wie die sich schließende Tür in einem Actionfilm. Man musste bloß den Mund halten und drunter durchschlüpfen, ehe man seine Chance verpasst hatte. Also tat sie das. Mit ungewaschenem Haar und zerknitterten Kleidern sprang sie in den Wagen.

»Du machst einen frustrierten Eindruck«, zirpte Evie, während sie durch die Dunkelheit dem Sonnenaufgang entgegenrasten.

»Ich hatte den Klingelton an meinem Handy leiser gestellt. Ich wollte nicht gestört werden. Das mache ich sonst nie.«

»Und du hast einen Anruf verpasst?«, fragte sie und wand sich verlegen auf dem Beifahrersitz des Mietwagens. Er war in der Hotelgarage geparkt gewesen, obwohl Emmitt nicht die

Absicht hatte, ihn zu benutzen, da er Taxis und Limousinen zu bevorzugen schien, aber offenbar war an diesem Morgen der Notfall eingetreten, für den er ihn sich dort hielt.

»Es war meine Schwester«, brummte er widerstrebend. »Es wird nicht lange dauern, aber ich muss etwas mit ihr regeln.«

»Und ich soll draußen warten?«, fragte Evie und klang ganz enttäuscht. Sie stieg nicht vor Sonnenaufgang in seinen Wagen, ohne Zeit zum Fertigmachen, um dann bloß irgendwo draußen warten zu müssen.

»Du kannst reinkommen, aber es ist kein erfreulicher Besuch. Wir bleiben nicht lange.«

»Also gut«, seufzte sie und hätte gern mehr erfahren, merkte aber, dass sie damit nicht allzu weit kommen würde. Als sie die Autobahn verließen und nun durch einen Wohnbezirk fuhren, konnte sie spüren, dass Emmitt adrenalingeladen war. Seine Hände spannten sich ums Steuerrad und er knirschte mit den Zähnen. »Wie heißt sie noch?«, fragte Evie.

»Harlan«, antwortete er, während er im Stillen die rote Ampel verfluchte, die nie grün zu werden schien. »Wir sind da«, sagte er plötzlich und wies über eine Kreuzung auf ein kleines weißes Häuschen, das ganz mit Efeu überwuchert war.

»Das ist aber niedlich«, sagte Evie und versuchte, positiv zu klingen. Es war niedlich, aber klein und ungepflegt.

»Meine Mutter stammt aus einer wohlhabenden Familie und vor vielen Jahren haben hier immer unsere Angestellten gewohnt. Von dem umliegenden Land ist viel verkauft worden, aber das Haus besitzen wir immer noch. Als meine Schwester sich von diesem Idioten scheiden ließ, wollte sie sich irgendwo davon erholen. Etwas Einfaches. Unsere Familie besitzt Milliarden und meine Schwester wohnt in dieser hundert Jahre alten Bruchbude.«

»Ist er zurückgekommen?«, fragte Evie, die befürchtete,

dass Harlan verletzt sein könnte und Emmitt sich auf ihren Ex stürzen wollte.

Sein Gesicht verzerrte sich plötzlich, dann entspannten sich seine Züge wieder. »Nicht der *Er*, den man erwartet hätte, aber auch nichts Besseres.« Er parkte den Wagen und schwang die Tür auf. Sie war nicht erstaunt, dass er nicht auf ihre Seite kam, um ihr die Tür aufzuhalten. Dies war offenbar eine große Sache.

Er musste ein paarmal an die alte Holztür hämmern, bis ein Licht anging. »Emmitt?« Eine groß gewachsene, dunkelhaarige Frau mit Augen, die ihr bekannt vorkamen, stolperte zur Haustür heraus und schloss sie hinter sich. »Die Mädchen schlafen noch. Was zum Teufel machst du denn hier?«

Evie beobachtete, wie Harlan Emmitt einen Stoß gegen den Brustkorb gab, ohne dass er sich auch nur einen Zentimeter von der Stelle rührte.

»Ich habe deine Nachricht bekommen.«

»Und?«, fragte sie, wobei sie immer noch keine Notiz von Evie nahm.

»Wie viel Geld hast du ihm gegeben?«

»Gar keins«, sagte sie langsam und zögernd, aber immer noch abwehrend. »Er hat mich nicht um Geld gebeten. Meine Nachricht war kein Hilferuf. Ich wollte dir nur mitteilen, dass Dad vorbeigekommen ist.«

Allmählich wurden die Dinge klarer. Evie hatte nur wenige Einzelheiten über Emmitts Vater gehört, aber etwas Positives war nicht dabei gewesen. Sie wusste, dass er seine Familie im Stich gelassen hatte, als die Kinder noch klein waren.

»Dürfen wir reinkommen?«, fragte Emmitt und sah etwas freundlicher auf seine Schwester herunter.

»Es ist nicht einmal sechs Uhr morgens«, schmollte sie. »Und wer ist das denn?« Ihr skeptischer Ton erinnerte Evie stark an Emmitt. Er hätte diese Frage auf genau dieselbe Weise gestellt.

»Ich bin Evie«, sagte sie und streckte lächelnd die Hand aus. Harlan zögerte, ehe sie sie schließlich kurz und abweisend schüttelte.

»Hast du keine Zeit gehabt, sie nach eurem Stelldichein wieder abzusetzen?«, fragte Harlan, die ihnen immer noch den Weg ins Haus versperrte.

Evie wollte gerade protestieren, als Emmitt bereits antwortete. »Sie ist keine Gelegenheitsbekanntschaft. Benimm dich nicht so unmöglich.«

»Entschuldige, dass ich aus vergangenen Erfahrungen Schlüsse ziehe, wenn ich herauszufinden versuche, wen du heute Morgen bei dir hast. Das liegt auch daran, dass ihr beide so ausseht, als wärt ihr gerade erst aus dem Bett gekrochen. Demselben Bett.«

»Emmitt hat sich Sorgen gemacht, als er Ihre SMS gelesen hat«, sagte Evie, was gleichzeitig der Versuch einer Erklärung und eine spitze Bemerkung sein sollte.

»Wirst du uns jetzt reinlassen?«, fragte Emmitt wieder.

»Eine Strafpredigt will und brauche ich jetzt nicht, Emmitt. Ich hasse Dad nicht so sehr wie du und Mathew.«

»Du warst noch zu klein, um zu verstehen, warum du ihn hassen solltest und warum du ihn auf keinen Fall hereinlassen darfst, wenn er dich besuchen will.«

»Ich weiß noch sehr gut, was du dieser Familie alles angetan hast, aber ich liebe dich trotzdem. Menschen können sich ändern. Er hatte eine Neunzig-Tage-Plakette von *Anonyme Spieler*. Er hatte sich das Versprechen gemacht, mich erst zu besuchen, wenn er es geschafft hatte. Er wollte die Kinder sehen.«

»Solche Plaketten kann man im Internet kaufen. Hast du ihm erlaubt, die Kinder zu sehen?«

Harlan biss sich auf die Lippe und senkte die Augen. »Sie haben schon geschlafen. Ich habe ihn auf ein anderes Mal vertröstet.«

»Wie viel Geld wollte er haben?«

»Gar keins«, erwiderte sie und starrte ihn wieder trotzig an. »Ich würde ihm kein Geld geben und er hat es gar nicht erst versucht.«

»Natürlich nicht. Man taucht nicht nach zehn Jahren Abwesenheit bei seiner Tochter auf und bittet sie um Geld. Das hebt man sich für den zweiten oder dritten Besuch auf. Und wenn sie dann Nein sagt, stiehlt man einfach etwas und hofft, dass sie es nicht gleich merkt.«

»Für wie dumm hältst du mich eigentlich? Ich kann auf mich selbst aufpassen.«

»Du hast in letzter Zeit deine Sache so gut gemacht.« Emmitt wies auf das Haus, als wären dessen schiefe Läden und die abgeblätterte Farbe ein Beweis dafür. »Wenn du bloß auf mich gehört hättest, was diesen Idioten Rylie betrifft, und ihn in die Wüste geschickt hättest, als ich es dir geraten habe —« Eine blitzschnelle, feste Ohrfeige von ihr brachte ihn zum Schweigen.

»Wenn ich auf dich gehört hätte, würden die beiden wundervollen kleinen Mädchen oben nicht existieren. Spiel nicht den Besserwisser. Ich bin, wo ich bin, weil es das Richtige für mich ist. Du solltest allerdings verschwinden.«

»Ich will dir ja nur helfen«, sagte Emmitt und betastete sich die Wange. »Wenn er wiederkommt, schicke ihn weg. Wenn er wirklich an einer Beziehung mit uns interessiert ist, kann er bei mir anfangen.«

»Du wirst ihn niemals wieder in dein Leben lassen. Du würdest nicht mehr als fünf Minuten an ihn verschwenden.«

»Genau«, antwortete Emmitt, ergriff Evies Hand und wandte sich zum Gehen. »Gib den Mädchen einen Kuss von mir. Sag ihnen, ich komme bald wieder.«

»Richtig, bis du wieder etwas anderes zu tun hast und spurlos verschwindest. Und wenn du tatsächlich kommst, wage es nicht, noch ein Musikinstrument mitzubringen. Sonst kriegst du nicht nur eine Ohrfeige.«

»Na gut«, sagte Emmitt und drehte sich auf dem Weg zum Wagen halb zu ihr um. »Dann also nur einen Verstärker für die elektrische Gitarre, die ich ihnen zu Ostern geschenkt habe.«

»Ich bring dich um!«, rief Harlan aus.

»Harlan«, sagte er und hatte die Hand schon am Türgriff, »sei vorsichtig mit Dad. Er hat sich nicht geändert. Sieh dich vor.«

Sie winkte nur ab und ging wieder ins Haus. Evie ließ sich auf den Beifahrersitz sinken und kam sich plötzlich wie ein Außenseiter vor. Es hatte sie all ihre Willenskraft gekostet, nichts dazu zu sagen oder ihren Rat in einer Sache anzubieten, die sie so offensichtlich nichts anging.

»Hast du Hunger?«, fragte Emmitt und sah auf die Uhr, während er aus der Einfahrt zurücksetzte. »Es gibt gleich in der Nähe eine Imbissbude. Wir können dort eine Kleinigkeit essen und dann setze ich dich wieder beim Hotel ab.«

»Wo willst du danach hin? Hast du noch etwas bei den Barringtons zu tun? Vielleicht kann ich dir helfen.« Es schreckte sie nicht ab, die verschiedenen Aspekte von Emmitts Leben kennenzulernen. Ganz im Gegenteil. Je mehr sie davon erfuhr, desto entschlossener war sie, zu ihm zu halten.

»Davon mache ich ein paar Tage Pause«, erwiderte

Emmitt, der den Blick fest auf die Straße gerichtet hielt und nicht sehr mitteilsam wirkte.

»Willst du deinen Vater suchen?«, fragte Evie und bemühte sich vergebens, neutral zu klingen.

»Er hat sich nicht geändert«, bemerkte Emmitt sachlich. »Wenn er nach so langer Zeit wieder aufgekreuzt ist, liegt das nur daran, dass er sonst keinen Ausweg sieht. Er weiß, dass Harlan das schwächste Glied ist. Mathew und ich würden ihn sofort achtkantig rauswerfen. Aber sie ist sentimental und frisch geschieden. Sie hat Angst, dass ihre Töchter nicht genug Familienkontakt haben werden. Das wird er ausnutzen wollen. Ich muss ihn finden, ehe das passiert.«

»Oder er hat wirklich neunzig Tage nicht gespielt, wie sie sagt, und vermisst seine Familie. Vielleicht will er tatsächlich seine Enkel kennenlernen«, wandte Evie ein, da Emmitt das nicht einmal in Betracht zu ziehen schien. Warum sollte es ausgeschlossen sein, dass sein Vater sich geändert hatte?

»Hör auf!«, befahl er und schlug mit der Hand aufs Steuerrad. »Du weißt überhaupt nichts über ihn. Du kannst dir gar nicht vorstellen, was er meiner Mutter angetan hat und jetzt wahrscheinlich vorhat, Harlan anzutun. Sie hat schon genug durchgemacht und ich lasse nicht zu, dass ihr irgendetwas anderes passiert. Auf der friedlichen kleinen Farm, auf der du aufgewachsen bist, geht vielleicht nie etwas schief, aber dies ist die reale Welt und Scheiße ist dreckig.«

»Sie hat dir gerade gesagt, du sollst dich da raushalten«, erinnerte ihn Evie mutig.

»Ich habe *dir* gesagt, du sollst dich raushalten, und du hörst ja auch nicht, ich schätze, das haben wir also gemeinsam. Ich rufe jetzt Mathew an.« Emmitt klickte ein paar Tasten am Lenkrad, um die Verbindung herzustellen.

»Du bist aber früh dran«, sagte Mathew und Evie hörte an seiner Stimme, wie besorgt er war.

»Habe ich dich geweckt?«, fragte Emmitt, klang aber eher, als wäre ihm das egal.

»Nein. Ich bin schon im Büro. Du bist normalerweise um diese Zeit noch nicht wach. Habe ich recht mit der Annahme, dass du die Nacht durchgemacht hast und noch gar nicht im Bett warst?«

»Nimm an, was du willst. Aber während du deine Zeit damit verschwendest, mich aufzuziehen, versucht dein Vater, deine Schwester auszunehmen.«

»Was?«, fragte Mathew und hörte sich jetzt wirklich besorgt an. »Er hat Harlan besucht?«

»Gestern Abend«, bestätigte Emmitt. »Ich habe vor acht Monaten seine Spur verloren. Ich versuche, ihn möglichst im Auge zu behalten, aber er ist einfach verschwunden. Damals war er noch in Vegas und hat beim Spielen dauernd verloren.«

»Wie viel hat sie ihm gegeben?«, fragte Mathew und holte einmal tief Luft.

»Sie hat behauptet, er hätte sie nicht um Geld gebeten.«

»Natürlich nicht. Nicht beim ersten Besuch.« Mathew bestätigte damit Emmitts Annahme und Evie begann, sich zu fragen, ob sie die Sache vielleicht nicht ernst genug genommen hatte. »Was hat Harlan denn zu ihm gesagt?«

»Dass er wiederkommen dürfte, um die Kinder zu besuchen. Sie waren schon im Bett.«

»Nein.« Mathew sprach mit zusammengebissenen Zähnen. »Das kommt nicht infrage. Du musst ihn suchen und ihm klarmachen, dass das nicht geschehen wird. Wenn es ihm gelingt, an Harlan heranzukommen, wird Mom die Nächste sein. Du weißt, was zu tun ist.«

»Ja«, bestätigte Emmitt. »Aber während ich mich darum

kümmere, kann ich ein paar Tage nichts für die Barringtons tun. Ich weiß, dass du erwartest –«

»Nein«, unterbrach ihn Mathew. »Mach das zuerst. Harlan hat diese Idealvorstellung von Dad, beziehungsweise von dem, was er sein könnte. Er darf keine Gelegenheit mehr haben, sie zu sehen. Tu, was immer nötig ist, solange du ihn loswirst. Wenn er hier ist, weil er Geld braucht, gib ihm welches.«

»Natürlich ist er wegen Geld hier. Aber ich gebe ihm nichts. Sonst schaffen wir einen Präzedenzfall. Dann wird er jedes Mal, wenn er Geld braucht, Harlan dazu benutzen, mich zu erpressen.«

»Du könntest ihn stattdessen auch verprügeln, aber dann kommst du ins Gefängnis und kannst nicht mit dem weitermachen, was du für mich bei den Barringtons erledigen musst. Es reicht, wenn du ihn vorläufig loswirst, um eine langfristige Lösung kümmern wir uns dann später.«

»Ich sorge dafür, dass er verschwindet«, stimmte Emmitt widerstrebend zu. »Aber wenn er mich provoziert und mir auch nur eine Entschuldigung gibt, ihn zusammenzuschlagen, dann garantiere ich für nichts.«

»Ich werde dann heute Morgen Evie anrufen und ihr sagen, dass sie zurückkommen soll. Es tut mir leid, dass ich mich da eingemischt habe. Ich dachte, sie könnte dir eine Hilfe sein, aber im Moment kannst du sie wirklich nicht brauchen.«

Evie erstarrte auf ihrem Sitz, weil sie Angst hatte zu verraten, dass sie im Wagen saß und hören konnte, was er sagte.

»Ähm«, sagte Emmitt und blickte verlegen zu ihr hinüber. »Ich kann sie vielleicht doch gebrauchen. Du brauchst sie nicht anzurufen.«

»Was zum Teufel ist jetzt los?«, stöhnte Mathew. »Gestern hast du mich noch angemeckert, ich sollte sie dir sofort vom Hals schaffen. Ich habe Jessica gesagt, dass Evie heute wieder da sein wird. Jetzt muss ich ihr erzählen, dass du dich anders entschieden hast. Das sieht dir gar nicht ähnlich. Was ist wirklich los?«

»Nichts«, sagte Emmitt schnell und Evie beobachtete, wie er seinen Daumen langsam in Richtung Auflegetaste schob. »Ich brauche sie eben.«

»Du *brauchst* sie?«, fragte Mathew und feixte. »Ich glaube nicht, dass ich dich das je habe sagen hören. Du hegst Gefühle für sie, habe ich recht?«

»Ich muss jetzt Schluss machen. Ich halte dich über Dad auf dem Laufenden, sobald ich mehr weiß. Aber vielleicht könntest du Harlan anrufen, damit ich nicht wie gewöhnlich das einzige Arschloch bin.«

»Du bist nie das einzige Arschloch, Emmitt, bloß das größte. Aber ich rufe sie an. Und was ist mit Mom? Hast du vor, sie zu warnen?«

»Ich habe schon eine Weile nicht mehr mit Mom gesprochen, wie du weißt. Ich glaube nicht, dass sie von mir hören will. Das hat sie jedenfalls gesagt, als ich sie das letzte Mal gesehen habe.«

»Als du sie zuletzt gesehen hast, warst du besoffen und hast an Heiligabend auf ihre Rosenbüsche gepisst. Du bist in den verdammten Kamin gefallen und hast beinahe den Weihnachtsbaum umgerissen. Aber ich weiß, dass sie dich trotzdem sehen will. Versuch bloß, zur Abwechslung mal nüchtern zu sein.«

»Ich kam gerade von der Beerdigung von zwei Kameraden. Danach würdest du es auch nicht schaffen, nüchtern zu bleiben. Versuch mal, Weihnachten zu feiern, wenn dir das im Kopf herumspukt.«

»Das kann ich verstehen«, seufzte Mathew. »Natürlich verstehe ich das. Ich will ja nur sagen, dass Mom dich gern sehen würde. Du solltest sie vor Dad warnen. Und das sollte von dir kommen.«

»Ich rufe dich dann an, wenn ich mehr weiß«, sagte Emmitt mürrisch, warf einen kurzen Blick auf Evie und wandte sich wieder ab.

»Hey«, lachte Mathew leise, »hast du dich etwa in Evie verliebt oder was? Sie ist ein tolles Mädchen; und wenn du endlich über deinen eigenen Schatten springen könntest, wäre es vielleicht Zeit –«

Plötzlich war die Leitung tot und Emmitt räusperte sich. »Ich bringe dich jetzt zum Hotel.« Er setzte sich wieder gerade hin.

»Und was ist mit dem Frühstück?«, fragte sie und tat entrüsteter als sie war. »Du hast mir Pfannkuchen versprochen. Du kannst nicht einfach so etwas sagen und es dann zurücknehmen. Ich habe mich schon auf Sirup und Speck und Orangensaft gefreut, und dann ist das plötzlich nicht mehr wahr. Das ist nicht sehr fair.«

»Pfannkuchen.« Er seufzte tief. »Ich schätze, ich kann dir Pfannkuchen bieten, bevor ich dich absetze.«

»Du wirst mich aber nicht im Hotel absetzen«, sagte sie sachlich. »Ich komme mit. Um deinen Vater zu suchen, mit deiner Mutter zu reden, oder was du auch sonst noch geplant hast.«

»Ach ja?«, fragte Emmitt und konnte sich das Lächeln nicht verkneifen, das sich unwillkürlich auf seinen Zügen ausbreitete.

»Du hast es selbst gesagt. Du *brauchst* mich.«

»Das habe ich nicht so gemeint«, korrigierte er sie schnell. »Ich brauche niemanden.«

»Gut«, sagte sie und ließ ihre Hand in seine schlüpfen. »Wenn du mich also jetzt nicht zurückbringst, weiß ich, dass der Grund dafür nicht darin besteht, dass du mich brauchst, sondern dass du mich bei dir haben willst. Das ist noch viel besser.«

»Du kannst dir alles Mögliche einreden, nicht wahr?« Er sah sie von der Seite an, aber gleichzeitig spürte sie, wie er ihre Hand fester hielt.

Sie blickte zum Fenster hinaus und sah zu, wie die Baumreihe am Straßenrand vorbeizog. »Es wird alles gut, Emmitt. Du wirst schon sehen.«

»Wie ich eben sagte, du kannst dir alles Mögliche einreden.« Er hob ein Knie an, um das Steuerrad festzuhalten, während er nach seiner Sonnenbrille griff. Es wäre viel einfacher gewesen, dazu ihre Hand loszulassen, aber das wollte er offensichtlich nicht.

»Das kann ich. Das Schwierige dabei ist nur, dich auch davon zu überzeugen. Aber zu deinem Glück hatten wir viele Maultiere auf unserer Farm und ich habe meine Sturheit von Experten gelernt.«

»Ich habe jedenfalls das Meine getan, dich zu warnen. Ich habe dir gesagt, dass dies kein gutes Ende nehmen wird, und damit meine Pflicht erfüllt. Du magst vielleicht dickköpfig sein, aber ich habe den Verdacht, dass du auch gutherzig bist, und das ist wohl die schlimmste Kombination für jemanden, der es mit mir zu tun hat.«

»Soll ich vielleicht eine Verzichterklärung unterschreiben?«, neckte sie ihn. »Ich habe dich verstanden, Emmitt. Ich bin kein Dummkopf und ich bin nicht auf der Suche nach einem Märchenprinzen. Ich möchte bloß bei dir bleiben. Möchtest du das auch? Bloß jetzt. Ich verlange nicht, dass es für immer ist. Ich rede nur von jetzt. Würde es dir etwas ausmachen, wenn ich nicht mehr da wäre?« Sie hatte ihre Frage ganz bewusst so formuliert. Nicht: Würdest du mich vermissen? Wärst du dann traurig? Sie musste nur wissen, ob es ihm etwas ausmachen würde.

»Bleib bei mir«, sagte er und obwohl es wie ein Befehl klang, wusste sie genau, dass es eine Bitte war. »Du darfst bloß nicht –«, begann er, schien aber nicht zu wissen, wie er den Satz beenden sollte. »Ich kann dich vor allen möglichen Dingen beschützen, Evie. Ich kann dafür sorgen, dass du und meine Schwester und meine Mutter vor allen äußerlichen Gefahren sicher seid. Aber vor meinen eigenen Mängeln kann ich dich nicht beschützen. Wenn jemand anderes dich je belästigen sollte, schlage ich ihm die Fresse ein, aber es ist ebenso wahrscheinlich, dass ich dir das Herz breche.«

»Wenn ich also diese Verzichterklärung unterschreibe, brauchen wir nie wieder darüber zu reden?«, scherzte sie, denn sie wusste genau, wie schwer es ihm fiel, so offen mit ihr zu sprechen, und wollte es ihm mit Humor etwas leichter machen. »Emmitt«, sagte sie und drückte ihm die Hand. »Ich gebe dir nicht mein Herz. Ich gebe dir meine Zeit. Und da ich sonst nichts zu tun habe, ist das nicht einmal eine besonders heiße Ware.«

»Ich habe dich gewarnt«, sagte er wieder. Er zog sich ihre Hand an den Mund und streifte mit den Lippen über ihre Haut. »Mehr kann ich nicht tun.«

# KAPITEL 16

*Hör auf, sie dauernd anzustarren, verdammt noch mal.* Emmitt konnte sich das immer wieder vorhalten, aber es war umsonst. Er war daran gewöhnt, auf Spähtrupp und Aufklärungseinsatz zu sein, aber noch nie hatte er eine friedlich schlafende, wunderschöne Blondine neben sich auf dem Beifahrersitz gehabt. Sie hatte sein Sweatshirt ausgeliehen und war, trotz ihrer Versicherung, dass sie nicht müde sei, fest eingeschlafen. Und als sie nun tief und gleichmäßig atmete und ihre Wimpern im Traum flatterten, an dem er gern teilgehabt hätte, wurde ihm bewusst, dass er ein echtes Problem hatte.

Evie hatte ihr Haar hochgesteckt und lag so an das Wagenfenster gelehnt, dass ihr Hals frei und unbedeckt blieb. Er hatte sich eigentlich vorgenommen, die Eingangstür einer Bar im Auge zu behalten, die angeblich ein improvisiertes Spielkasino sein sollte. Es war genau der Ort, wo er seinen Vater finden würde, wenn er wirklich so in der Klemme steckte, wie Emmitt es annahm. Aber wie sehr er sich auch bemühte, es gelang ihm nicht, den Blick von Evie zu wenden.

»Nein«, murmelte sie und er lehnte sich schnell zurück, um

endlich zur Bar hinüberzusehen, die er bewachen sollte. »Nein«, wiederholte sie, diesmal war es ein leiser Aufschrei. »Nein, Mom, bitte nicht.« Evie warf sich kurz herum und hielt sich mit beiden Händen den Kopf.

»Evie«, sagte Emmitt lauter, als er es beabsichtigt hatte. »Evie, wach auf; du hast einen Albtraum.« Er griff nach ihrer Schulter, aber sie stieß ihn von sich, während sie keuchend vor Angst in die Realität zurückkehrte. Sie kauerte sich zusammen, hielt sich wieder mit beiden Händen den Kopf und fing an zu weinen.

»Evie«, sagte er fragend und sprach jetzt leiser als zuvor. »Was hast du denn?« Statt einer Antwort hörte er nur das Klicken ihres Gurtes und das Auffliegen ihrer Wagentür. Sie war bereits draußen in der Nachtluft, ehe er sie am Arm packen konnte. »Wo willst du denn hin?«, fragte er und lief ihr die Seitenstraße entlang nach. »Um Himmels willen, Evie, schlafwandelst du?«

»Nichts«, sagte sie und winkte ab. »Mir fehlt nichts. Ich brauche bloß etwas frische Luft. Es tut mir leid, dass ich dich habe auffliegen lassen, oder wie auch immer.«

»Das macht doch nichts. Ich glaube nicht einmal, dass er hier ist. Bist du sicher, dass dir nichts fehlt?« Er näherte sich ihr, aber sie weigerte sich, ihn anzusehen.

»Ja, mir geht es gut. Es war bloß ein böser Traum. Das hat man davon, wenn man sich mit Schokolade und Fritten vollstopft und dann vor Langeweile einschläft.« Sie lachte gezwungen unter Tränen, aber er ließ sich nicht abspeisen.

»Du hast deine Mutter erwähnt«, sagte er und blickte sie prüfend an, um zu sehen, wie sie darauf reagierte. Sie versteifte sich ein wenig und plötzlich wusste er genau, was er sie fragen musste. »Warum kannst du nicht nach Hause gehen?«

»Was?«, fragte sie, löste den unordentlichen Knoten, in den sie sich das Haar hochgebunden hatte, und versuchte, es zu glätten.

»Du hast nicht gesagt, dass du nicht nach Hause wolltest, du hast gesagt, du könntest es nicht. Warum nicht?« Er studierte ihre Züge, um einen Anhaltspunkt zu finden, wo dieser Schmerz herrührte.

»Mach dich nicht lächerlich.« Sie lächelte mit dem Mund, aber ihre Augen blieben glasig und voll verborgener Geheimnisse. »Ich hatte einen Albtraum, keine böse Vorahnung. Lass uns wieder in den Wagen steigen. Ich verspreche auch, dass ich diesmal nicht wieder einschlafe.«

»Du kannst es mir ruhig erzählen«, sagte er, während er ihr zurück zum Wagen folgte. »Ich bin ein guter Zuhörer.«

»Nicht nötig«, erwiderte sie. »Es war ja bloß ein Traum. Ich bin jetzt ausgeruht. Wir können weiter Nachforschungen betreiben. Auf geht's.« Sie versuchte, enthusiastisch zu wirken, gab aber schnell auf, als er in den Wagen stieg und den Motor anließ. »Bleiben wir denn nicht hier?«

»Er muss irgendwo anders sein. Ich habe ein paar Kontakte, die sich bald bei mir melden werden. Wir können ruhig zum Hotel zurückkehren und ein paar Stunden schlafen.«

»Diese Sache mit deinem Vater«, sagte sie und legte den Kopf wieder auf sein Sweatshirt, »bedeutet das, du glaubst nicht daran, dass Leute sich ändern können?«

Tiefgründigen Fragen wie dieser wich er gewöhnlich aus. Aber das war gerade das Problem mit Evie, sie brachte ihn dazu, Dinge laut auszusprechen, die er nicht einmal denken würde. »Leute ändern sich nicht. Sie lernen nur, besser zu lügen. Sie werden überzeugender darin. Geschickter.«

»Bist du heute ein besserer Mensch, als du es vor fünf Jahren warst?«

Er hielt sich zurück, denn er wollte nicht spontan antworten: *Ich bin ein besserer Mensch, als ich es vor fünf Tagen war,* und ihr recht geben. »Ich treffe jetzt andere schlechte Entscheidungen. Aber das macht mich nicht zu einem besseren Menschen. Von wem erhoffst du dir denn, dass er sich ändert?«, versuchte er sie zu ködern, aber sie biss nicht an.

»Habe ich geschnarcht?«, fragte sie und drehte sich in ihrem Sitz um, damit sie ihn besser ansehen konnte. »Ich habe geschnarcht, oder?«

»Das hast du nicht«, sagte er und verdrehte die Augen. »Aber wie ich sehe, wirst du nur dauernd das Thema wechseln. Aber diesmal lasse ich dich damit davonkommen.«

Sein Handy klingelte durch das Lautsprechersystem des Wagens und er klickte auf die Lenkradtaste, um sich zu melden. »Hey, Mathew, was ist los? Solltest du nicht längst in der Heia sein?«

»Hat Mom dich angerufen?«, fragte er keuchend. »Die Alarmanlage im Haus ist losgegangen und sie geht nicht ans Telefon. Die Alarmhinweise werden an mich geschickt. Die Bullen haben bei mir angerufen und gefragt, ob sie mal nachsehen sollen. Wenn es ein falscher Alarm ist, werden die Bullen sie zu sehr erschrecken, aber wenn wirklich etwas los ist –«

»Ich bin weniger als fünf Minuten von ihrem Haus entfernt. Schicke nicht die Polizei, aber versuche weiter, sie ans Telefon zu kriegen. Ich bin sicher, dass er es ist.«

»Das können wir doch gar nicht wissen«, korrigierte ihn Mathew.

»Er hat sich wohl gedacht, er könnte einsteigen und ein paar Sachen klauen, ohne dass es jemand merkt. Ich habe die beste Alarmanlage installieren lassen, die zu haben ist. Das hat er wohl nicht erwartet.« Emmitt konnte sich gut vorstellen, wie sein Vater durch ein offenes Fenster einstieg, um nach Wertsachen zu suchen.

»Es kann ja auch sein, dass Mom bloß lüften wollte und vergessen hat, die Alarmanlage abzustellen. Das ist ihr schon öfter passiert. Bevor ich nach Texas gegangen bin, bin ich einmal im Monat bei ihr gewesen, um sie daran zu erinnern.« Mathews Stimme klang so gezwungen ruhig, dass Emmitt ihn sofort durchschaute.

»Ich bin ja schon unterwegs. Gib mir bloß ein wenig Zeit, ehe du die Bullen rufst.« Emmitt beendete den Anruf und sah zu Evie hinüber, wobei er nach einem annehmbaren Vorwand suchte, sie sofort loszuwerden. Er hatte keinen plausiblen Grund, sie irgendwo abzusetzen und ihr zu sagen, er würde bald wieder da sein. Aber andererseits wollte er sie im Augenblick auch auf keinen Fall mit zu seiner Mutter nehmen.

»Es ist schon in Ordnung«, sagte sie leise. »Ich mische mich nicht ein, ich kann sogar im Wagen bleiben, wenn du willst.«

Sie hatte seine Gedanken gelesen, oder noch wahrscheinlicher seinen Gesichtsausdruck. »Lass mich erst mal sehen, was los ist, dann werde ich es dir mitteilen.«

»Natürlich.« Sie faltete gehorsam die Hände im Schoß und versuchte erfolgreich, die Fragen nicht zu stellen, die ihr auf der Seele brannten.

Als er so rasant in die Einfahrt einbog, dass der Kies unter seinen Reifen aufspritzte, war der Wagen kaum zum Stehen gekommen, als er auch schon herausgesprungen war. »Verriegele die Türen«, wies er sie an, ehe er sich auf den Weg zum Eingang des Herrenhauses machte. Er konnte sich kaum vorstellen, was ein Mädchen wie Evie von einem solchen Haus denken würde.

»Mom«, sagte er und gab auf dem Keypad an der Tür die

Kombination ein, um sie zu öffnen. »Mom, ich bin's, Emmitt. Die Alarmanlage wurde ausgelöst; ist alles in Ordnung?«

»Emmitt?«, antwortete seine Mutter mit singender Stimme erfreut, aber gleichzeitig reserviert. »Ach, wie schön, dass du da bist, mein Sohn.« Sie schaltete das Licht dreimal an und wieder aus, ehe sie über die Schwelle des Haupteingangs trat, um ihn herein zu begleiten. Dieser kleine Tick, das Spiel mit dem Lichtschalter, sagte ihm alles, was er wissen wollte. Sie war nicht von ihrer Zwangsneurose geheilt, die sie schon seit Jahren quälte. Wie sehr er auch hoffte, dass sie eines Tages auf wundervolle Weise einfach verschwinden würde, wurde er immer enttäuscht.

»Ich habe dich ja so lange nicht gesehen«, sagte sie und zog ihn an sich. »Aber dein Hemd«, rief sie entsetzt aus, wich plötzlich zurück und wandte ihm den Rücken zu. »Liebling, dein Hemd.«

»Das hatte ich ganz vergessen, Mom«, entschuldigte er sich und sah sich nach einer Lösung um. »Mathew hat angerufen, um mir zu sagen, dass deine Alarmanlage ausgelöst worden sei, und weil ich gerade in der Nähe war, bin ich sofort gekommen. Ich habe vergessen, dass ich ein rotes Hemd trage.«

»Ich bin trotzdem froh, dich zu sehen«, sagte sie entschuldigend, obwohl sie ihn gar nicht sehen konnte. Sie drehte ihm immer noch den Rücken zu und begann nun, sich nervös eine Haarsträhne um den Finger zu wickeln, wie sie es immer tat, wenn einem ihrer merkwürdigen Ticks zuwidergehandelt wurde.

»Ich habe ein blaues Sweatshirt im Wagen. Ich werde mich schnell umziehen und dann bin ich gleich wieder da.« Er überzeugte sich noch einmal, dass keine unmittelbare Gefahr im

Eingangsbereich lauerte, dann verließ er das Haus, um zum Wagen zu gehen.

»Ich brauche mein Sweatshirt«, sagte er verlegen, als er die Hand nach Evie ausstreckte. »Ich kann hier nichts Rotes tragen.«

»Warum nicht?«, fragte sie amüsiert. »Wohnt da drinnen ein Stier?«

»Meine Mutter leidet unter einer Zwangsneurose. Sie gerät in Panik, wenn jemand etwas Rotes trägt. Oder wenn die Lichtregler an der Wand nicht perfekt aufgereiht sind. Oder wenn die Vorhänge den Boden berühren. Sie fällt in Ohnmacht, wenn der Fernseher auf dem zwölften Programm steht. Darum brauche ich jetzt mein Sweatshirt.« Er nahm ihr ihren Scherz nicht übel; an ihrer Stelle hätte er leicht etwas Ähnliches sagen können. Aber er war verärgert darüber, dass er kein Rot tragen durfte und dass Evie jetzt den Grund dafür kannte.

»Lass mich mit ins Haus kommen«, sagte sie und packte ihn am Handgelenk, ehe er sich ihr entziehen konnte. »Das möchte ich gern. Bitte.«

»Also gut«, sagte er und zuckte resigniert die Achseln. »Aber du kannst nichts daran ändern. Also versuche es erst gar nicht.«

»Ganz bestimmt nicht«, versicherte sie ihm. »Das habe ich nicht vor.«

»Was hast du denn vor?«, fragte er, von plötzlicher Skepsis erfüllt angesichts ihres Drangs, sich in seine Probleme einzumischen. »Dies ist ein hoffnungsloser Fall. Es ist schlimm. Warum willst du unbedingt dabei sein?«

»Es muss nicht immer alles hell und sonnig sein, Emmitt. Deswegen brauchst du aber nicht allein im Dunkeln zu sitzen.« Sie ging an seiner Seite, ohne ihn anzusehen, und dafür war er dankbar. Sie brauchte nicht zu wissen, welche Wirkung ihre Worte auf ihn hatten. Er warf ihr einen kurzen Blick zu und sah, wie ein Lächeln sich über ihre Züge ausbreitete. »Außerdem muss ich mal auf die Toilette.«

Er blieb wie angewurzelt stehen und wirbelte zu ihr herum, immer noch mit steinerner Miene, aber nahe daran zu lachen.

»Ich schwöre dir, dass ich nicht nur deshalb reinkommen will. Das mit dem Licht und der Dunkelheit und dass du nicht allein bist und so habe ich alles ernst gemeint. Aber vollkommen unabhängig davon muss ich dringend mal. Schrecklich dringend.«

Er fühlte sich ein wenig erleichtert. Nicht um seine ganze Bürde. Nicht der ganze Schmerz war von ihm genommen, aber die emotionale Last, die er mit sich herumtrug, war deutlich leichter geworden. Vielleicht war es das, was Evie von den anderen Leuten unterschied, die er in seinem Leben kennengelernt hatte. Es hatte Frauen gegeben, die ihn zum Lachen brachten, aber er konnte sich an keine erinnern, die in seinen dunkelsten Momenten zu ihm durchdrang und etwas von ihm zurückbekam. Normalerweise reagierte er auf nichts, wenn er sich in diesem Zustand befand.

Er erlaubte sich schließlich ein Lächeln, als er auf sie hinunterblickte und sah, wie sie mit dem Lachen kämpfte. »Ich schätze, wir werden es nie erfahren, ob du mir wirklich helfen willst oder ob du bloß zu viel Sprudel getrunken hast.«

»Kann es nicht beides sein?«, fragte sie, während sie sich der Haustür näherten. »Hey«, sagte sie und wurde plötzlich ernst. »Ich bin auf deiner Seite. Was immer das Problem sein mag, was immer geschieht, ich bin für dich da. Ich bin durch nichts abzuschrecken.«

Er nickte und gab erneut die Kombination für die Eingangstür ein, denn er wusste, dass die Krankheit seiner

Mutter sie dazu gezwungen haben würde, sie dreimal hinter ihm abzuschließen, als er das Haus verließ.

»Aber im Ernst, wo ist die Toilette?«, flüsterte sie, als sie eintraten.

»Mom, das ist Evie«, stellte Emmitt sie vor und sah zu, wie seine Mutter hastig die Hände zu ihrem ungekämmten Haar hob.

»Aber Emmitt, ich bin doch nicht auf Besuch vorbereitet«, protestierte sie.

Evie winkte ab. »Wie Sie meiner Frisur ansehen, bin ich auch nicht darauf vorbereitet, jemanden zu *besuchen*. Wir sind also quitt.«

»Nun, es ist nett, Sie kennenzulernen«, sagte Emmitts Mutter und nickte ihr zu, ohne jedoch die Hände vom Haar zu nehmen.

»Die Alarmanlage ist losgegangen, Mom. Ist alles in Ordnung?«, fragte Emmitt sanft. Seine Mutter muckste verlegen herum und zupfte am Ärmel ihres Nachthemds.

»Es ist nichts passiert«, sagte sie und winkte ab. »Ich habe die Haustür aufgemacht und hatte ganz vergessen, dass sie an war. Ich habe sie ein paar Sekunden später abgestellt. Ich freue mich, dass du hier bist, aber du brauchtest nicht sofort herbeizustürzen.«

»Warum hast du denn so spät abends die Haustür aufgemacht?« Emmitt winkte Evie, ihm zu folgen, als seine Mutter sie ins Wohnzimmer führte.

»Ich dachte, ich hätte draußen jemanden gesehen«, erklärte sie. »Aber es war niemand da.« Sie sah beinahe enttäuscht aus. »Oder wenn doch jemand da war, muss der Krach dieser verdammten Alarmsirene ihn verscheucht haben.«

»Gut«, sagte Emmitt. »Aber du solltest nicht die Tür

aufmachen, wenn du denkst, dass sich nachts jemand draußen herumtreibt.«

»Du hast recht«, sagte sie entschuldigend, setzte sich in den großen Ohrensessel am Kamin und winkte Evie und Emmitt, auf dem großen Sofa ihr gegenüber Platz zu nehmen. »Ich habe in letzter Zeit oft an dich gedacht«, sagte sie liebevoll und lächelte. »Mathew hat gesagt, du hättest ihm in Texas sehr geholfen. Das ist schön von dir. Ich freue mich darüber.«

»Er wird bald wieder da sein«, sagte Emmitt, denn er wusste, dass seine Mutter ihren pflichtbewussten und hilfsbereiten Sohn vermisste. Mathew verbrachte viel Zeit mit ihr. Er regelte alle ihre Angelegenheiten und brachte irgendwie viel Verständnis für ihre Zwangshandlungen auf. Emmitt gingen sie immer schon bald auf die Nerven. Es ärgerte ihn, sie so zu sehen und dass sie sich so wenig unter Kontrolle hatte. »Wen hast du denn da draußen erwartet?«, fragte Emmitt, denn er befürchtete, es könnte sein Vater sein, und war nicht sicher, ob er seiner Mutter sagen sollte, dass dieses Arschloch wiederaufgetaucht war.

»Ich habe nur ein Licht gesehen«, antwortete sie achselzuckend. »Es war vielleicht ein Gärtner oder so. Ich bin sehr müde.«

»Soll ich dich nach oben bringen?«, fragte Emmitt und stand auf, als seine Mutter sich erhob.

»Nein, nein. Es geht schon. Aber bleib doch hier. Es ist spät. Ich möchte, dass du hier übernachtest. Und deine Bekannte auch. Es ist für jeden von euch ein Zimmer da. Ich möchte euch morgen früh sehen, wenn ich nicht so müde bin und so zerzaust aussehe.« Sie tauschte ein Lächeln mit Evie und glättete sich wieder das Haar. Sie bewegte sich auf Emmitt zu, als wollte sie ihn umarmen oder ihm einen Kuss geben, entschloss sich aber anders und zog sich zurück.

»Wir bleiben hier«, versicherte Emmitt ihr, als sie das Wohnzimmer verließ und die Treppe hinaufging. Er sah, wie sie im Flur dreimal das Licht ein- und ausschaltete, ehe sie verschwunden war. »Sie ist ein guter Mensch«, sagte Emmitt, der die Sache unbedingt erklären wollte.

»Sie scheint sehr nett zu sein«, bestätigte Evie schnell. »Wenn du lieber alleine hierbleibst, kann ich ein Taxi rufen und zum Hotel zurückfahren.«

»Das ist deine Entscheidung.« Er zuckte die Achseln und tat ganz gleichgültig, denn er wollte sie nicht unter Druck setzen. »Ich kann gut verstehen, wenn du nicht bleiben willst. Es ist nicht normal.«

»Normal gibt es nicht, Emmitt. Wenn du herumsitzt und darauf wartest, wirst du dein ganzes Leben lang enttäuscht werden. Ich finde deine Mutter sehr nett und sie hat sich gefreut, dich wieder hier zu haben. Ich bleibe auch, wenn ich nicht im Weg bin.«

Er brummte und zuckte die Achseln, als würde es ihn nicht kümmern, wozu sie sich entschied. Als würde es ihm nichts ausmachen, wenn sie zur Tür hinausginge. Zu seinem Glück war er ein erfahrener Lügner.

»Mir scheint, deine Mutter hätte es lieber, wenn wir in getrennten Zimmern schlafen.« Sie lächelte züchtig. »Das sollten wir respektieren.«

»Sie ist altmodisch. Sie erwartet noch, dass die Leute heiraten, ehe sie zusammen schlafen. Aber zu deinem Glück kenne ich jede knarrende Diele und quietschende Türangel. Ich kann vollkommen unbemerkt von meinem Zimmer zu deinem gelangen.«

»Da ist nur noch eine Kleinigkeit«, sagte sie und ließ die Hand in sein Haar hinaufgleiten. »Wenn du mir nicht bald zeigst, wo das Badezimmer ist, platzt mir die Blase.«

»Tut mir leid«, sagte er und half ihr auf die Füße. »Das hatte ich ganz vergessen.«

»Ich schätze, in einem Haus dieser Größe kann ich mir eins von mindestens zehn aussuchen.«

»Neun«, korrigierte er und zeigte ihr das nächste. »Aber große Häuser und viel Geld sind keine Garantie für ein glückliches Leben. Meine Mutter hat alles, was man sich nur wünschen kann. Aber sie kann nicht aufhören, das Licht aus- und anzumachen.«

»Sie schien sich aber zu freuen, dich zu sehen«, sagte Evie, stellte sich auf die Zehenspitzen und gab ihm einen Kuss auf die Wange. »Wir können nicht immer alle Menschen heilen, die uns nahestehen, aber wir können ihnen kurze Momente des Glücks schenken. Wir können sie aufheitern und ihnen Mut geben. Das zählt auch.«

»Das tut es.« Er nickte, zog sie an sich und küsste sie auf die Lippen. »Das tut es wirklich.«

# KAPITEL 17

Evie blickte aus dem großen Erkerfenster hinauf zu den Sternen. Das Zimmer, zu dem Emmitt sie geführt hatte, war der Traum eines jeden Mädchens. Es war Harlans ehemaliges Zimmer und es war perfekt. Der Schrank war riesig, hatte sich automatisch drehende Regale für die Kleider und war angefüllt mit Sachen, die Harlan zurückgelassen haben musste. Handtaschen, Schuhe und Accessoires. Sachen, die sie wohl nicht mehr brauchen konnte. Evie beneidete sie darum, so reich zu sein, dass sie einen Kleiderschrank voller Dinge einfach so zurücklassen konnte.

Sie saß auf dem weichen Nischensitz und starrte hinaus über das Anwesen. Sie war so weit weg von daheim. Die vielen Kilometer und die Tage, die dazwischen lagen, seit sie fortgegangen war, erstickten sie beinahe. Sie hätte nie gedacht, dass man etwas gleichzeitig so hassen und so lieben konnte.

»Bist du noch auf?«, fragte Emmitt, der den Kopf um die Ecke steckte. »Ich bin immer aus diesem Fenster geklettert, wenn ich mich heimlich davonmachen wollte. Es trieb Harlan zum Wahnsinn, aber sie hatte das Gitterwerk unterm Fenster, an dem man hinunterklettern konnte. Von meinem Fenster bis zum Boden waren es zehn Meter.« Er kam zu ihr herüber, ließ sich neben ihr nieder und zog sie an sich. Sie war dankbar, seine starken Arme um sich zu spüren und daran erinnert zu werden, dass sie nicht allein war.

»Es ist ein wunderschönes Haus. Ich dachte immer, ich könnte so etwas eines Tages auch haben«, seufzte sie. »Aber dass ich einmal ein Filmstar sein würde, war eine Illusion. Genau wie der Traum, ich würde reich werden und für meine Familie alles ändern.«

»Was muss denn geändert werden?«, fragte Emmitt und sie wusste, dass er sich nur mit der Wahrheit zufriedengeben würde.

»Das ist jetzt nicht wichtig«, sagte sie und schüttelte den Kopf. »Ich plappere nur so vor mich hin.«

»Gut, dann plappere mal weiter.«

»Du bist nicht hierhergekommen, um dir meine Probleme anzuhören«, sagte sie und strich ihm mit der Hand über den muskulösen Brustkorb. »Das macht keinen Spaß. Willst du nicht lieber Spaß haben?«

»Plappere«, erwiderte er, zog sich ihre Hand an die Lippen und küsste sie zärtlich.

»Ich glaube nicht, dass wir beide in dieser Angelegenheit derselben Meinung sind, warum sollen wir uns also über noch etwas streiten?«

Er antwortete nicht, sondern saß nur da und blickte sie erwartungsvoll an.

»Ich habe meinem Bruder Alex den Vorschuss geschickt, den ich für den Film bekommen habe. Es waren zwölftausend Dollar. Ich habe alles geschickt.«

»Wozu das denn?«, fragte er ganz entgeistert. »Das war doch dein Geld.«

»Teilweise, weil ich dachte, ich würde noch viel mehr verdienen. Aber außerdem, weil meine Mutter es brauchte. Ich habe gemerkt, wie viel wir gemeinsam haben, als du mich angesehen und mir gesagt hast, dass deine Mutter ein guter Mensch ist, als müsstest du mir das unbedingt erklären und als wäre es dir wichtig, dass ich das weiß. Ich verstehe das viel besser, als du es dir je vorstellen kannst.«

»Dieser Traum, den du gehabt hast; es war nicht bloß ein Traum, nicht wahr?«

»Ein Albtraum«, sagte sie, lehnte den Kopf an ihn und starrte zum Fenster hinaus. »Meine Mutter ist ein guter Mensch, genau wie deine. Sie hat ihr ganzes Leben auf unserer Farm gearbeitet. Immer schon vor Sonnenaufgang auf gewesen, hat sie harte Knochenarbeit geleistet, die die meisten Leute sich nicht zumuten würden. Mein Vater war genauso. Als mein Bruder und ich alt genug waren, wurde von uns erwartet, ebenso hart zu arbeiten, und das haben wir auch getan. So war das eben.«

»Ich kann dich mir gar nicht bei der Arbeit auf einer Farm vorstellen«, sagte er und lehnte das Kinn ganz leicht auf ihren Scheitel, während sie beide nach draußen blickten.

»Nenne mir, was du willst, ich habe alles gelernt. Und es hat mir Spaß gemacht. Das Leben war schön, bis plötzlich alles anders wurde. Eines Tages fiel meine Mutter von einem Tieflader und verletzte sich am Rücken. Ich höre sie jetzt noch schreien. Das werde ich nie vergessen.«

»War es schlimm?«, fragte Emmitt und sie spürte, wie er sie etwas fester an sich drückte.

»Sie hatte sich zwei Wirbel gebrochen. Sie hat sich nur sehr langsam davon erholt. Die Schmerzen waren unerträglich, aber die Sorge um die Farm war noch schlimmer. Es konnte nur weitergehen, wenn wir alle taten, was wir konnten. Sie musste vier Monate lang liegen. Als sie dann endlich wieder auf den Beinen war, konnte sie nur mit Schmerztabletten den Tag überstehen. Der Arzt gab ihr sehr starkes Zeug, als wäre es Aspirin. Dann brauchte sie plötzlich immer mehr, um es aushalten zu können. Sie hatte wirklich Schmerzen, es war ja nicht ihre Schuld. Aber eines Tages wollte der Arzt ihr keine mehr geben. Derselbe Kerl, der mit diesem Zeug bei ihr angefangen hatte, weigerte sich auf einmal, es ihr weiter zu verschreiben. Er wollte sie mit Physiotherapie und Meditation abspeisen. Sie sollte einfach so mit den Tabletten aufhören, aber sie konnte es nicht.« Evie zog die Knie an die Brust, als sie sich daran erinnerte, wie ihre Mutter ein Opfer ihrer Sucht wurde. »Ich dachte zuerst, ich könnte ihr am besten helfen, indem ich ihr mehr Tabletten besorgen würde. Ich habe bloß in der Schule herumgefragt. Aber als all diese Quellen versiegten, hat sie angefangen, in den Hausapotheken ihrer Freundinnen herumzuwühlen. Dann hat sie Sachen von der Farm verkauft, um sich weitere Tabletten besorgen zu können. Bis nichts mehr übrig war. Bis mein Vater sie verlassen hat. Bis mein Bruder drei Jobs gleichzeitig arbeiten und sein Studium abbrechen musste. Bis –«

»Bis du dachtest, du könntest endlich etwas daran ändern und einen Haufen Geld verdienen?«, ergänzte er.

»Ich habe das Geld für ein spezielles Therapiezentrum in Kalifornien nach Hause geschickt. Sie ist hingegangen. Sie blieb eine Weile dort. Dann hat sie aufgegeben. Und ist von dort verschwunden.«

»Wo ist sie jetzt?«, fragte Emmitt, zog ihr das Haar von der Schulter und fuhr liebevoll mit den Fingern hindurch.

»Sie haust mit etwa vierzehn Drogensüchtigen in einem Apartment. Sie legen ihr Geld zusammen für die Miete und für Drogen. Sie ist ein Wrack. Ein richtiges Wrack. Und jetzt habe ich keine Mittel mehr, um ihr zu helfen. Ich kann kein Geld mehr nach Hause schicken. Ich habe noch nicht einmal den Mut aufgebracht, meinen Bruder anzurufen, um ihm zu sagen, dass ich gefeuert wurde. Er würde erwarten, dass ich sofort nach Hause komme. Er würde wollen, dass ich helfe, dass ich irgendetwas tue. Aber ich weiß ja nicht, was ich sonst noch tun soll.« Sie ließ nun ihren Tränen freien Lauf, während sie sich an ihn schmiegte. »Sie ist ein guter Mensch. Sie ist dieselbe, die mir alle Kostüme für Schulaufführungen gemacht hat. Sie ist meine Mom, die mir jeden Tag die leckersten Butterbrote mit kleinen Nachrichten darin fürs Mittagessen mitgegeben hat. Tief im Innersten ist sie noch da. Diese Hoffnung kann ich nicht aufgeben.« Sie hielt inne und wischte sich mit dem Ärmel übers Gesicht. »Es tut mir leid, dass ich mich so gehen lasse«, entschuldigte sie sich.

»Das macht nichts«, flüsterte Emmitt und hielt sie fest in den Armen. »Man kann sich nicht immer beherrschen.«

»Ich sollte nach Hause fliegen, Emmitt. Ich sollte mich dem Problem stellen. Ich weiß bloß nicht wie«, weinte sie. »Ich schäme mich so dafür, dass ich mich hier verstecke. Dass ich davonlaufe. Sie braucht mich.«

»Ich bin wohl der Letzte auf der Welt, den du nach seiner Meinung fragen solltest. Ich habe mit meinen eigenen Dämonen zu kämpfen und die Sucht meines Vaters ist etwas, womit ich mich meiner Meinung nach nicht zu beschäftigen brauche. Er trifft seine eigenen Entscheidungen und sie haben ihn dorthin gebracht, wo er jetzt ist. Sie nimmt ihre nächste Tablette und er schließt die nächste Wette ab. Warum sollen wir darunter leiden?« Das meinte er ganz ernst und sie wusste das. Und vielleicht hatte er sogar recht, aber das erlöste sie nicht von ihrem Schuldgefühl.

»Und ich dachte, die Behandlung in Kalifornien würde

funktionieren«, sagte sie traurig. »Das hatte ich wirklich gehofft.«

»Als meine Mutter in eine Anstalt eingeliefert wurde und wir niemanden mehr hatten, der für uns sorgte, habe ich gedacht, dass mein Vater zu uns zurückkehren würde. Als Harlan von der Schaukel fiel und sich den Arm brach, dachte ich, dass er im Krankenhaus sein würde. Als ich Soldat wurde und draußen vor dem Bus stand, dachte ich, dass er kommen würde, um von mir Abschied zu nehmen. Als ich verwundet nach Hause geschickt wurde, dachte ich, er würde auftauchen. Aber das passiert nicht, Evie. Sie ändern sich nie und sie kommen nur, wenn sie etwas brauchen.«

»Sie ist ein guter Mensch«, wiederholte Evie flüsternd. »Das kann ich beschwören.«

»Ich weiß«, sagte er, hob sie vom Fenstersitz und trug sie zum Bett. Sie hatte die Arme um seinen Hals geschlungen, als er sie sanft auf die riesige Daunendecke legte. »Es tut mir leid«, stöhnte er. »Es tut mir leid, dass ich nicht weiß, was ich dir raten soll.«

»Sag einfach gar nichts«, bat sie ihn leise, ehe sie seine Lippen auf ihre zog. Er küsste sie intensiv, nicht voll hungriger Begierde, sondern aus dem Bedürfnis heraus, sie zu trösten. Mit seinen Händen erkundete er nicht begierig ihren Körper, sondern ließ sie tröstend an ihrer Wange und in ihrem Haar ruhen. Als sich ihre Lippen wieder getrennt hatten, legte Emmitt sich neben sie und nahm sie in die Arme. »Schlaf jetzt«, wies er sie an. »Heute Nacht kannst du ohnehin nichts daran ändern.«

»Kannst du bei mir bleiben?«, bat sie ihn und legte den Arm über ihn.

»Wilde Bestien könnten mich nicht von dir reißen«,

versprach er und strich ihr das tränenfeuchte Haar aus dem Gesicht. »Morgen früh finden wir schon eine Lösung.«

»Wie denn?«, fragte sie und schmiegte sich an ihn. »Dafür gibt es keine Lösung.«

»Ich bin darauf spezialisiert, Dinge zu vermasseln. Ich bin ein Experte, wenn es um Zerstörung geht. Das macht mir keiner nach. Vielleicht ist es an der Zeit, dass ich mein Talent zur Abwechslung einmal für gute Zwecke einsetze. Morgen fällt uns schon etwas ein. Jetzt musst du erst einmal schlafen.«

# KAPITEL 18

Emmitt starrte an die Decke, während die Sonne aufging und Evie noch friedlich an seiner Seite schlief. Wenigstens einer von ihnen hatte geruht. Er hatte den größten Teil der Nacht damit verbracht, darüber nachzudenken, warum zum Teufel er Evie versprochen hatte, ihr beim Lösen ihrer Probleme zu helfen. Als er zugab, dass ihre Mutter kein hoffnungsloser Fall war, hatte er praktisch impliziert, dass dasselbe auf seinen Vater zutraf. Und das würde er sich nie eingestehen. Dieser Gedankengang brachte ihn in einen Zwiespalt mit sich selbst, der schlafen unmöglich machte.

»Wie lange bist du schon auf?«, fragte Evie, die sich streckte und gähnte.

»Noch nicht lange«, log er.

»Was ist los?«, fragte sie und setzte sich auf, wobei ihre winzigen Träger ihr von den Schultern glitten und verführerisch ihre Brüste entblößten. Welches ethische Dilemma es auch gewesen war, das ihn am Schlafen gehindert hatte, würde ihn nicht daran hindern, sie jetzt zu berühren. Ein Mann hatte schließlich seine Prioritäten.

»Abgesehen davon, dass ich dich gerade begehre und genau weiß, dass meine Mutter jede Sekunde die Frühstücksglocke klingeln wird?« Er beugte sich hinunter und vergrub das Gesicht an ihrem Hals, an dem er eine Spur von Küssen herabzog, bis er mit den Zähnen an ihrem Oberteil zerrte.

»Ihr habt eine Glocke zum Frühstück?« Sie lachte und stieß scherzhaft seinen Kopf von sich. »Wie reich seid ihr eigentlich?«

Das schrille Klingeln einer Glocke drang von der anderen Seite der geschlossenen Tür zu ihnen, als Emmitt ihr gerade die Beine spreizte.

»Zeit zum Essen«, sagte sie und schnappte kurz nach Luft, als er seinen Mund auf den feuchten Stoff ihres Tangas absenkte.

»Das habe ich auch gerade gedacht«, brummte er.

»Emmitt«, erklang eine Stimme vom anderen Ende des Flurs.

»Harlan?«, antwortete er und hob schnell den Kopf.

»Emmitt, du besudelst doch hoffentlich nicht mein Bett, sonst schwöre ich bei Gott, dass ich dich in den Hintern trete.«

Er sprang auf und schlurfte zur Tür, wobei er sich schnell ein T-Shirt über den Kopf zog. »Immer mit der Ruhe«, sagte er, als wäre ihr Verdacht vollkommen lächerlich. »Niemand tut deinem alten Bett irgendetwas an.«

Er stieß die Tür auf, wobei er die untere Körperhälfte, insbesondere die auffällige Erektion, geschickt dahinter verborgen hielt. »Was machst du denn hier?«

»Du darfst es ihr nicht sagen«, verlangte Harlan flüsternd. »Sag ihr nicht, dass ich gestern Dad gesehen habe. Er hat mich gebeten, es ihr gegenüber nicht zu erwähnen.«

»Und seit wann lassen wir uns etwas von ihm befehlen? Er hat nichts dabei zu sagen, was mit Mom geschieht.« Emmitt hatte bereits beschlossen, dass seine Mutter noch nichts davon wissen sollte, aber er wollte nicht den Anschein erwecken, dass er seinem Vater einen Gefallen tat.

»Er hatte Angst, es würde sie aufregen. Er weiß, wie sie manchmal reagiert, und er wollte ihren Zustand nicht verschlimmern.« Harlan hatte eine Hand in die Hüfte gestemmt, als sie so argumentierte, aber das beeindruckte Emmitt nicht im Geringsten.

»Willst du mich etwa daran hindern, es ihr zu sagen?« Er warf sich in die Brust und starrte sie herausfordernd an.

»Ja«, schrie sie, senkte aber die Stimme wieder, weil sie Angst hatte, jemand könnte sie hören. »Du weißt, dass es sie aufregen würde, und das kann sie im Moment gar nicht brauchen. Alles ist unter Kontrolle. Dad hat mit seinem Besuch nur Gutes beabsichtigt. Warum kannst du das nicht akzeptieren?«

»Mom soll nicht wissen, dass Dad in dieser Gegend ist, weil er vorhatte, gestern Abend hier einzubrechen und etwas zu stehlen, ohne dass der Verdacht auf ihn fällt.«

»Blödsinn«, entgegnete Harlan verächtlich. »Ich habe bereits mit Mom gesprochen. Sie dachte, sie hätte etwas gesehen, hat die Tür aufgemacht und damit den Alarm selbst ausgelöst. Dad hatte mit all dem gar nichts zu tun. Du bist so ein Arschloch, weißt du? Warum musst du immer so sein? Es war kein reines Vergnügen, in Moms Gesellschaft aufzuwachsen. Das hättest du auch gemerkt, wenn du nicht von der Besserungsanstalt für Jugendliche direkt zum Militär gegangen wärst. Du hast dich ja immer irgendwo anders herumgetrieben und da war es leicht für dich zu übersehen, wie beschissen das Leben hier gewesen ist.«

»Mom ist ja nicht mit Absicht so geworden. Was Dad getan hat war zehnmal schlimmer. Sie war nicht so, als Mathew und ich noch klein waren.«

»Nun, als ich hier aufwuchs, war sie es aber. Ich war ganz allein mit ihr und Dad war verschwunden. Ich hätte gern mitentscheiden wollen, von wem ich erzogen wurde. Es bleibt nicht immer dir überlassen, was für alle das Beste ist.«

»Meinst du vielleicht, das macht mir Spaß?« Emmitt brüllte das beinahe, als er hörte, wie Evie zu ihm herüberschlich und ihm eine Hand auf den Rücken legte. »Glaubst du, es gefällt mir, dass ich einen Lügner oder einen Betrüger aus kilometerweiter Entfernung entlarven kann? Es mag ja eine nützliche Fähigkeit sein, aber wenn man derjenige ist, der einer Frau sagen muss, dass ihr Mann ein Versager ist, macht man sich nicht viele Freunde. Selbst wenn man recht hat. Wenn man derjenige sein muss, der dem Boss mitteilt, dass der kleine Alte, der schon seit Jahren für ihn arbeitet, jeden Tag Geld aus der Kasse veruntreut hat, gewinnt man keinen Beliebtheitswettbewerb. Die Fähigkeit, solche Dinge zu entdecken, bevor irgendjemand anderes sie sieht, ist nicht der Superpowertrip, für den du sie zu halten scheinst, aber ich habe trotzdem die Verantwortung zu sagen, was ich sehe, wenn es darum geht, dass jemand meiner Familie Schaden zufügt.«

»Er ist ein Teil deiner Familie«, erwiderte Harlan, aber jetzt klang sie viel kleinlauter. »Ich wünschte bloß, du würdest ihm eine Chance geben.«

»Weißt du, was die Leute machen, wenn man ihnen eine Chance gibt? Sie vergeuden sie. Mein Gott, wie viele Männer müssen dir noch das Leben ruinieren, ehe du anfängst, dich davor zu schützen? Du hast Besseres verdient.«

»Einen Moment mal«, sagte Evie, riss die Tür ganz auf und stellte sich neben Harlan. »Was ist dein Problem, zum Teufel? Du kannst nicht einfach irgendwelche Dinge sagen und annehmen, dass deine Worte nicht verletzend wirken. Wenn du so besorgt darum bist, dass Leute deine Schwester mies behandeln, solltest du vielleicht mal in den Spiegel sehen.«

»Ja«, stimmte Harlan schnell zu. »Du Idiot.« Sie wandte sich Evie zu und lächelte ihr kurz zu. »Es tut mir leid, dass ich gestern so unhöflich zu dir war. Das hattest du nicht verdient. Ich war bloß sauer.«

»Ähm«, sagte Emmitt, rieb sich die Schläfe und starrte die beiden Frauen an, die ihm Stress verursachten, den er nicht brauchen konnte. Als keine von beiden die Augen niederschlug oder nachgab, fügte er sich widerstrebend. »Also gut. Ich sage Mom nichts davon, solange es zu vermeiden ist, aber ich entscheide, wenn das nicht mehr möglich ist.« Er zeigte dabei mit dem Finger auf Harlan, aber sie lachte ihn aus.

»Das ist nicht deine Entscheidung. Ich will sehen, wo das hinführt. Daran kannst du mich nicht hindern. Ich muss an meine beiden kleinen Mädchen denken und sie sollen alles haben, was ich ihnen geben kann. Und wenn es einen Großvater einschließt, möchte ich das versuchen. Ich will nicht, dass sie sich verlassen fühlen.« Sie schniefte und es verschlug Emmitt beinahe die Sprache, als er sah, wie ihr die Tränen kamen.

»Die Mädchen haben eine Familie. Mathew und ich sind immer für sie da, wenn sie etwas brauchen. Und Mom –«

Harlan schnitt ihm das Wort ab. »Mathew ist in Texas und ich glaube nicht, dass er es mit dem Wiederkommen eilig hat, wo er doch jetzt Jessica hat. Und wer kann ihm das übel nehmen? Hier muss er doch immer nur retten, was zu retten ist. Mom lebt in ihrer eigenen Welt und du«, sagte sie mit einer wegwerfenden Gebärde, »du kannst vielleicht sehen, wenn etwas schiefgeht, aber in der Regel schlägst du nur Alarm, um dann wieder zu verschwinden. Ich brauche jemanden, der immer hier ist. Der mit zum Krippenspiel kommt und dabei hilft, den Stern auf die Spitze des Weihnachtsbaumes zu stecken. Und das machst du ja doch nicht. Also mach mir keine Vorwürfe, wenn ich mir jemand anderen suche.«

Emmitt biss die Zähne zusammen, um nichts mehr dazu zu sagen. Diese Auseinandersetzung konnte er jetzt nicht gewinnen, selbst wenn er recht hätte. Das Einzige, was er tun konnte, war das, was er immer tat, nämlich das Schlimmste zu verhüten. Es war zwar schwieriger, Leute zu beschützen, die seine Hilfe ablehnten, aber er wusste, dass es dennoch möglich war.

»Mom wartet auf uns«, sagte Harlan und wandte sich ab. »Ich werde ihr nicht erzählen, dass ihr beide im selben Zimmer geschlafen habt.«

»Danke«, sagte Evie leise, während sie den Pullover geraderückte, den sie eben hastig übergezogen hatte. Emmitt sah zu, wie die beiden Frauen noch ein paar freundliche Worte wechselten und ihm voraus in Richtung Küche verschwanden.

Er machte eine kurze Bestandsaufnahme der Lage. Sein Vater war in der Stadt. Er hatte sich wider besseren Wissens bereit erklärt, seiner Mutter nichts davon zu sagen. Harlan erwog immer noch, wieder mit diesem Arschloch Kontakt aufzunehmen. Evie hatte ihm in der vergangenen Nacht gezeigt, wie sie unter ihrer verzweifelten Lage litt, und er hatte ihr das voreilige Versprechen gemacht, ihr zu helfen. Darum hielt er sich am liebsten abseits. Aus diesen Gründen könnte er jetzt augenblicklich bloß mit einem Rucksack und einem guten Paar Stiefel von hier fort sein. Er betrachtete dies nicht als eine Flucht, sondern mehr als ein strategisches Ausweichmanöver.

»Emmitt«, rief ihn seine Mutter vom anderen Ende des Flurs, als die Frauen ohne ihn erschienen waren.

»Ich komme«, rief er zurück und überwand die Frustration

seiner Lage. Er würde sich mit seiner Mutter, seiner Schwester, seinen beiden Nichten und Evie niedersetzen und frühstücken. Der Rest des Tages mit seinen Ungewissheiten und Problemen konnte bis nach dem Speck mit Eiern warten, es hatte keinen Zweck, die Dinge zu überstürzen.

# KAPITEL 19

»Ich lasse dich vom Haken«, sagte Evie sanft, als sie auf der Schwelle seines Hotelzimmers stand.

»Was soll das heißen?«, fragte er, runzelte die Stirn und verschränkte die Arme vor der Brust. Er stand mit nacktem Oberkörper vor ihr und die Sportshorts hingen ihm tief auf den Hüften. Seit sie vom Besuch bei seiner Mutter zurückgekehrt waren, hatte er sich in seinem Hotelzimmer eingeschlossen. Er hatte behauptet, er müsse Nachforschungen für den Sicherheitsplan der Barringtons sowie über den Aufenthaltsort seines Vaters während der letzten sechs Monate anstellen. Emmitt war fest entschlossen, Harlan zu beweisen, dass ihr Vater immer noch spielte, dabei viel Geld verlor und nur aus einem Grund wiedergekommen war. Geld. Aber Evie ließ sich nicht täuschen. Sie wusste genau, was es hieß, sich zu verstecken, das hatte sie in letzter Zeit selbst dauernd getan.

»Ich meine damit, was du gestern Abend gesagt hast, dass du mir mit meiner Mutter helfen wirst. Das will ich gar nicht. Ich bin dankbar für das Angebot. Aber lass uns so tun, als hätte diese Unterhaltung gar nicht stattgefunden.«

»Du sprichst hier mit dem Meister der Problemverdrängung und wenn du das wirklich so haben willst, bin ich einverstanden. Aber wenn du Geld brauchst, um deiner Mutter zu helfen, kann ich dir leicht welches geben.« Er hielt jetzt nicht mehr die Arme verschränkt, sondern nahm eine entspanntere Haltung ein, und da wusste sie, dass sie das Richtige getan hatte. Emmitt musste sich schon um genügend Menschen kümmern und außerdem vertrat er eine ganz andere Meinung als sie, wie man Süchtige behandeln sollte. Sie hatte mit ihrer Bitte nur alles noch verworrener gemacht.

»Vielen Dank, aber ich schaffe das schon irgendwie. Du hast genug am Hals. Ich bin nur schnell vorbeigekommen, um dir das zu sagen.«

»Das ist also der einzige Grund für dein Erscheinen?«, fragte er mit einem neckischen Lächeln. »Dazu hättest du mich auch von deinem Zimmer aus anrufen können. Es muss also noch einen anderen Grund geben. Etwas, das sich telefonisch nicht gut machen lässt.«

Prickelnde Hitze pulsierte durch ihren Körper. Unter den dünnen Shorts konnte sie sehen, wie er immer härter wurde, und sie blickte rasch fort.

»Ja«, wiederholte er und zog sich die Shorts herunter, sodass sein erregter Schwanz befreit emporschnellen konnte. »Du musst aus einem anderen Grund hier sein. Dein Haar ist noch feucht. Du hast gerade erst geduscht, nicht wahr?«

Ihr glühten die Wangen, als wäre gerade ein dunkles Geheimnis ans Tageslicht gekommen, aber sie sagte noch immer nichts.

»Du hast schön heiß für mich geduscht, Baby?«, fragte er, aber zu ihrer Enttäuschung kam er nicht näher. Sie dachte, mittlerweile müsste er vor ihr stehen und sich über sie beugen.

»Ich wette, du riechst nach dieser lila Seife.« Er leckte sich die Lippen und starrte sie an. »Kommst du hierher?«

»Ja«, flüsterte sie, wobei sich ihre Lippen bewegten, aber das Wort fast unhörbar war.

»Ich habe beinahe jede Sekunde daran denken müssen, wie ich in dich hineingeglitten bin. Ich habe mich auf das nächste Mal gefreut.«

»Ich auch«, gestand sie ihm und näherte sich ihm langsam.

»Auf den Balkon«, befahl er und wich zurück, ehe sie ihn berühren konnte. »Ich will dich unter freiem Himmel ficken.«

»Aber die Leute werden uns sehen«, protestierte sie, doch ihr Herz klopfte in einem angstvollen und gleichzeitig erregten Rhythmus, als sie sich vorstellte, wie die Nachtluft ihre beiden Körper küssen würde.

»Wir sind auf dem obersten Stockwerk des höchsten Gebäudes in diesem Häuserblock und es liegt nach Osten. Niemand wird uns sehen. Ich will nicht, dass irgendjemand außer mir dich sieht.« Er entriegelte das Schloss und ließ die Glastür aufgleiten. Von weit unten drang der Lärm der Großstadt in sein Zimmer, als er, ohne auf sie zu warten, hinaustrat. Sie stand nun ganz allein im Hotelzimmer und kam sich gleichzeitig dumm und erregt und einsam vor. Sie wusste, was sie zu tun hatte.

Evie durchquerte entschlossen das Zimmer und ging hinaus auf den Balkon, wo sie sich prüfend umblickte. Die einzigen Dinge, die sie sah, waren ein weicher Liegestuhl und ein Glastisch, dazu noch ein langes Metallgeländer, das den Raum eingrenzte.

»Vertraust du mir?«, fragte er und ihr stockte der Atem, ehe sie antworten konnte. »Es ist mir ernst, Evie, hast du Vertrauen zu mir?«

»Ja«, antwortete sie und zwang sich, so viel Zuversicht wie möglich in ihre Worte zu legen.

»Ich will dich dort oben haben«, sagte er und zeigte auf das Geländer. Ich will dich auf der Kante der Welt nehmen, mit Blick über die Skyline.

»Da oben?«, fragte sie und zeigte auf das Metallgeländer, das nur etwa zehn oder zwölf Zentimeter breit war und das einzige Hindernis, das einen davor bewahrte, sechsundzwanzig Stockwerke weit in die Tiefe zu stürzen.

»Ich würde dich niemals fallen lassen«, versicherte er, streckte ihr eine Hand hin, überließ es aber ihr, zu ihm zu kommen, wenn sie das wollte.

Das Einzige, was dem Moment den Schrecken nahm, war die Tatsache, dass sie Emmitt genügend vertraute, um zu wissen, dass sie nichts tun musste, was sie nicht tun wollte. Er würde ihr überall und jederzeit Lust bereiten und es ihr nie zum Vorwurf machen, wenn sie zu etwas Nein sagte. Aber die Skyline war wunderschön und die Sterne funkelten, wenn ihnen auch die Lichter der Stadt etwas von ihrer Leuchtkraft raubten. Wie würde es sein, zu ihnen hinaufzublicken, wenn er sich in ihr versenkte?

Evie war in seinen Armen und er zog sie aus, ohne dass sie ein einziges Wort gewechselt hätten. Als sie nur in ihrem Spitzen-BH und ihrem Tanga vor ihm stand und die Nachtluft sie sanft umwehte, lächelte er.

»Du kannst alles dort draußen haben, Evie«, sagte er und wies auf die riesige Stadt vor ihnen. Er rückte den Stuhl zum Geländer und hob sie darauf. Sie musste zuerst auf dem weichen Kissen ihr Gleichgewicht finden, aber als es ihr gelungen war, hielten er sie mit seinen Fingern an ihren Hüften fest. Er legte ihre Hände aufs Geländer und beugte sie nach vorne, während er auf dem langen Liegestuhl hinter ihr stand und seine feste Erektion dabei ihr Hinterteil streifte. Aus einer Höhe von sechsundzwanzig Stockwerken starrte sie auf die winzigen Lichter und Menschen unter sich. Ihr war, als ob sie flöge, und der Griff seiner Hände an ihren Hüften gab ihr alle Sicherheit, die sie brauchte.

»Du kannst haben, was du nur willst, Evie. Du bist dieser Typ von Frau«, fuhr er fort, während er zwischen ihre vor Erwartung feuchten Falten glitt. Als sein Druck sie erfüllte, atmete sie einmal tief ein. Bei jedem seiner Stöße wurde ihr Körper über das Geländer geschleudert, dann zog er sie zurück und machte sich zum nächsten Stoß bereit.

»Emmitt, hör nicht auf«, bat sie ihn, wobei sie die Beine weiter spreizte und den Rücken wölbte, um ihm Raum zu geben, noch tiefer vorzudringen, so tief wie möglich. Sie wusste, dass die Erregung und Wildheit dessen, was er da mit ihr tat und wo er es tat, sie schnell zum Höhepunkt bringen würde. »Fester«, bat sie ihn, doch so leise, dass sie befürchtete, er hätte es nicht gehört. Aber kurz darauf wusste sie, dass das doch der Fall war. Er stieß sich so fest an sie, dass ihr Haar über das Geländer fiel und in der Dunkelheit der Nacht tanzte.

»Ich lasse dich nie mehr los, Evie«, versprach ihr Emmitt, der sich jetzt so schnell bewegte, dass ihr Keuchen sich in Lustschreie verwandelte. Vielleicht meinte er das wörtlich. Vielleicht meinte er wirklich nur, dass er den Griff nicht lockern würde und sie in seinen Händen sicher war, während ihr Orgasmus wie ein Feuerwerk in ihr explodierte.

# KAPITEL 20

»Ich gehe jetzt besser«, sagte Evie widerstrebend, stand vom Bett auf und sammelte ihre Kleider ein.

»Warum?«, protestierte Emmitt und klang wie ein schmollendes Kind. »Hast du noch etwas vor?«

»Das habe ich allerdings.« Sie zog sich lächelnd die Bluse wieder an. Sie waren nach ihrem Abenteuer auf dem Balkon zu Bett gegangen und hatten den halben Tag verschlafen, wobei sie nur gelegentlich aufgewacht waren und einander Lust bereitet hatten, praktisch als ob dies ein Wettbewerb wäre und keiner von beiden verlieren wollte.

»Was hast du denn vor?«, fragte er und sah ein wenig besorgt aus.

»Ich gehe zu der Aufführung deiner Nichten.«

»Was?«, fragte er und stützte sich auf einen Ellbogen. »Warum das denn? Hat Harlan dich emotional erpresst? Du brauchst nicht hinzugehen.«

»Ich habe es angeboten. Ich weiß, dass ich nicht zur Familie gehöre, aber ich kenne hier in der Stadt eigentlich niemanden, und wenn deine Schwester jemanden zum Jubeln braucht, kann ich das gut verstehen. Das verdient jedes Kind.«

»Ich habe zu tun«, sagte er abwehrend, setzte sich nun voll auf und sah aus, als fühlte er sich betrogen. »Wenn du ihr also gesagt hast, dass ich auch kommen würde –«

»Das habe ich nicht getan. Ich habe mir gedacht, dass du arbeiten musst. Sie hat dich gar nicht erwartet.«

»Soll das heißen, ich bin solch ein Ekel, dass ich natürlich nicht kommen würde? Mir bedeuten meine Nichten sehr viel. Ich stelle sicher, dass sie versorgt und sicher sind. Darum kann ich auch heute Abend nicht weg. Ich will einen konkreten Beweis dafür finden, dass unser Vater immer noch spielt, und Harlan zeigen, dass er sie nur benutzen will.«

»Vielleicht solltest du nicht so erfreut aussehen, wenn du das sagst«, bemerkte Evie, die sich wieder in ihre Jeans schälte. »Selbst wenn du recht hast, solltest du wissen, dass es Harlan das Herz brechen würde, das zu erfahren.«

»Wie meinst du, wird sie sich fühlen, wenn sie ihm Geld gibt und nie wieder von ihm hört? Ich versuche, ihr Schmerzen zu ersparen, nicht, sie ihr zu verursachen.«

»Du hast ja recht«, sagte Evie und nickte. »Aber es kommt auch darauf an, *wie* du es ihr sagst.«

»Und du willst wirklich zu diesem Ding gehen?«, fragte Emmitt, der ohne Weiteres das Thema wechselte.

»Ja, wirklich«, sagte sie, öffnete die Zimmertür und warf ihm auf dem Weg nach draußen eine Kusshand zu.

»Ich komme mit«, stöhnte er. »Wir treffen uns um sieben vor dem Hotel.«

»Oh«, sagte sie mit einem wissenden Lächeln. »Das hatte ich nicht erwartet.« Sie war eine schlechte Lügnerin, denn die Wahrheit stand ihr ins Gesicht geschrieben.

»Natürlich nicht«, sagte er beleidigt. »Aber ich habe bei dir etwas gut danach und ich werde darauf bestehen. Hoffen wir, dass du es aushältst.«

»Selbst wenn ich es nicht kann, tu mir den Gefallen und versprich mir, dass du nicht aufhörst«, sagte sie, schloss die Tür hinter sich und hörte im Gehen noch, wie ihm ein ursprünglicher und hungriger Laut entfuhr.

# KAPITEL 21

»Emmitt«, sagte Harlan mit einem strahlenden Lächeln, als sie, ihre beiden Töchter fest an der Hand, über den Parkplatz kam. »Du hast doch gesagt, du könntest nicht kommen. Du warst dir ganz sicher. Mom hat ja auch gesagt, sie käme nicht. Sie ist doch nicht hier, oder?« Ihr Lächeln verblasste, als sie nervös über ihre Schulter spähte.

»Evie hat mich dazu gezwungen«, log er und Evie erwog schon, ihn zu korrigieren, aber sie hatte nicht vor, ihre Nase noch tiefer in die Angelegenheiten der Kallings zu stecken. In der vergangenen Nacht hatte sie einen Logenplatz bekommen und eingesehen, dass sie genügend eigene Probleme hatte. Es hatte keinen Zweck, sich auch noch mit Dingen zu beladen, die sie nichts angingen.

»Komm mit«, drängte Harlan, hob ihre jüngste Tochter Anna hoch und legte sie Emmitt in den Arm. »Hilf mir, sie fertigzumachen. Ich muss etwas mit dir besprechen. Sei mir nicht böse.«

»Was hast du jetzt wieder angestellt?«, hörte Evie Emmitt stöhnen, als Harlan ihn mit sich zerrte.

»Ich komme gleich«, rief sie ihnen nach, fest entschlossen, sich nicht einzumischen. Stattdessen lehnte sie sich an eine der alten Säulen und ließ sich von der sinkenden Sonne das Gesicht wärmen. Es war unmöglich, klar zu denken. Diesen Luxus konnte man sich nicht leisten, wenn jemand, den man lieb hatte, gegen die Sucht kämpfte. Dann musste man sich ständig sorgen.

Sie nahm sich fest vor, am nächsten Tag zu Hause anzurufen. Sie musste herausfinden, wie es ihrer Mutter ging, und sie würde Pläne schmieden. Dabei war Emmitt immer noch eine unbekannte Größe. Jeder Funke von Menschlichkeit, den sie in ihm sah, wurde gefolgt von Momenten geradezu eklatanter Sturheit, die nicht zu übersehen waren.

Ihre Überlegungen wurden vom Klang einer gedämpften Stimme auf der anderen Seite der Säule, an der sie lehnte, unterbrochen.

»Ich brauche bloß noch ein paar Tage, vielleicht eine Woche«, sagte ein Mann, dessen Stimme heiser und müde klang. »Ich komme der Sache schon näher. Aber ich kann nichts überstürzen. Ich werde aber bald im *Playpen* sein. Im Moment muss ich erst mal etwas anderes erledigen. Verlass dich auf mich. Ich verspreche dir, ich habe hier eine Goldader. Sie wird zahlen.«

Da sie die private Unterhaltung dieses Mannes nicht weiter belauschen wollte, ging sie um die Säule herum zur Tür.

»Dad«, hörte Evie Harlan rufen, die direkt von Emmitt gefolgt auftauchte. »Ich bin ja so froh, dass du kommen konntest.«

»Wie du schon gesagt hast«, verkündete der Mann, räusperte sich und vergrub sein Handy hastig wieder in der Hosentasche, »ist dies ein ausgezeichneter Weg für mich, die Mädchen zu sehen, ohne dass wir uns groß vorstellen müssen. Ich weiß ja, dass ich mir das noch nicht verdient habe.«

»Allerdings nicht«, sagte Emmitt grob und manövrierte sich zwischen Harlan und ihren Vater. Evie fühlte sich jetzt völlig fehl am Platz, als sie zusah, wie die Spannung zwischen ihnen wuchs.

»Emmitt«, sagte Harlan gleichzeitig warnend und bittend. »Die Mädchen sind gleich dran. Lass uns doch einfach zu unseren Sitzplätzen gehen.«

»Ich muss jetzt weg«, sagte Emmitt und streifte drohend an seinem Vater vorbei. »Evie, du kannst hierbleiben, wenn du willst, aber ich habe etwas zu erledigen.«

»Ich komme mit«, sagte Evie und lächelte Harlan entschuldigend zu. »Wünsche den Mädchen viel Glück von mir.«

Evie folgte Emmitt und versuchte, mit ihm Schritt zu halten, aber er hatte es so eilig, zu seinem Wagen zu kommen, dass er beinahe rannte.

»Warte auf mich«, bat Evie atemlos und hielt ihn am Arm zurück, sobald sie ihn eingeholt hatte.

»Ich brauche jetzt keine Strafpredigt, was für ein beschissener Onkel und Bruder ich bin. Sie will ja nicht auf mich hören. Mein Wort genügt ihr nicht, also muss ich Beweise bringen.«

»Gut«, sagte Evie und trat zwischen ihn und die Wagentür. »Ich bin froh darüber, denn du hast recht. Ich habe ihn beim Telefonieren belauscht, ehe ihr alle wieder herausgekommen seid. Er hat irgendjemandem mitgeteilt, dass er mehr Zeit brauche, aber an etwas arbeite, dass viel Geld einbringen würde. Ich glaube, dass er sich damit auf Harlan bezogen hat. Heute Abend geht er zu einem Ort, den er *Playpen* nannte. Vielleicht kannst du ihn auf frischer Tat ertappen und dann wird Harlan dir glauben.«

Emmitt starrte sie entgeistert an. Auch wenn es nur den geringsten Hoffnungsschimmer gegeben hätte, dass die Zweifel an seinem Vater unberechtigt sein könnten, hätte er deren Existenz zwar nie zugegeben, aber davon war nun nichts mehr übrig. »Dieses Arschloch«, brüllte er und schickte sich an, zum Theatersaal zurückzueilen.

»Bitte nicht«, bat Evie ihn. »Harlan und die Mädchen haben es nicht verdient, auf diese Weise blamiert zu werden.«

»Das ist mir egal«, knurrte Emmitt und riss sich los.

»Genau«, schrie sie so laut zurück, dass sich einige Leute auf dem Parkplatz nach ihnen umdrehten. »Das ist es ja gerade. Du denkst gar nicht daran, welche Auswirkungen deine Handlungen auf andere Leute haben. Für dich zählt nur, was dir im Augenblick richtig erscheint. Aber in was für einem Licht lässt dich das erscheinen?«

»Harlan ist mir wichtiger als mein Image«, erwiderte er und sah sie an, als hätte sie etwas vollkommen Idiotisches gesagt.

»Aber du bist hier der Bösewicht. Wenn du sie das nächste Mal vor etwas warnen oder ihr helfen willst, sieht sie bloß den Augenblick, in dem du mitten in eine Tanzvorführung von kleinen Kindern hereingeplatzt bist und deinen Vater an der Kehle heraus geschleift hast. Und so werden dich alle Leute sehen, wenn du so weitermachst.«

»Das ist ihr Problem«, antwortete Emmitt und lief Evie davon.

»Das ist nicht dein Ernst, Emmitt«, sagte Evie und eilte ihm hinterher. »Und das weißt du auch. Ich weiß nicht, wer dir dauernd erzählt hat, dass du immer nur Terror machen musst. Dazu bist du viel zu klug. Ertappe ihn auf frischer Tat, sammle Beweise und rede dann mit Harlan auf eine Weise, die klar erkennen lässt, wer hier das Arschloch ist.«

»Wenn sie immer noch nicht weiß, dass sie mir vertrauen kann –«, gab er wütend zurück und schlug sich mit der Faust in die Handfläche.

»Man vertraut eben nicht nur jemandem, weil er recht hat«, sagte Evie sanft. »Man vertraut jemandem, weil man weiß, dass man sich auf ihn verlassen kann, wenn etwas schiefgeht. Nicht jeder wird deinem Rat folgen. Jeder muss seine eigenen Fehler machen. Aber du kannst trotzdem zeigen, dass du auf ihrer Seite stehst.«

»Dies ist ein riesiger Fehler. Ein gefährlicher Fehler«, betonte er leidenschaftlich. »Sie hat keine Ahnung, worauf sie sich da einlässt.«

»Aber sie wird es einsehen. Wenn es dir und mir gelingt, ihn auf die richtige Art und Weise zu entlarven, wird sie es ja sehen. Und dann wirst du für sie da sein und ihr helfen, alles wieder in Ordnung zu bringen.«

»So ein Blödsinn«, sagte er, machte aber keinen Versuch, die Tür des Saales zu öffnen. »Warum das Ganze? Ich kann allem jetzt ein Ende bereiten.«

»Normale Leute haben eben Gefühle, auch wenn es dir lästig erscheint«, sagte Evie eindringlich.

»Und wenn sie das nicht hätten, wäre das Leben viel unkomplizierter. Sie sind eine Plage und ich bin froh, dass ich nicht darunter leide«, versicherte er, gab sich aber geschlagen.

»Ich nehme zu deinen Gunsten an, dass du das nicht so gemeint hast, weil du einen harten Tag hinter dir hast.« Sie nahm seinen Arm und zog ihn in Richtung seines Wagens davon. »Lass uns einen Plan machen und während wir warten, können wir uns mit Lance Barrington beschäftigen, wenn du willst. Ich weiß, dass du viel zu tun hast. Ich helfe dir, wo ich kann.«

»Warum?«, fragte er misstrauisch, als sie um den Wagen

herumgingen. »Heute Morgen hast du meine Hilfe abgelehnt. Du hast gesagt, deine Probleme wären deine Sache und du würdest sie ohne mich lösen.«

»Das stimmt.« Evie nickte.

»Warum willst du dann mir helfen?«

»Weil ich zu den Unglücklichen gehöre, die von Gefühlen geplagt werden. Ich möchte, dass zwischen dir und deiner Familie alles in Ordnung kommt. Was deinen Vater betrifft, mag ich anderer Meinung sein –«

»Ihm kann nicht geholfen werden«, sagte Emmitt schnell.

»Da sind wir verschiedener Ansicht, aber das macht nichts. Ich glaube lieber, dass jedem zu helfen ist. Aber das bedeutet nicht, dass er deine Schwester ausnutzen und sie dann um Geld bitten darf.«

»Das ist ja das Problem«, sagte Emmitt, der an seinen Wagen gelehnt immer noch zur Aula hinüberstarrte. »Sie wird ihm keins geben. Er wird sie darum bitten und es wird ihr das Herz brechen, aber sie ist zu klug, um es ihm zu geben. Das sollte er wissen. Was führt er also im Schilde?«

»Süchtige denken nicht logisch oder sie wenden Logik jedenfalls nicht an. Wenn sie es täten, könnten sie sich selbst helfen. Sie leben in einer anderen Welt. Es hat keinen Sinn zu versuchen, sich in sie hineinzuversetzen.«

»Vielen Dank«, sagte Emmitt, öffnete die Wagentür und ließ sich auf den Sitz sinken.

»Gern geschehen.« Sie nickte und vermied es, seine für ihn ungewöhnliche Dankbarkeit zu sehr zu beachten. »Wo sollen wir anfangen?«

»Zuerst einmal müssen wir herausfinden, wem er Geld schuldet und wie viel. Dann kann ich mir eine Vorstellung davon machen, wie verzweifelt seine Lage ist.«

»Wie verzweifelt ist sie denn bisher gewesen?«, fragte Evie, die nicht sicher war, ob sie das wirklich wissen wollte.

»Er hat meine Mutter um mehrere Hunderttausend Dollar betrogen. Man kann nur sagen, wenn wir nicht das Glück hätten, in eine außerordentlich wohlhabende Familie hineingeboren worden zu sein, wären wir auf der Straße gelandet und verhungert. Aber mit dem Geld der Familie meiner Mutter und dem, was Mathew im Laufe der Jahre verdient hat, sind wir gut zurechtgekommen. Aber wenn er vor die Wahl gestellt wäre, uns auf die Straße zu setzen oder die nächste Wette abzuschließen, würde er keinen Augenblick zögern. Ich traue ihm so ziemlich alles zu.«

»Ich bin froh, dass du für sie da bist«, sagte Evie und sah im Rückspiegel zu, wie die kleine Aula in der Ferne verschwand.

»Ich habe das Gefühl, dass ich dabei wieder mal als Sündenbock ende, ganz gleich, was passiert. Das ist immer dasselbe. Aber solange er mit mir untergeht, ist es die Sache wert.«

»Vielleicht hat er sich davongemacht«, gab Evie zu bedenken. »Vielleicht hat er beschlossen, deine Schwester doch nicht um Geld zu bitten, und ist stattdessen verschwunden.« Sie waren von der Aula direkt zur Bar gefahren, die sein Vater erwähnt hatte, weil Emmitt nicht verpassen wollte, ihn hineingehen zu sehen. Aber er hatte sich nicht blicken lassen.

»Ich gehe jetzt«, sagte Emmitt, ließ die Wagentür mit der ganzen Kraft seiner Schulter aufschwingen und näherte sich mit festen Schritten der Bar. Dieses Arschloch war wohl zur Hintertür hineingeschlichen. Evie war ihm auf den Fersen, ehe er ihr sagen konnte, sie solle sich nicht von der Stelle rühren. »Du kannst hier nicht rein.«

»Daran kannst du mich nicht hindern«, erwiderte sie entschlossen, als er ihr den Weg versperrte.

»Da irrst du dich gewaltig. Es gibt etwa hundert verschiedene Wege, dich daran zu hindern. Ich habe keine Ahnung, was in dieser beschissenen Bar vor sich geht, aber ich weiß ganz sicher, dass mein Vater in Schwierigkeiten steckt und dass es ernst ist. Du bist das Letzte, was ich dabei brauchen kann.«

»Ich komme mit«, sagte sie und verschränkte trotzig die Arme. »Du hast recht; du könntest mich daran hindern, wenn du wolltest, aber das solltest du lieber bleiben lassen. Ob du es zugeben willst oder nicht, ich bin gut für dich. Mathew hat mich mitgeschickt, damit ich dir helfe. Also lass mich dir helfen. Geh nicht allein da hinein, um eine Schlägerei anzufangen oder die Beherrschung zu verlieren. Bleib ganz ruhig und zusammen finden wir schon die richtige Lösung.«

Emmitt sah auf die Uhr und obwohl er keineswegs Evies Meinung war, hatte er Angst, dass sein Vater ihm entwischen würde, wenn er nicht bald handelte. »Bleib ganz nahe bei mir und verhalte dich still.«

Sie betraten die spärlich beleuchtete, verrauchte Bar, in der es nach schalem Bier roch. Der Boden war klebrig, die Wände mit Damenunterwäsche und Bildern von Kerlen dekoriert, die von ihnen gefangene Fische hochhielten.

»Das ist ja hübsch hier«, flüsterte sie und drückte sich ein wenig näher an ihn. Alle Augen richteten sich auf sie. Ohne mit Gel geglättete Haare oder zu viel Parfüm wirkten sie vollkommen fehl am Platz.

»Wir haben heute geschlossen«, sagte der Barkeeper unfreundlich, ohne auch nur aufzublicken.

»Sieht mir aber gar nicht geschlossen aus«, entgegnete Emmitt und musterte alle dort Anwesenden abschätzend. »Wir wollen sowieso nichts trinken.«

»Die Bar hat aber zu. Geschlossene Gesellschaft«, sagte der gedrungene, glatzköpfige Barkeeper, warf seinen Wischlappen auf die Theke und spannte drohend die Muskeln. Er deutete auffordernd mit dem Kinn auf die Tür, durch die sie gerade eingetreten waren.

»Wo ist hier der Spielsalon?«, fragte Emmitt, der dem aufgeblähten Brustkorb des Barkeepers nicht die geringste Aufmerksamkeit schenkte. Er hatte sich bereits im Raum umgesehen und wusste, dass sein Vater sich nicht unter den schäbigen Gästen befand, die gekrümmt auf den schmutzigen Hockern hingen. Wo auch immer gespielt wurde, hier war es jedenfalls nicht. »Ich suche jemanden, der zum Glücksspiel hierherkommt.«

»Keine Ahnung, wovon du redest, aber du hast etwa zehn Sekunden Zeit, um von hier zu verschwinden, ehe ich die Geduld verliere. Die Kleine kannst du hierlassen. Sie ist verdammt heiß.«

Emmitt riss einem Mann eine halbvolle Bierflasche einfach aus der Hand und zerschmetterte sie an der Wand hinter dem Barkeeper, der sich gerade noch ducken konnte. Sie zerbrach in tausend Splitter, die wie messerscharfes Konfetti herabregneten.

»Hast du eigentlich eine verdammte Ahnung, wem diese Bar gehört?«, fragte ihn der Mann, dem er gerade die Flasche entwendet hatte, voller Entsetzen. »Sie gehört Marc Azeela. Verschwinde besser, solange du noch beide Kniescheiben hast.«

Emmitt verfluchte sich dafür, dass er der Wut über seinen Vater erlaubt hatte, seine normale Untersuchungstechnik zu kompromittieren. Er pflegte sonst nie irgendwo hereinzuplatzen, ohne genau zu wissen, wen er auf der anderen Seite der Tür antreffen würde. Aber Gefühle trüben eben den Verstand. Das bestätigte die Ansicht, die er sonst immer vertrat.

Dieses Etablissement und der Glücksspielring im Hinterzimmer gehörten einem Soldaten aus einer der letzten bestehenden italo-amerikanischen Mafiafamilien in Boston. Er stand kurz davor, Hauptmann zu werden, und war bekannt für seine rücksichtslosen Methoden beim Schuldeneintreiben. Sein Vater war also nicht auf der Flucht vor irgendeinem schmierigen Profithai, der zur Gewalttätigkeit neigte; er hatte sich nun mit der Mafia eingelassen. Mit Mördern.

»Wen genau suchst du denn?«, fragte ein Mann, der Emmitt um beinahe zehn Zentimeter überragte und den Eingang versperrte. Emmitt schob Evie hinter sich und machte sich kampfbereit. Das entsprach keineswegs seinem ursprünglichen Plan, Leute zu verprügeln, bis sie den Mund aufmachten, aber jetzt ging es darum, sich einen Weg zur Tür zu bahnen. Sie sicher hier herauszubringen.

»Ich muss wohl in die falsche Bar geraten sein«, sagte Emmitt selbstbewusst. »Mein Fehler.«

»Allerdings«, erwiderte der Mann, dessen breites Grinsen die Narbe an seiner Wange noch mehr hervorhob. »Aber jetzt kommst du hier nicht raus, bis du mir erzählt hast, wen du suchst. Wenn du es nicht tust, bin ich sicher, dass sie es uns sagt.«

Emmitt war unvorsichtig gewesen. Er hatte Regel Nummer eins gebrochen: Kenne deinen Feind. Und Regel Nummer zwei: Biete ihm nichts, was er gegen dich benutzen kann. Evie war solch eine schwache Stelle für ihn. Er war zahlenmäßig und wahrscheinlich auch waffenmäßig unterlegen. »Lass sie gehen, dann sage ich es dir.«

»Wenn ich sie rauslasse, hast du nicht mehr so viele Skrupel, es mit uns aufzunehmen. Solange sie hier ist, machst du keine Dummheiten.« Dieser Mann hatte offensichtlich Erfahrung mit Pattsituationen. Er rollte beim Sprechen einen Zahnstocher zwischen den Lippen herum und kniff herausfordernd die Augen zusammen.

»Versprechen Sie mir, dass wir gehen können, wenn ich es Ihnen sage?«, fragte Evie mit leicht erstickter Stimme, die

Emmitt beinahe das Herz brach und ihm schreckliche Sorgen machte. In einer Beschreibung von Evie würde der Ausdruck »Nerven wie Drahtseile« nicht vorkommen.

»Versprochen«, sagte der Riese und machte ein kleines Kreuzzeichen über dem Herzen.

»Evie«, sagte Emmitt und starrte auf sie hinunter. In einer Situation wie dieser waren Versprechen nichts wert.

»Meine Mutter ist tablettensüchtig«, sagte sie und wischte sich eine verirrte Träne aus dem Auge. »Ich habe ihr Geld für eine Entziehungskur gegeben, aber ich glaube, sie wollte damit beim Glücksspiel noch mehr gewinnen. Ich habe in dieser Gegend ihr Handy geortet und dachte, sie hätte den Namen dieser Bar einmal erwähnt. Ich will keinen Ärger machen. Ich will ja nur wissen, ob meiner Mutter etwas zugestoßen ist. Können Sie mir nicht sagen, ob sie hier ist?« Evie ging zu dem Riesen hinüber, ehe Emmitt sie fassen und zurückziehen konnte. »Ich will ihr ja nur helfen.«

»Sie ist nicht hier«, sagte der Mann und sah sehr ernst aus. »Frauen spielen hier nicht.« Er trat von der Tür zurück und ging wieder hinter die Theke.

»Vielen Dank«, sagte Evie eindringlich. »Und entschuldigen Sie die Störung.«

»Raus«, schnauzte er und sah aus, als könnte er sich jeden Augenblick anders besinnen. »Lasst euch hier nie mehr sehen. Kommt ja nicht zurück.«

Emmitt und Evie waren bereits aus der Tür und zum Wagen gelaufen, ehe einer von ihnen etwas sagen konnte.

»Du hättest es mir überlassen sollen«, knurrte Emmitt, als sie sich auf die Sitze fallen ließen und er den Motor startete. »Das war kein kluger Zug.«

»Du hattest ja alles so gut unter Kontrolle«, erwiderte sie sarkastisch. »Ich weiß ja nicht, was da los war, aber dass wir schleunigst verschwinden mussten, war mir klar. Und wenn du dachtest, du könntest dir den Weg freikämpfen, hatte ich ehrlich gesagt den Eindruck, dass deine Chancen schlecht standen.«

»Damit ist jetzt Schluss«, sagte Emmitt und trat das Gaspedal durch. »Ich erzähle meiner Mutter, was hier los ist, und sichere ihr Haus besser ab. Meine Schwester wird keinen Kontakt mehr mit ihm haben. Marc Azeela ist ein Mafioso. Diese Leute scheuen kein Mittel, die Schulden meines Vaters einzutreiben, und ich lasse nicht zu, dass meine Familie ins Kreuzfeuer gerät.«

»Und was ist mit deinem Vater?«, fragte Evie in einem kritischen Ton, der ihm missfiel. Mit ihren riesigen blauen Augen starrte sie ihn durchdringend an und er konnte es nicht ertragen. Sie hatte keine Ahnung vom Leben. Sie hatte keine Ahnung, was es bedeutete, sich mit dieser Art von Leuten einzulassen.

»Was soll mit ihm sein?«, fragte Emmitt kalt und ebenso überheblich wie sie.

»Was machen sie mit ihm, wenn er ihnen das Geld nicht zurückzahlen kann?« Evie stellte nicht nur eine Frage. Sie nahm ihn aufs Korn. Und das konnte er im Augenblick nicht brauchen.

»Bist du wirklich so naiv oder willst du auf etwas hinaus? Reden wir nicht um den heißen Brei herum. Ich habe keine Zeit für solchen Unsinn.« Er raste leichtsinnig um die dunkle Kurve auf der Straße zum Haus seiner Mutter und Evie klammerte sich fester an den Türrahmen.

»Du hast doch gesagt, in was für einer verzweifelten Lage er ist und wie gefährlich diese Kerle sind. Was ist, wenn sie ihn verletzen?«

»Sie bringen ihn um«, sagte Emmitt und vermied es, sie

anzusehen. »Wenn er bereit ist, sich mit mir auseinanderzusetzen, muss er ihnen ein kleines Vermögen schulden. Und ich bin sicher, dass er damit weit im Verzug ist. Diese Kerle haben keinerlei Skrupel, ihm eine Kugel zwischen die Augen zu setzen.«

»Und?«, fragte sie und drehte sich auf ihrem Sitz um, damit sie ihn voll ansehen konnte.

»Keine Ahnung, was sie danach mit ihm anfangen«, sagte er achselzuckend, wohl wissend, dass es sie ärgern würde. »Aber ich bin sicher, dass sie irgendwo einen Lieblingsplatz zum Abladen von Leichen haben.«

»Soll das ein Witz sein? Ich weiß nicht, ob du deine Gefühle hinter Humor versteckst oder ob es dir wirklich egal ist.«

»Dann will ich das klarstellen. Es ist mir wirklich egal.« Er hob provozierend die Augenbrauen, als wollte er sie herausfordern, ihn zur Rede zu stellen. Emmitt wusste, dass Evie bei etwas so Schrecklichem nicht tatenlos zusehen würde, selbst wenn es wirklich nur einen Ausweg gab. Das Wohl aller.

»Dir ist gleichgültig, wenn dein Vater umgebracht wird?«, fragte sie entsetzt.

»Er ist schon seit zehn Jahren nicht mehr Teil meines Lebens. Er ist ein Wirbelsturm. Einen Wirbelsturm betrauert man nicht; man feiert, wenn die Sonne wieder scheint.«

»Meinst du, meine Mutter hat mir nicht wehgetan? Was sie meiner Familie angetan hat, scheint unverzeihlich, aber ich würde trotzdem alles tun, um sie am Leben zu erhalten und ihr zu helfen.«

»Versteckst du dich deshalb in Boston?« Als die Worte aus seinem Mund kamen, war sich Emmitt bereits der Tatsache bewusst, dass sie ein emotionaler Todesstoß waren. Die Linie, von der man ihm immer sagte, er solle sie nicht überqueren, schien ihn nie zurückzuhalten. Er sprang darüber wie ein Läufer, der am Ende des Rennens das Band zerreißt.

»Das hast du nicht so gemeint«, sagte Evie versuchsweise und hoffte, er würde den Ausweg nehmen, den sie ihm geboten hatte. Aber wenn er irgendetwas von seinem Vater geerbt hatte, war es die unselige Neigung, sich in Dinge zu verbeißen, anstatt als der Klügere nachzugeben und davonzugehen, solange man noch einen Vorsprung hatte.

»Es tut mir nur leid, dass deine Mutter sich niemals ändern wird und du das nicht sehen kannst. Du kannst natürlich weiterhin hoffen, wenn du willst, auf Kosten deiner eigenen Vernunft und dem Glück deiner Familie. Aber ich bin nicht so schwach. Ich bin bereits vor Jahren aus dieser Verblendung herausgewachsen. Was immer du planst, als Nächstes zu tun, was immer du dir ausdenkst, um deiner Mutter zu helfen, all das ist nur Zeit- und Geldverschwendung. Mein Vater wird sich nie lange genug vom Blackjack-Tisch losreißen können, um sich einen Teufel um mich oder sonst jemanden zu scheren. Deine Mutter wird nie lange genug aufhören, nach Tabletten zu suchen, ihren nächsten Fix zu kriegen, um aufzublicken und überhaupt zu bemerken, dass du nicht da bist. Sei nicht so naiv.«

»Du bist ein Arschloch«, sagte Evie mit Tränen der Wut. »Wie man es auch dreht und wendet, das ist alles, was du bist. Und alles, was du je sein wirst. Wenn du dich gegen deinen eigenen Vater wendest, obwohl du genau weißt, dass er umgebracht werden könnte und es in deiner Macht steht, das zu verhindern, bist du ein Ungeheuer. Vergiss, was er dir bedeutet, vergiss, wie sehr er dir wehgetan hat. Denke doch mal an deine Schwester. Sie erhofft sich mehr von ihm. Harlan hegt die Hoffnung, dass es tief im Innersten ihres Vaters noch etwas gibt, was es wert ist, gerettet zu werden.

Und sie hofft, dass du die Art von Mann bist, der ihn retten kann.«

»Ich habe nie zu verbergen versucht, wer ich bin, und ich habe nie versucht, es schönzufärben. Ich habe dir ganz klar gesagt, mit wem du es zu tun hast. Und egal, welche Macht ich deiner Meinung nach über ihn habe, es ist bloß eine weitere deiner Illusionen. Er ist der Einzige, der sich retten kann, aber er hat sich dazu entschlossen, das nicht zu tun. Es ist eine Wahl. Wir müssen alle Entscheidungen treffen. Er zieht das Spielkasino seiner Familie vor und er tut es immer wieder.«

»Du hast recht, wir müssen alle Entscheidungen treffen«, sagte sie kalt, als sie auf der Einfahrt zum Haus seiner Mutter rutschend zum Stehen kamen. »Ich mag zwar noch keinen weiteren Plan haben, um meiner Mutter zu helfen, aber ich werde nicht ruhen, bis ich einen habe. Sie hat sich bereits aufgegeben; das ist aber kein Grund für mich, dasselbe zu tun. Ganz im Gegenteil, es ist ein Grund für mich, weiter für sie zu kämpfen, weil sie es im Moment selbst nicht kann.«

»Um Himmels willen, Evie, sie ertrinken. Jeden Tag sind sie ein wenig tiefer unter Wasser. Wir sind keine Lebensretter – sie sind Anker. Entweder kannst du mit auf den Grund gezogen werden oder dich losschneiden. Du kannst dich nicht mehr mit ihren Problemen beschäftigen, als sie es selbst tun. Das ist doch Wahnsinn.« Er parkte den Wagen voller Wut und wandte sich ihr zu. »Du wirst schon sehen, wie weit du mit all deinen Bemühungen kommst, denn sie bringen dir deine Mutter nicht zurück.«

»Vielleicht hast du recht«, gab Evie zurück, wischte sich die Tränen ab und sah entschlossener denn je aus, sich so schnell wie möglich zu fassen. »Aber wenn ich ans Ende meines Lebens oder des ihren komme, weiß ich wenigstens, dass ich mein Bestes getan habe. Ich glaube fest daran, dass sie das alles gar nicht will. Ich bin sicher, dass sie damit aufhören würde, wenn es in ihrer Macht stünde. Meinst du nicht, dass das auch auf deinen Vater zutrifft?«

»Was verlangst du hier von mir, Evie? Ich werde meinem Vater nicht helfen. Ich spiele ihm nicht in die Hände. Wenn ich ihm jetzt aus der Klemme helfe und ihm das Geld gebe, das er schuldet, weiß er genau, wie er es nächstes Mal anfängt. Er wird wissen, wo er hinkommen muss, und er wird so weitermachen, bis er umgebracht wird, sei es von einem Kredithai, der Mafia oder von mir, wenn ich die Schnauze voll von ihm habe. Ganz zu schweigen von der Gefahr, der er den Rest der Familie aussetzt. Meinst du vielleicht, sie wissen nicht, wie viel Geld meine Mutter hat? Mittlerweile wird er es ihnen erzählt haben und das bedeutet, dass sie auch in Gefahr ist, wenn er nicht zahlt.«

»Du bist hoffnungslos«, sagte sie und stieß die Wagentür auf. »Ich bleibe nicht hier. Du wirst ja bloß hereinplatzen und deiner Mutter sagen, dass dein Vater hier ist und sie vielleicht in Gefahr schwebt, oder nicht? Du wirst keinen Gedanken daran verschwenden, wie sie sich dann fühlt. Oder welche Auswirkungen es auf ihre Psyche hat. Von deiner Schwester wirst du bloß verlangen, dass sie auf dich hört und macht, was du willst. Ihre Gefühle zählen ja auch nicht für dich. Denn du weißt ja, dass du recht hast.«

»Ich denke, ich verletze lieber ihre Gefühle, als dass einer von ihnen umgebracht wird. Mit dem Ruf des Bösewichts kann ich leben. Daran bin ich gewöhnt. Sie müssen die Wahrheit erfahren.«

»Dazu gibt es bessere Methoden«, beharrte Evie, die sich weigerte, mit ihm zum Haus zu gehen.

»Die würde ich gern hören«, erwiderte Emmitt höhnisch und warf mit gespielter Resignation die Hände hoch. »Erkläre mir doch mal, wie du an meiner Stelle gleichzeitig die Menschen, die ich liebe, und meinen Vater beschützen würdest, ohne zulassen zu müssen, dass er zurückkommt und es noch einmal tut. Wie soll ich eine Mafiafamilie besänftigen, die ihn umbringen will? Ob du es glaubst oder nicht, Evie, ich habe eine Menge Erfahrung mit schlechten Menschen, ihrer Denkweise und wie man mit ihnen umgehen muss. Du kannst keinem von ihnen trauen. Du musst dauernd auf der Hut vor ihnen sein. Sie sehen, ehe sie dich gesehen haben. Handeln, ehe sie es tun.«

»Wie oft hast du schon den Menschen wehgetan, die du liebst?«, fragte Evie anklagend.

Er schickte sich an zu antworten, besann sich aber plötzlich anders und griff nach seinem Handy. »In zwanzig Minuten kommt ein Wagen, um dich abzuholen. Lass dich zurück zum Hotel fahren. Wenn du darauf bestehst, eine aussichtslose Schlacht mit deiner Mutter zu führen, kann ich dich nicht daran hindern. Aber mich überzeugst du nicht.«

»Ich kann dir helfen, Emmitt«, bettelte sie, wobei die Entrüstung in ihren Zügen einem Ausdruck der Angst wich. Angst, dass sie ihn wirklich wegen dieser Angelegenheit verlieren würde. »Du kannst eine bessere Lösung finden.« Sie hatte flehentlich die Hände gefaltet.

»Nein, das kann ich nicht«, sagte er und senkte bedauernd den Kopf, nicht weil ihm sein Standpunkt leidtat, sondern weil er nun auf sich gestellt sein würde. »Und je eher dir das klar wird, desto besser ist das für dich. Du kannst nicht eine der Frauen sein, die versucht haben, mich zu retten. Zum Ende dieser Schlange ist es ein weiter Weg und jede einzelne Frau darin hasst mich. Es ist besser, du gehst, ehe dies noch schlimmer wird. Kehre nach Texas zurück und erzähle meinem Bruder, was deiner Mutter passiert ist, er wird dir helfen. Du hast Jessica eine Menge Ärger vor Gericht erspart. Er wird keinen Augenblick zögern, dir zu helfen, wenn du das wirklich möchtest. Mit Geld für eine Entziehungskur oder was immer du für notwendig hältst.«

»Emmitt«, sagte sie, als er ihr den Rücken zukehrte und auf das Haus zuging. »Ich bitte dich.«

»Der Wagen wird bald hier sein«, antwortete er, ohne sich zu ihr umzudrehen. »Kehre zum Hotel zurück. Und dann nach Texas.«

Er gab auf dem Keypad an der Eingangstür die Kombination ein und betrat das Haus seiner Mutter, wohl wissend, dass hinter ihm eine Frau stand, der das Herz entzweibrach. Aber er hatte sie gewarnt. Ausdrücklich. Sie war nicht die Erste, der er das angetan hatte, aber irgendwie war es nicht so wie bei den anderen. Als er hinter sich die Tür schloss, wurde ihm klar, warum er es anders empfand als je zuvor, Evie zu verlassen. Es war nicht nur ihr Herz, das dabei gebrochen wurde. Er legte sich die Hand auf die Brust, als erwartete er, sein eigenes Herz brechen zu hören.

»Mom«, rief er das lange Treppenhaus hinauf. »Mom, ich bin's, Emmitt. Ich muss etwas mit dir besprechen.«

»Oh Emmitt«, sagte seine Mutter, als sie im Nachthemd durch den Flur auf ihn zuglitt. »Du wirst ja nicht glauben, wer hier ist.«

»Wer?«, fragte er und sein Magen verkrampfte sich unwillkürlich, als ihm ein Verdacht kam.

»Dein Vater«, rief sie aus und klatschte vor Freude in die Hände. »Er hat das Glücksspiel endlich aufgegeben und er will sich jetzt wieder Zeit für euch Kinder nehmen. Habe ich dir nicht gesagt, dass er eines Tages wiederkommen würde?«

# KAPITEL 23

Evie war vertraut mit allen Metaphern, die ein gebrochenes Herz beschreiben, aber sie klangen hohl und leer im Vergleich zu dem, was sie jetzt empfand. Es war ein intensiver physischer Schmerz, der von keiner rationalen Überlegung abzuschwächen war. Sie konnte sich tausendmal sagen, dass Emmitt sich wie ein Arschloch benahm; dass all dies ihr nichts nützen würde, wenn sie ihrer Mutter helfen wollte. Und doch sah sie jedes Mal nur Emmitt, wenn sie die Augen schloss und versuchte, das Radio auszublenden, während sie im Wagen saß, der sie zum Hotel zurückfuhr. Er hatte es völlig klargemacht, dass er jenseits von Gut und Böse war, aber irgendwie konnte sie sich immer noch nicht damit abfinden. Trotz aller Beweise weigerte sie sich, die Hoffnung aufzugeben. Emmitt war wie ein Patient und sie konnte nicht glauben, dass ihm nicht zu helfen war. Dazu hatte es zu viele gute Anzeichen gegeben.

»Das mit der Panne tut mir leid«, entschuldigte sich der kleine, dürre Fahrer wieder. »Vielen Dank für Ihre Geduld, während wir auf den Ersatzwagen warten mussten.«

»Kein Problem«, sagte Evie geistesabwesend. Sie wurde ohnehin nirgendwo erwartet. Es kümmerte niemanden, dass sie eine halbe Stunde lang am Straßenrand gestrandet war. »Danke, Pete.«

»Mr. Kalling hat gesagt, ich solle auf Sie warten und Sie dann zum Flughafen fahren, wenn Sie Ihre Sachen gepackt haben«, sagte Pete leise, als sie vor dem Hotel anhielten. »Der Jet steht für Sie bereit.«

»Hat er das?«, fragte sie und zwinkerte, um das Bild von Emmitt loszuwerden, das ihr den Verstand trübte. Sie war eine Närrin. Es gab keine gemeinsame Zukunft für sie. Er wollte sie nicht länger bei sich haben. Und das hatte er nicht nur so gesagt, weil er böse auf sie war; er hatte entsprechende Anweisungen gegeben. Schaffe mir diese Frau vom Hals.

»Wie lange habe ich noch?«, fragte sie und räusperte sich. »Ich muss noch packen.«

»So lange Sie wollen, Miss. Ich wurde bis morgen früh bezahlt. Meinetwegen brauchen Sie sich nicht zu beeilen.« Der Fahrer nahm seine Kappe ab, löste sich die Krawatte und bereitete sich auf eine lange Pause vor.

»Ich hole also meine Sachen. Ich rufe Sie dann an, wenn ich fertig bin.«

»Einverstanden, Miss«, antwortete er, griff hinter sich und überreichte ihr eine Karte mit seiner Telefonnummer. Es begann, in Strömen zu regnen, und die Tropfen trommelten auf das Wagendach herab. Sie ergriff Emmitts Sweatshirt und zog es sich über den Kopf. Es war so lang, dass sie es fast als Kleid tragen konnte, und die Kapuze bedeckte ihr die Augen, als sie ihr Haar darunter verbarg.

Als sie ausstieg, rief sie sich jedes seiner Worte in Erinnerung, das er zu ihr gesagt hatte, und suchte verzweifelt nach etwas, das ihn rechtfertigen und ihr einen Grund zum Bleiben geben würde. Aber Emmitt konnte ja bloß an all die Leute auf der Welt denken, die nur darauf warteten, seiner Familie etwas anzutun. *Du musst sie sehen, ehe sie dich sehen. Traue niemandem.* Es klang nach Verfolgungswahn. Sicher, sein Vater hatte es mit Verbrechern zu tun, aber ein Mann wie Emmitt, dessen Familie so reich war, konnte doch sicher einen Weg finden, ihm zu helfen, wenn er wollte.

»Sie hat vor vierzig Minuten das Haus verlassen. Sie sollte längst hier sein«, sagte ein großer Mann, der einen Anzug trug, zu einem zweiten Mann, als Evie an ihnen vorbeiging. Sie wurde auf sie aufmerksam, weil sie vollkommen fehl am Platz schienen, wie sie dort im Regen standen, wenn jeder normale Mensch sich bei diesem Unwetter im Hotel unterstellen würde.

Evie zog sich die Kapuze fester um den Kopf und beugte sich hinunter, als müsste sie sich den Schnürsenkel zubinden.

»Der Wagen ist noch nicht angekommen. Ich habe hier das Nummernschild und die Marke. Er ist nicht hier«, sagte der zweite Mann und zeigte dem ersten den Bildschirm seines Handys zum Beweis. »Vielleicht hat jemand ihr einen Hinweis gegeben. Wir sollten sie uns genau zur selben Zeit schnappen wie die Tochter und ihre Kinder. Das hat Marc uns so aufgetragen.«

»Ich weiß, was Marc gesagt hat, aber das andere Mädchen und die Kinder haben wir ja schon. Wir sehen wie völlige Versager aus, wenn wir dieses Mädchen nicht auch noch kriegen.«

»Warum brauchen wir sie denn auch noch? Die Mutter wird das Lösegeld schon zahlen, wenn sie weiß, dass ihre Tochter und ihre Enkelinnen in Gefahr sind. Wozu brauchen wir dieses andere Mädchen überhaupt?«

»Wir brauchen sie nicht«, knurrte der erste Mann. »Sie ist

heute in die Bar gekommen, und Marc hat gehört, dass es Ärger gegeben hat. Er hat sich die Aufzeichnung der Überwachungskamera angesehen. Er ist der Ansicht, dass der Kerl ein Kalling war und dieses Mädchen seine Freundin ist. Sie gefällt ihm. Darum will er sie auch haben.«

Evie war jetzt sicher, dass die Männer hinter ihr her waren.

»Wie lange sollen wir denn noch warten?«

»Zehn Minuten«, sagte der andere und sah auf die Uhr. »Wenn der Wagen bis dahin nicht hier ist, fahren wir zum Treffpunkt zurück. Marc wird zwar wütend sein, aber er hat genügend Geiseln, um den alten Mann zum Zahlen zu bewegen.«

»Er muss ihm eine Riesensumme schulden, wenn Marc gewillt ist, Kinder zu entführen, um ihn unter Druck zu setzen, anstatt ihn einfach um die Ecke zu bringen.«

»Zweihundert Riesen«, grunzte der andere mit gespitzten Lippen, während er versuchte, sich eine feuchte Zigarette anzustecken. Evie richtete sich auf und bewegte sich auf den Eingang des Hotels zu, wobei sie verzweifelt versuchte, die letzten Worte zu erhaschen, die zwischen den beiden Männern gewechselt wurden. »Er wird die Kinder als Druckmittel benutzen, die Mutter zum Zahlen bringen und dann den Alten loswerden. Tote zahlen nicht. Solche Dinge muss man klug anfangen.«

Als sich die Tür hinter ihr geschlossen hatte, hörte sie nur noch das Stimmengewirr in der Eingangshalle und das wilde Schlagen ihres Herzens. Sie musste etwas unternehmen. Sie musste Emmitt mitteilen, was vor sich ging. Sie eilte in eine ruhige Ecke des Empfangsbereichs und behielt die beiden Männer vor dem Hotel im Auge, während sie Emmitts Nummer wählte. *Voicemail.*

Sie versuchte es noch zweimal, ehe sie sich damit abfinden musste, dass sein Handy abgestellt war. Nun hing alles nur von ihr ab.

»Beruhige dich doch«, flehte seine Mutter, die sich zwischen ihren Sohn und ihren Mann gestellt hatte. »Ich weiß ja, dass du wegen allem, was er getan hat, wütend auf ihn bist, aber deswegen brauchst du ihn doch nicht anzugreifen.«

Charles stand wortlos da und hielt sich die blutende Nase. Emmitt fühlte sich in Gegenwart seiner Mutter zu gehemmt, um ihn zusammenzuschlagen. Also tat er, was er für das Nächstbeste hielt. Er warf ihm eine Vase und sein Handy an den Kopf. Beide trafen ihr Ziel und zerbrachen dann auf dem Boden in tausend Stücke.

»Hau ab, verdammt noch mal!«, brüllte Emmitt.

»Oh Emmitt, wie drückst du dich denn aus?«, keuchte seine Mutter und legte sich müde eine Hand an die Schläfe. »Benimm dich nicht so schlecht.«

»Azeela wird dir nicht erlassen, was immer du ihm schuldest. Und in dieser Familie gibt es niemanden, der dir das Geld gibt. Ergib dich in dein Schicksal. Geh und lass dir die Fingerknöchel und die Kniescheiben brechen, aber mache das woanders.«

»Er spielt nicht mehr«, unterbrach ihn seine Mutter, als hätte er diesen Teil vielleicht nicht gehört.

»Ich bin sauber«, bestätigte Charles. »Damit will ich nicht sagen, dass ich keine Schulden habe, aber ich bin kein Spieler mehr. Das liegt hinter mir. Damit bin ich fertig. Können wir uns vielleicht unter vier Augen unterhalten? Ich glaube nicht, dass deine Mutter all das hören sollte. Sie hat genug gelitten.«

»Und das ist zum großen Teil deine Schuld«, stellte Emmitt anklagend fest.

»Und soweit ich gehört habe, hast du das Deine dazu beigetragen. Wie wäre es also, wenn wir beide nach draußen gehen und die Sache besprechen?«

»Das Einzige, was dich im Moment am Leben hält, ist die Tatsache, dass sie zwischen uns steht. Du willst nicht mit mir nach draußen gehen. Das kannst du mir glauben.«

»Wir befinden uns in einer Sackgasse«, erwiderte Charles ruhig. »Das kann ich verstehen. Bei den *Anonymen Spielern* hat man uns darauf vorbereitet. Es ist alles ein Teil der Entwicklung. Aber wenigstens deine Schwester ist bereit, mich anzuhören. Und deine Mutter auch.«

»Und was ist mit Mathew? Hast du es bei ihm versucht?«, fragte Emmitt.

»Ich bin noch nicht zu ihm durchgekommen«, antwortete Charles ausdruckslos, während er den Ärmel benutzte, um sich den Rest des Blutes abzuwischen, das mittlerweile gestockt zu haben schien.

»Weil du es bei ihm schon zu oft versucht hast und er zu klug ist, dir auch nur einen Cent zu geben. Du konzentrierst dich auf die beiden Familienmitglieder, die dich immer noch nicht aufgegeben haben. Du nutzt sie bloß aus.«

»Da irrst du dich gewaltig«, widersprach ihm Charles.

»Wenn du wirklich so wütend auf mich bist, warum gehst du nicht einfach? Lass mich allein mit deiner Mutter reden.«

»Du wirst in deinem ganzen Leben nicht mehr mit meiner Mutter reden, ohne dass ich dir im Nacken sitze, bereit, dir den Hals umzudrehen. Das verspreche ich dir.«

»Emmitt«, flehte seine Mutter, die nun den Tränen nahe war. »Ich habe Harlan gebeten hierherzukommen. Wir werden dies innerhalb der Familie besprechen. Wenn du Mathew ans Telefon bekommen willst, kannst du das machen. Aber wir werden dies nicht einfach ablehnen. Ich werde die Chance nicht verpassen, wieder eine Familie zu sein.« Das brachte ihm Evies Worte in Erinnerung und er wurde noch aufgebrachter. Dieser Optimismus war gefährlich.

»Dann ruf Mathew doch an«, sagte Emmitt, der sich vom Eingang zum Wohnzimmer begab. Er setzte sich aufs Sofa und sein Vater kam ein paar Sekunden später ebenfalls herein.

»Deine Mutter wird jetzt Mathew anrufen«, sagte Charles und blickte beunruhigt in den Flur, denn er wollte offenbar nicht mit Emmitt allein sein.

»Ich weiß, dass du bei Azeela tief in der Kreide stehst und ich weiß, worauf du es hier abgesehen hast. Aber das wird nicht funktionieren. Du setzt auf die Zukunft, aber so viel Zeit bleibt dir nicht. Ich habe mich geirrt.«

»Es sieht dir gar nicht ähnlich, das zuzugeben«, sagte Charles und setzte sich schließlich Emmitt gegenüber in einen Sessel, sah aber immer noch so aus, als wäre er zur Flucht bereit, sollte die Situation es notwendig machen.

»Ja, ich hatte mir gedacht, du würdest Harlan ein paar Tausend Dollar abgaunern und dann wieder in das Loch verschwinden, aus dem du gekrochen bist. Aber du hast es mit ein paar ziemlich unangenehmen Typen zu tun. Also versuchst du, dich hier auf Dauer einzunisten, aber glaub mir, das wird nicht funktionieren. Du hast vor, dich wieder in ihr Leben einzuschleichen, ihr Vertrauen zu gewinnen und dann einen Weg zu finden, dein Geld zu bekommen. Aber so viel Zeit hast du nicht. Azeela wird dich kriegen, ehe du irgendetwas aus Harlan oder Mom herausbekommst. Schließlich bin ich auch noch da.«

Charles räusperte sich nervös und in diesem Augenblick erkannte Emmitt, dass er recht hatte.

»Und da wir uns jetzt verstehen«, sagte Emmitt und lehnte sich drohend nach vorne, »musst du verschwinden. Hier findest du keine Lösung für deine Probleme. Tu zum ersten Mal in deinem Leben etwas Ehrenhaftes und verschone sie damit.«

»Du bist also in meiner Abwesenheit so gut und ehrenhaft gewesen?« Charles sah wie ein in die Enge getriebenes Tier aus, das sich zum Zuschlagen bereit macht.

»Auf diesen Mist falle ich nicht herein.« Emmitt lachte verächtlich. »Mit Psycho-Spielchen kommst du bei mir nicht weiter. Im Vergleich zu dir bin ich ein gottverdammter Heiliger. Das macht keinen Unterschied. Du bist erledigt und du wirst sie nicht mit dir in die Tiefe reißen.«

»Mathew hat sich nicht gemeldet«, sagte seine Mutter ernst, als sie ins Wohnzimmer schlurfte und dreimal das Licht an- und ausschaltete. Emmitt hatte den Drang, auf den besorgten Blick seines Vaters zu antworten. Er wollte ihm sagen, dass er ihr das angetan hatte. »Harlan habe ich auch nicht erreichen können.«

»Wann hast du sie denn hier erwartet?«, fragte Emmitt, griff nach seinem Handy und erinnerte sich, dass es von der Nase seines Vaters abgeprallt war und nun zerschmettert am Boden lag.

»Sie wollte direkt nach der Aufführung herkommen«, sagte

seine Mutter besorgt.

»Die war vor anderthalb Stunden zu Ende«, antwortete Emmitt mit einem misstrauischen Blick auf seinen Vater. »Ihr wart doch zusammen.«

»Ich bin gleich nach dem Auftritt der Mädchen gegangen. Ich wollte eine Weile mit deiner Mutter allein sein.«

Seine Worte gingen Emmitt gegen den Strich, aber schlimmer war die Sorge darum, wo seine Schwester war. »Vielleicht ist sie zuerst nach Hause gefahren«, dachte er laut.

»Nein«, unterbrach ihn seine Mutter. »Das macht sie nie. Nach jeder Aufführung kommen sie direkt hierher, damit ich sie in ihren Kostümen bewundern und Fotos machen kann. Sie machen dann auch immer eine kleine Privatvorführung für mich.«

Emmitt musste an die Beschwerde seiner Schwester denken, dass sie vom Rest der Familie nicht genügend Unterstützung bekam. Es war sicher erstickend und enttäuschend, nach jeder Aufführung hierherkommen zu müssen und ihr ganzes Leben auf eine Dimension zu verkleinern, die ihrer Mutter angepasst war. »Versuch es noch einmal.«

»Ich habe es schon dreimal versucht und ihr eine SMS geschickt. Ich mache mir große Sorgen. Ihr wird doch nichts zugestoßen sein?« Sie ging nervös im Zimmer auf und ab und zerrte fieberhaft an einer ihrer Locken, wie sie es immer tat.

»Beruhige dich, Mom«, sagte Emmitt, der tat, was er immer tat, wenn sie begann, einen ihrer Panikanfälle zu haben, nämlich gar nichts. In diesen Augenblicken war er völlig hilflos. Harlan wusste, wie sie sie trösten konnte. Mathew konnte sie ablenken. Emmitt konnte nur weglaufen. »Ich werde sie suchen. Ich sehe bei ihr zu Hause und in der Aula nach und fahre die Strecke ab, die sie hierher genommen haben muss. Es wird alles gut.«

# KAPITEL 25

Evies Herz schlug wie eine außer Kontrolle geratene Marsch-kapelle, als sie die Nummer auf der Visitenkarte wählte, die ihr der Fahrer gegeben hatte.

»Fertig, Miss?«, fragte der Fahrer, der klang, als wäre er gerade von einem Nickerchen aufgewacht.

»Hören Sie genau zu«, sagte sie mit gedämpfter Stimme, während sie immer noch durch die regennassen Glastüren der Eingangshalle des Hotels die herumlungernden Männer anstarrte, die ihr auflauerten. »Die beiden Männer, die hinter Ihrem Wagen stehen, sind Verbrecher. Sie sind hier, um mich zu entführen.«

»Gehen Sie auf Ihr Zimmer«, befahl er bestimmter, als sie es ihm zugetraut hätte. »Ich rufe die Polizei.«

»Nein«, protestierte sie laut und senkte die Stimme dann wieder, weil sich einige Leute in der Eingangshalle nach ihr umdrehten. »Wir müssen ihnen folgen. Sie haben Emmitts Schwester und seine Nichten als Geiseln genommen, um für sie Lösegeld zu bekommen. Sie können jede Minute losfahren und wir müssen ihnen folgen.«

»Wir sind hier nicht beim Film, Süße.« Der Fahrer lachte nervös. »Da will ich mich nicht einmischen.«

»Dann steigen Sie aus«, verlangte sie. »Ich bin in zehn Sekunden draußen. Wenn Sie nicht fahren wollen, steigen Sie aus.«

»Ich muss Sie davor warnen. Ich bin sicher, Mr. Kalling würde von mir erwarten, dass ich Sie daran hindere, wenn er das wüsste. Es klingt gefährlich.«

»Emmitt geht nicht ans Telefon. Die einzige Chance, diesen Kerlen dahin zu folgen, wo seine Schwester ist, wird jeden Augenblick verpasst sein. Ich weiß ja nicht, wie gut Sie ihn kennen, aber möchten Sie ihm wirklich erklären müssen, warum Sie sie entkommen ließen? Was meinen Sie wohl, was er dann tun würde? Ganz besonders, wenn seiner Familie etwas zustößt?«

»Also schön«, gab er widerstrebend nach. »Nehmen Sie den Wagen.«

»Sobald ich weg bin, fahren Sie zum Haus zurück und sagen Emmitt, was hier vor sich geht. Sein Handy funktioniert nicht.«

»Ohne einen Wagen?«

Sie würdigte ihn keiner Antwort. Er war ein erwachsener Mann, ihm würde schon etwas einfallen. Sie beendete das Gespräch, zog sich die Kapuze wieder über den Kopf und schöpfte einmal tief Atem. Sie zog die Tür auf und bewegte sich schnell auf den Wagen zu, wobei der strömende Regenguss sie bis auf die Haut durchnässte. Ein paar aufgeschnappte Worte von den beiden Männern zeigten ihr an, dass sie mit ihrer Geduld am Ende waren und sich zur Abfahrt bereit machten.

Ihr Fahrer war ausgestiegen und hatte den Kragen hochgestellt, um so viel von dem Regen wie möglich abzuhalten. »Sie sind verrückt«, sagte er warnend.

»Fahren Sie bloß zum Haus zurück und erzählen Emmitt, was passiert ist. Er kann mein Handy orten und mich finden.«

»Sie fahren jetzt los«, sagte er und wies mit dem Kopf auf die Männer, die gerade in ihren Wagen sprangen. »Machen Sie keine Dummheiten.«

»Dazu ist es jetzt zu spät.« Sie schloss seufzend die Wagentür und startete den Motor. Der schwarze Sedan fuhr vor ihr her und sie hatte noch eine letzte Chance, sich anders zu besinnen. Die Polizei würde Harlan doch sicher finden können. War das wirklich notwendig?

»Komm schon«, forderte sie sich selbst auf. »Du musst das tun.«

Sie fuhr an und schloss die zitternden Hände fester um das Steuerrad. Dies war die klügste Dummheit, die sie je gemacht hatte.

# KAPITEL 26

Emmitt war zwischen Harlans Haus, dem Theatersaal und überall sonst, wo er sie vielleicht finden könnte, hin und her gerast. Obwohl es ihm schwerfiel, hatte er auch bei den örtlichen Krankenhäusern angerufen, um herauszufinden, ob irgendjemand, auf den ihre Beschreibung passte, einen Unfall gehabt hatte. Er war erleichtert, als er hörte, dass das nicht der Fall war, aber er konnte immer noch keine Spur von ihnen entdecken.

Als er in die Einfahrt seiner Mutter einbog, sah er dort ein ihm unbekanntes Fahrzeug und war sofort alarmiert. Er sprang aus dem Wagen, nachdem er geparkt hatte, und näherte sich schnell dem ungekannten Fahrzeug. »Pete?«, sagte Emmitt und fragte sich, warum der Fahrer, mit dem er Evie fortgeschickt hatte, wieder da war.

»Was machen Sie denn hier?«

»Mr. Kalling, wir sind in eine heikle Lage geraten.« Er klang so nervös, dass sich Emmitt die Nackenhaare sträubten. Er zog Pete aus dem Regen ins Haus. Als dieser ihm erzählte, was vorgefallen war, spürte Emmitt, wie ihm das Blut zu kochen begann.

»Ich brauche sofort einen Computer«, befahl Emmitt, als er ins Wohnzimmer stürzte und auf seinen Vater losging. Ehe ihn jemand daran hindern konnte, hatte er seinen Vater an der Gurgel gepackt.

»Emmitt!«, kreischte seine Mutter.

»Sie haben Harlan und die Mädchen. Wie viel schuldest du ihnen?« Sein Vater rang nach Luft und versuchte, sich aus Emmitts Griff zu befreien. »Wie viel?«

Sein Vater hielt zwei Finger hoch und versuchte zu sprechen, aber er brachte keinen Ton heraus. Emmitt lockerte den Griff ein wenig. »Zwanzigtausend?«, fragte er wütend.

»Zweihunderttausend«, gurgelte sein Vater hervor.

»Was?« Emmitts Mutter atmete aus und verlor etwas das Gleichgewicht. »Du hast gesagt ...« Sie verstummte. »Harlan?«

»Bring mir einen verdammten Computer, damit ich Evies Handy orten kann. Sie ist zwei Kerlen auf der Spur und folgt ihnen dahin, wo Harlan ist.«

»Wir müssen die Polizei rufen«, sagte seine Mutter, während sie davoneilte, um einen Laptop zu holen. »Sie wird uns helfen.«

»Das wird sie nicht. Das Einzige, was die Mädchen davor bewahren kann, zu Schaden zu kommen, sind das Geld und er.« Emmitt zeigte dabei auf seinen Vater und trat einen Schritt zurück. Er vergrub die Faust in der Handfläche und wünschte, sie wäre das Gesicht seines Vaters. »Du hast davon gewusst. Das war also dein Plan, nicht wahr?«

»Nein«, krächzte dieser und rieb sich die Kehle. »Das habe ich nicht gewusst. Ich wollte um das Geld bitten. Ich wollte es von deiner Mutter bekommen. Dies habe ich nicht geplant.«

»Wolltest du das wirklich?«, fragte sie und klang enttäuscht von seinem schamlosen Verrat. »Du wolltest mich um zweihunderttausend Dollar bitten. Meinst du, ich hätte dir so viel Geld gegeben?«

»Natürlich weiß er, dass du das nicht getan hättest«, schnauzte Emmitt, während er den Laptop öffnete und auf eine Tracking-App klickte. »So eine Summe würdest du ihm nicht ohne Grund geben. Es sei denn, Harlan und die Mädchen wären in Gefahr. Für sie wäre dir keine Summe zu hoch.« Er tippte fieberhaft. »Gib mir dein Handy, Mom.«

Sie reichte es ihm und das Zittern in ihrem Arm brachte seine Wut zum Überkochen. »Du Mistkerl. Steh auf!«, befahl er und zeigte erneut auf seinen Vater. »Du kommst mit.« Nachdem das Telefon ein paarmal geklingelt hatte, meldete sich sein Bruder. »Mathew, wir haben ein Problem. Ich brauche sofort zweihunderttausend Dollar in bar. Wie kann ich darankommen?«

»Was zum Teufel?«, fragte Mathew erschöpft und verärgert. »Warum brauchst du —«

»Das schuldet dein Vater der Mafia, die deine Schwester und deine Nichten als Geiseln genommen hat. Ich brauche das Geld.«

»Dieser Mistkerl«, knurrte Mathew. »Ich habe jemanden, der dir das Geld bringen kann. Ich habe ebenfalls einen Kontakt beim FBI. Ich schicke ihn zu Moms Haus.«

»Ich kann nicht warten«, stellte Emmitt fest. »Schick ihn ruhig hierher. Er kann machen, was er will, aber bis dahin habe ich sie wieder. Besorg mir bloß das Geld.«

»Und was ist mit Dad?«, fragte Mathew. »Wirst du ihn —«

»Ja«, unterbrach ihn Emmitt und ersparte seinem Bruder auszusprechen, was er dachte. Dies war immer Emmitts Sache. Die Schmutzarbeit. Die unerfreulichen Aufgaben, die niemand erwähnen wollte, fielen immer ihm zu, und irgendwie fand er einen Weg, sie zu erledigen. »Dies war seine Idee, unsere Schwester und die Mädchen in Gefahr zu bringen. Er hat sich sein Bett gemacht, lass sie ihn darin begraben. Er kommt mit und ich werde ihn und das Geld mit Vergnügen gegen Harlan eintauschen.«

»Gibt es einen anderen Weg?«, fragte Mathew halbherzig. »Wenn du auf meinen FBI-Kontakt wartest –«

»Wenn ich auf den warte, werden sie die Sache aufbauschen. Sie schicken eine SWAT-Einheit zu Azeela und unsere Familie gerät ins Kreuzfeuer. Ich kann das in aller Stille und schnell erledigen. Wenn die Kosten dafür dein Geld und unser Vater sind, bin ich gewillt zu zahlen. Du auch?«

»Tu, was du für richtig hältst«, stimmte Mathew zu. »Ich e-maile dir alles, was du brauchst, um an das Geld zu kommen. Bring sie nur heil zurück. Halt mich auf dem Laufenden. Ich will wissen, wie es läuft. Jessica und ich werden so bald wie möglich kommen.«

»Ich mache das schon«, versicherte Emmitt seinem Bruder. Es hatte im Laufe der Jahre eine Menge Dinge gegeben, die er verbockt hatte. Aber wenn es um Situationen wie diese ging und er Menschen, die er liebte, beschützen musste, war er zielbewusst und vollkommen verlässlich.

»Ich weiß«, sagte Mathew und atmete erleichtert aus. »Ich bin froh, dass du da bist.«

# KAPITEL 27

Evies Hände waren schweißnass, als sie versuchte, das Steuerrad in den Griff zu bekommen. Sie hatte noch nie einen Wagen beschatten müssen, aber sie war sicher, dass sie kein Naturtalent war, denn zuerst fuhr sie viel zu nahe hinter dem anderen Wagen her, dann fiel sie so weit dahinter zurück, dass sie ihn beinahe verlor. Die Deckung, die ihr der wolkenbruchartige Regen bot, war wohl das Einzige, was sie davor bewahrte, entdeckt zu werden. Als der große Stadtwagen endlich vor einem riesigen Lagerhaus zum Stehen kam, fuhr Evie daran vorbei und wendete, um sich das Ganze genauer anzusehen.

Sie hatte schließlich aufgegeben, Emmitt anzurufen. Mittlerweile würde der Fahrer wieder beim Haus angekommen sein und ihm die Lage erklärt haben. Emmitt würde keine Sekunde zögern, zu ihr zu kommen. Er würde bald da sein, mit einem Plan und Hilfe, und alles würde wieder gut.

Das Lagerhaus sah von außen harmlos aus. Sie kniff die Augen zusammen, um Fenster zu entdecken, aber das trübe Licht an den vielen Ladetüren drang kaum durch die dichten

Regenschleier. Die beiden Männer vom Hotel liefen schnell von ihrem Wagen zu einer Seitentür des Lagerhauses und verschwanden im Inneren. Sie würde Emmitt dreißig Minuten Zeit geben. Wenn er bis dahin nicht aufgetaucht war, würde sie die Polizei rufen. Sie würde ihr doch sicher helfen können. *Wenn man ihr glaubte.*

Ihre Scheibenwischer gingen hektisch hin und her, wobei ihr rhythmisches Quietschen den Takt der Sekunden abzumessen schien und sie alle zwei Minuten auf die Uhr sah. Sie hatte bereits auf ihrem Handy die neun und die eins gewählt und brauchte nur noch die letzte Zahl einzugeben.

Als hinter ihr langsam ein Wagen zum Stehen kam und die Scheinwerfer ausgingen, war sie versucht, den Vorwärtsgang einzulegen und davonzurasen. Dass sie sich der Sache nicht gewachsen fühlte, wäre eine Untertreibung gewesen. Evie griff schnell nach dem Schaltknüppel, während sie in den Außenspiegel starrte und abwartete, wer aussteigen würde.

Mit angehaltenem Atem strengte Evie sich an, um die große Gestalt besser zu sehen, die nun aus dem Wagen stieg und sich auf sie zubewegte. Als er unter der Laterne ankam, schrie sie vor Erleichterung laut auf. »Emmitt«, flüsterte sie vor sich hin, während sie die Türschlossverriegelung öffnete und schnell auf den Beifahrersitz glitt.

Er war völlig durchnässt, warf einen Sack auf den Rücksitz und ließ sich hart auf den Fahrersitz fallen. »Evie«, murmelte er eindringlich, »das hättest du nicht tun sollen.«

»Ich habe versucht, dich anzurufen«, sprudelte es aus ihr heraus. »Ich wollte dich bitten, zum Hotel zu kommen und ihnen von dort zu folgen, aber ich bin nicht durchgekommen.«

»Ich habe mein Handy zerschmettert«, gestand er ihr und sah einen flüchtigen Moment lang schuldbewusst aus. »Das hast du gut gemacht. Das hast du ja so gut gemacht, Evie. Ich danke dir.« Er beugte sich über die Armlehne und küsste sie, wobei er eine Handvoll ihrer feuchten Haare ergriff.

»Ich hätte beinahe die Polizei gerufen. Ich war nicht sicher, ob du mich finden könntest.«

»Ich bin froh, dass du das nicht getan hast. Wir wollen kein Aufsehen erregen. Ich hole sie jetzt da raus. Ich habe das Geld, das er ihnen schuldet.«

»Es sind zweihunderttausend Dollar«, keuchte Evie, die sicher war, dass Emmitt sich der Höhe dieser Summe keinesfalls bewusst sein konnte.

»Ich weiß«, erwiderte er. »Es ist in diesem Sack.«

»Du tauschst jetzt das Geld gegen die Mädchen ein und dann ist alles vorbei?«, fragte sie hoffnungsvoll und ihre zitternden Hände zeigten, welche Angst sie ausstand.

»Mein Vater«, sagte er mit zusammengebissenen Zähnen. »Ihn werden sie auch haben wollen. Ich habe ihn mit Handschellen gefesselt. Er rührt sich nicht von der Stelle, bis ich ihn mit da reinnehme.«

»Ach Emmitt«, krächzte sie und brach schließlich unter dem Adrenalin in ihrem Blut und dem Gewicht dieser kritischen Situation zusammen. »Es muss doch einen anderen Weg geben.«

»Schon möglich«, sagte er achselzuckend, »aber ich bin nicht gewillt, das Leben meiner Schwester und meiner Nichten aufs Spiel zu setzen. Er ist es nicht wert, dass ihnen auch nur ein einziges Haar gekrümmt wird. Wenn ich es so mache, bekommen die Kerle, was sie wollen, und ich habe die Mädchen wieder. Auf jede andere Art riskiere ich, sie in Gefahr zu bringen.«

»Was sagt Mathew denn dazu?«, fragte sie und kaute fieberhaft an ihrer Unterlippe.

»Er ist derselben Meinung. Es ist der einzige Weg. Mein

Vater hat sie verärgert, sie praktisch bestohlen, und nun muss er dafür büßen. Sie müssen ein Exempel statuieren. Ich nehme ihn und das Geld jetzt mit hinein. Du fährst jetzt besser zum Haus meiner Mutter zurück. Da bist du sicherer.«

»Ich warte auf dich. Ich möchte hierbleiben.«

»Das wird dir aber nicht gefallen«, gab er zu bedenken, die Hand schon zum Aussteigen bereit auf dem Türgriff.

»Ich warte hier«, beharrte sie.

»Was wirst du tun, wenn ich ohne meinen Vater wiederkomme? Ich werde schon alle Hände voll damit zu tun haben, meine Schwester davon zu überzeugen, dass es nicht anders geht.«

»Wenn du so viel Überzeugungskraft aufbringen musst, hast du vielleicht unrecht.«

»Das mag schon sein, Evie. Ich kann hier der Schuldige sein. Ich kann alles Mögliche sein. Aber ich kann nicht derjenige sein, der zusieht, wie seine Schwester oder seine Nichten zu Schaden kommen, weil er versucht, jemanden zu retten, der nicht gerettet werden will.«

»Gibt es denn nichts, was ich sagen könnte, um dich umzustimmen?«, versuchte Evie es noch einmal.

»Nein. Aber ich glaube, ich liebe dich dafür, dass du es versuchst, das sollst du wissen.« Ohne ein weiteres Wort war er verschwunden.

# KAPITEL 28

Emmitt packte seinen Vater beim Kragen und zerrte ihn aus dem Wagen. Wenn seine Gedanken die Gestalt von Männern hätten annehmen können, würde in seinem Kopf jetzt ein Krieg toben. Er hatte sein Leben immer nach dem Grundsatz »Wie man sich bettet, so liegt man« geführt. Sein Vater hatte sein Bett in Brand gesteckt; es war nun nicht Emmitts Aufgabe, ihn daraus zu retten. Was würde das ohnehin nützen? Es würde für alle nur weitere Schwierigkeiten bedeuten, wenn er jetzt einen Weg fände, seinem Vater das Leben zu retten.

Aber das war ohnehin nicht relevant. Es war ausgeschlossen. Emmitt hatte es oft genug mit Männern wie Marc Azeela zu tun gehabt, um zu wissen, dass, wenn einmal ein Loch gegraben worden war, auch jemand darin begraben wurde. Und Emmitt würde dafür sorgen, dass es sein Vater sein würde und niemand sonst von seiner Familie.

»Mein Sohn«, keuchte Charles und wand sich in Emmitts eisernem Griff. »Mein Sohn, lass es mich bitte erklären. Ich habe nicht gewusst, dass sie das vorhatten. Ich hatte keine Ahnung.«

»Das kannst du dir sparen«, flüsterte Emmitt, während er ihn auf das Lagerhaus zu schleifte. Es hatte sechs große Ladetüren und eine metallene Seitentür. Es waren doch sicher Ausgucker da, irgendwelche Wachen. Aber durch den sich wie ein Wasserfall über ihre Köpfe ergießenden Regen war er sicher, dass sie schwer auszumachen waren. Das war ein günstiger Umstand für Emmitt, aber die Situation war trotzdem kritisch. Marc hatte noch kein Lösegeld gefordert. Der Plan war noch nicht in die Tat umgesetzt und Emmitt würde die Tür eintreten und sie dabei unterbrechen. Dieser Überraschungsmoment konnte ihm zum Vorteil gereichen oder der Schock konnte die Männer dazu treiben, eine Dummheit zu machen.

»Wenn du irgendetwas unternimmst, was Harlan oder die Kinder in Gefahr bringt, erschieße ich dich höchstpersönlich.« Er wies dabei auf die Schusswaffe hin, die er im Hüftholster trug. Er hatte eine zweite am Knöchel und für den Notfall ein Messer am Gürtel. Aber obwohl er gut bewaffnet war, war es immer noch riskant. Er hatte keine Ahnung, wie viele Männer ihn hinter diesen Türen erwarteten, ob das Geld, das er im Seesack über die Schulter geschlungen trug, die Freiheit seiner Schwester erkaufen würde, oder ob überhaupt einer von ihnen an diesem Abend dort heil wieder herauskommen würde.

»Wer zum Teufel bist –«, fragte ein kleiner, dunkelhaariger Mann, als Emmitt durch die Tür barst und dabei seinen Vater wie einen menschlichen Schutzschild vor sich hielt. Wenn sie von einem Kugelhagel empfangen würden, wollte er sicherstellen, dass der Mistkerl, der sie in diese Lage gebracht hatte, zuerst dafür bezahlen würde.

»Das ist der Mann, nach dem Marc sucht. Und ich bin hier, um meine Schwester und meine Nichten auszulösen.« Emmitt hielt eine Hand an der Hüfte, mit der anderen hatte er seinen Vater am Hemd gepackt.

»D-du«, stotterte der Mann und fuhr sich mit der Hand über das pomadige Haar. »Ich meine, was machst du denn jetzt schon hier? Er hat ja noch gar keine Lösegeldforderung gestellt.«

»Ich will jetzt sofort meine Schwester und die Kinder sehen.«

»Verdammt«, sagte der Kerl und sah sich über die Schulter, offenbar mehr daran gewöhnt, Befehle auszuführen, als sein eigenes Urteilsvermögen zu benutzen. »Warte hier«, murmelte er schließlich und eilte in die entgegengesetzte Richtung davon. Er hatte sie überrascht. Das war ein gutes Zeichen.

Emmitt machte eine schnelle und sachkundige Bestandsaufnahme des Lagerhauses. Er zählte die Ausgänge und die Sicherheitskameras und erwog die Alternativen, sollte sich die Lage zu ihren Ungunsten entwickeln. Es gab nicht viele. Also musste alles glattgehen. In jeder Ecke lagen nur ein paar staubige alte Holzkisten und der Boden war mit Sägespänen und Schutt bedeckt. Vor den Fenstern waren bemalte Läden, die Lichter an der Decke summten und verbreiteten nur ein trübes Licht.

Er rückte den Geldsack auf seiner Schulter zurecht und wartete. Als sich am anderen Ende des weitgehend leeren Lagerhauses eine Tür öffnete, straffte er den Rücken und legte vorsichtshalber die Hand an seine geholsterte Waffe.

»Das ging aber schnell.« Marc Azeela lachte leise und kam mit selbstbewussten Schritten auf sie zu. Flankiert von zwei bewaffneten Männern war es nicht schwer, selbstbewusst aufzutreten. Sein pechschwarzes Haar war mit Gel zur Seite gekämmt und sein pockennarbiges Gesicht erschien im trüben Licht krankhaft bleich. »Ich habe dich noch gar nicht angerufen, um dir zu sagen, was du tun sollst, und hier bist du schon.«

»Meine Schwester«, schnauzte Emmitt, der keine überflüssigen Worte machen wollte, weil er wusste, dass sich die Wahrscheinlichkeit eines Streits damit nur vergrößerte.

»Sie sitzt mit den Mädchen im Büro, sie sehen sich einen Film an und essen Popcorn. Die Kinder denken, das ist nur ein Spiel; sie unterhalten sich großartig.« Marc steckte lässig die Hände in die Hosentaschen. Er hatte keinen Grund, nervös zu sein, er brauchte nicht die Hand an der Waffe zu halten. Er musste nur den beiden hässlichen Männern an seiner linken und rechten Seite befehlen, die Schmutzarbeit für ihn zu erledigen.

»Marc«, sagte Charles angstvoll, »bitte tu meiner Tochter nichts an. Oder meinen Enkelinnen. Sie haben nichts damit zu tun. Bitte lass sie gehen.« Die Handschellen an seinen Handgelenken klirrten aneinander, als er flehentlich die Hände faltete.

»Dieselbe verdammte Geschichte hast du den letzten drei Kerlen erzählt, die du drangekriegt hast. Sie sind alle zu mir gekommen und haben mir deine Schulden zum Eintreiben übertragen. Du hast ihnen versprochen, du würdest das Geld von deiner reichen Ex-Frau oder einem deiner Kinder bekommen. Dann hast du sie hängen lassen und bist verschwunden. Mir ist es jetzt überlassen, für alle zusammen deine Schulden einzutreiben, einschließlich der Zinsen und einem hübschen Anteil für mich. Ich bin nicht so dumm zu glauben, dass eine Frau, die du verlassen hast, und eines deiner Kinder, die du seit zehn Jahren nicht gesehen hast, dir einfach so zweihunderttausend Dollar geben würden. Niemals.« Marc lachte kurz und höhnisch auf und die beiden Männer an seiner Seite machten es ihm nach. »Also habe ich gedacht, ich öle die Räder mal ein bisschen. Nichts funktioniert so gut wie ein gutes, altmodisches Lösegeld, um eine reiche alte Dame zur Kasse zu bitten.«

Seine beleidigende Ausdrucksweise brachte Emmitts Blut zum Kochen. Doch dann erstarrte er plötzlich, als er zu einer wichtigen Erkenntnis kam. »Du hast es wirklich nicht gewusst«, flüsterte er seinem Vater zu, als er ihn am Kragen zog.

»Nein«, antwortete Charles und senkte den Kopf.

»Bringen wir es hinter uns«, verlangte Emmitt. »Ich habe dein Geld und ihn. Dafür gibst du mir meine Schwester und die Kinder.«

»Mein Geld?«, fragte Marc mit erhobenen Augenbrauen. »Sieh mal, das Problem ist, der Preis ist gestiegen. Zweihunderttausend ist der von gestern. Heute sind es zweihundertfünfzigtausend.«

»Fick dich«, erwiderte Emmitt schnell. »Du nimmst jetzt dieses Geld und ihn, und mir gibst du die Mädchen.«

»Dies ist dein Vater, hab ich recht?«, fragte Marc ungläubig, hob die Hand zu dem großen Grübchen in seinem Kinn und rieb es gedankenverloren.

»Wir brauchen nicht meinen Stammbaum zu diskutieren«, sagte Emmitt. »Bring sie her. Ich will sie sofort sehen.«

»Bis jetzt haben sie noch keine einzige Waffe zu Gesicht bekommen, sie halten uns nicht für die Bösen und sie denken ganz sicher nicht, dass Grandpa daran schuld ist.«

»Sie haben keine Ahnung, wer zum Teufel Grandpa ist«, verbesserte ihn Emmitt. »Und ich gehe jede Wette ein, dass meine Schwester nicht dort hinten sitzt und sich einen Film ansieht, als bräuchte sie sich um nichts zu sorgen.«

»Das stimmt, deine Schwester setzt ein richtiges Pokergesicht auf und lässt sich vor den Kindern nichts anmerken, aber sobald sie außer Hörweite waren, hat sie gedroht, mir mit einem Brieföffner die Kehle aufzuschlitzen, wenn ich sie nicht gehen lasse. Das Erschreckende daran ist, dass man es ihr tatsächlich zutraut.«

»Das kann man auch«, sagte Emmitt mit einem steinernen Gesichtsausdruck. »Geben wir ihr besser nicht die Gelegenheit dazu. Hör mit dem Blödsinn auf und bringen wir es hinter uns.«

»Du scheinst ein ziemlich kluger Junge zu sein«, sagte Marc, ließ es aber mehr wie eine Frage klingen. »Du weißt, dass du nicht in der Lage bist, Druck auszuüben. Du hast nichts in der Hand. Du bist einfach hereinspaziert, hast gehofft, mich zu überrumpeln, was dir auch gelungen ist, das will ich zu deinen Gunsten zugeben. Aber was nun? Hast du etwa gehofft, ich wäre ein netter Kerl und wir könnten ein faires Geschäft abschließen? Nein, verdammt noch mal. Jeder Kerl, der innerhalb einiger Stunden zweihunderttausend Dollar lockermachen kann, kann garantiert mehr auftreiben. Das ist eine Theorie, die ich unbedingt testen möchte.«

»Du kriegst keinen Cent mehr von mir. Und was Druckmittel betrifft, hast du dich geirrt. Davon habe ich eine Menge.«

»Du bist deinem Vater ähnlicher, als ich dachte. Ich will es also drauf ankommen lassen. Wenn es erblich ist, hast du eine Niete, und dann stehst du genau wie er in meiner Schuld.«

Emmitt hörte, wie die Tür, durch die er mit seinem Vater eingetreten war, sich genauso plötzlich öffnete und schloss. Als er sich umwandte, sah er sie und ihm sank der Mut. Die Scheiße, die er schaufelte, war gerade noch einen Fuß tiefer geworden.

# KAPITEL 29

»FBI«, sagte Evie laut, stemmte die Hände in die Hüften und fixierte die Männer. In dieser Pose gelang es ihr zu verbergen, wie stark sie am ganzen Körper zitterte.

»Was zum Teufel?«, sagte Marc und starrte sie so ungläubig an, als wäre sie gerade in einem Panda-Kostüm oder etwas Ähnlichem hereingestolpert.

»Du hast gehört, was ich gesagt habe«, stellte sie fest und ging mit festen Schritten auf die streitenden Männer zu. »Ich bin vom FBI und hier ist jetzt Schluss.« Sie hatte das Ohr an die Tür gedrückt und zu hören versucht, was drinnen vor sich ging, und obwohl sie eine Menge nicht mitgekriegt hatte, wusste sie, dass sich die Lage nicht zu Emmitts Gunsten entwickelte. Wenn sie etwas unternehmen wollte, musste sie sich zusammenreißen und es jetzt tun.

»Du hast die Bullen alarmiert?«, fragte Marc und sein eben noch dreister Gesichtsausdruck wurde von einer Zorneswolke überschattet.

»Nein, das haben die besorgt«, lachte Evie und zeigte auf die beiden Männer an seiner Seite. »Vielleicht solltest du bei der Angestelltenwahl kritischer sein. Diese beiden Idioten lungerten wie ein Paar Schlägertypen vor meinem Hotel herum. Ich hatte sie schon gesehen, ehe ich auch nur ausgestiegen war. Wenn du das nächste Mal Idioten schickst, um jemanden zu entführen, sorg dafür, dass es kein Mitglied der Bundespolizei ist, und schärfe ihnen vielleicht auch ein, das Maul zu halten und nicht mindestens zehn Minuten lang ihren Plan zu diskutieren.«

»Ihr wollt mich wohl verarschen?«, fragte Marc und gab dem ihm am nächsten stehenden Mann einen heftigen Schlag auf den Hinterkopf. »Seine verdammte Freundin ist ein Bulle? Das habt ihr nicht herausgefunden, ehe ihr losgezogen seid, um sie euch zu schnappen?«

»Das ist sie nie im Leben«, widersprach ihm der Mann und rieb sich den schmerzenden Schädel. »Sieh sie dir doch an.«

»Ich bin ihnen hierher gefolgt, als ob ich einer halbblinden Oma nachfahren würde, die gerade vom Einkaufen kommt. Ich habe sogar gleich gegenüber geparkt, um Himmels willen.« Sie schüttelte den Kopf, als fände sie so viel Inkompetenz einfach unglaublich.

»Und wie viel Verstärkung hast du mitgebracht?«, fragte Marc und stieß einen seiner Männer vorwärts, um nachzusehen. »Bist du sicher, dass ihr euch auf einen Krieg mit mir einlassen wollt?«

»Gar keine«, sagte sie lässig. »Noch nicht. Du hast genau elf Minuten, um diesen Handel abzuschließen, ehe eine automatische E-Mail an die Truppen versendet wird. Aber du hast recht, das will ich auch nicht. Ich schätze, du hast jede Menge Kontakte und Freunde beim FBI. Sonst wären wir längst auf dich aufmerksam geworden. Die hauen dich raus, ganz egal, was gegen dich vorliegt.«

»Richtig«, sagte Marc und fand sein teuflisches Grinsen wieder.

»Wir reden hier nicht von Erpressung oder so. Dies ist Entführung. Und zwar von Kindern mit niedlichen Sommersprossen und wackelnden Zähnen. Dafür riskiert niemand so gern den Kopf, oder was meinst du?«

»Das wäre kein Problem«, erwiderte Marc zuversichtlich.

»Neun Minuten«, sagte Evie und sah auf die Uhr. »Das Einfachste wäre jetzt für uns, wenn du dein Geld nimmst. Und wir gehen. Dann brauche ich keine Berge von Papierarbeit zu bewältigen und du brauchst dir keine Sorgen darum zu machen, ob deine Freunde dir aus einer Klemme wie dieser heraushelfen können.«

»Und woher soll ich wissen, ob du die Wahrheit sagst?«, fragte Marc skeptisch.

»Das kannst du in sieben Minuten sehen, wenn du willst«, sagte sie und sah wieder auf die Uhr. »Oder wir können die Sache einfach hinter uns bringen. Du bekommst dein Geld und lässt alle gehen.«

»Alle nicht«, sagte Marc und wies mit dem Kinn auf Charles. »Er bleibt hier. Einen Kerl wie ihn kann ich nicht gehen lassen. Ich muss auf meinen Ruf achten und er hat mich verarscht.«

»Er kommt mit«, sagte Evie und trat nach vorne. »Das kann ich nicht auf mein Gewissen laden. Ich weiß, was du mit ihm vorhast. Er kommt mit oder das Geschäft ist geplatzt. Das Risiko liegt bei dir.«

»Dieser Scheißkerl hat Dutzende von Leuten verarscht, die ihm alle den Tod wünschen. Jetzt habe ich ihn. Er entwischt mir nicht.«

Emmitt, der von Evies Schauspielerei und ihrer Überzeugungskraft wie vor den Kopf geschlagen war, fand endlich seine Stimme wieder. »Er wird spurlos verschwinden. Du kannst den Leuten erzählen, was du willst. Er ist weg. Und er wird nie wieder auftauchen.«

»Blödsinn. Das hält er nicht durch. In weniger als einem Monat wird er wieder in Vegas am Spieltisch sitzen. Darauf lasse ich mich nicht ein.«

»Er wird verschwinden«, sagte Emmitt und schüttelte seinen Vater, bis er zustimmte. »Weder du noch deine Kontakte werden ihn je wieder zu Gesicht kriegen. Es wird vorbei sein.«

Marc biss sich auf die Unterlippe, während er sich die Sache überlegte. »Ich weiß, wo ich deine Familie finde, wenn er doch wiederauftaucht. Willst du wirklich ein solches Risiko eingehen mit einem Kerl, der sein Wort nicht halten kann?«

»Sein Wort ist mir einen Scheißdreck wert«, sagte Emmitt. »Ich gebe dir mein Wort. Er kommt nie wieder. Er wird an keinem Ort sein, der dir oder sonst jemandem wichtig ist.«

»Drei Minuten«, sagte Evie, die sich Mühe gab, über ihre langen Verhandlungen frustriert auszusehen.

Emmitt fuhr fort. »Du wirst aus dieser Sache keinen besseren Ausweg finden. Das ist dir doch klar. Du hast einen Sack voll Geld vor dir und eine FBI-Agentin, die bereit ist, wegzusehen und dir mindestens zwei Nächte im Gefängnis zu ersparen, während dies unter den Teppich gekehrt wird. Mach schon.«

»Fuck«, erwiderte Marc wütend und schubste einen seiner Leibwächter auf eine Tür hinter ihnen zu. »Du nimmst das Geld und zähl nach, ob alles da ist. Bring die Mädchen her und sieh dich bei der Mutter vor. Sie greift dich an, wenn du ihr die Gelegenheit dazu gibst. Sag bloß, dass sie jetzt abgeholt werden.«

Marc näherte sich Evie, wobei er immer noch böse an seiner Unterlippe nagte. »Ich bin immer noch nicht überzeugt, dass du beim FBI bist. Dazu bist du viel zu hübsch.« Er streckte die Hand aus und strich ihr das blonde Haar von der Schulter.

»Ich habe vergessen, dir den anderen Teil der Vereinbarung zu erzählen«, sagte sie und nahm einen Schritt zurück. »Wenn du mich anfasst, trete ich dir die Eier in den Hals.« Emmitt wollte sich gerade auf ihn stürzen, hielt aber plötzlich inne, als er die Stimme seiner Nichte hörte, die ihn beim Namen rief.

»Hey, ihr beiden«, sagte Marc fröhlich. »Ich habe euch doch versprochen, dass jemand euch abholt. Hat euch der Film gefallen?«

Sie nickten beide, während Harlan sie eng an sich gedrückt vorsichtig an ihren Entführern vorbei manövrierte und ihnen dabei mörderische Blicke zuwarf. »Wir fahren jetzt mit Onkel Emmitt weg«, krächzte sie, als sie ihren Bruder erblickte. Evie nahm dieser Moment zwischen Bruder und Schwester beinahe den Atem. Sie war überwältigt von der Intensität dieser Blicke, obwohl Emmitt und Harlan kein Wort wechselten.

»Kommt, ihr beiden«, sagte er und breitete die Arme aus. »Ich bringe euch nach Hause. Evie, kannst du ihn mitnehmen?«, fragte Emmitt und warf ihr praktisch seinen Vater zu.

»Ja«, entgegnete sie und beobachtete, wie Charles versuchte, seine mit Handschellen gefesselten Hände vor den Mädchen zu verbergen.

»Es scheint alles hier zu sein«, rief einer der Männer herüber, der den Seesack mit dem Geld durchwühlte.

»Also gut«, sagte Marc und schöpfte tief Atem. »Und vergiss nicht, was ich über ihn gesagt habe.« Er zeigte anklagend auf Charles. »Sonst könnten wir alle in einer Woche wieder hier sein.«

Harlan fuhr herum, um sich auf ihn zu stürzen. »Wieder hier sein?«, keuchte sie völlig außer sich. »Du kannst nur hoffen, dass ich nicht herausbekomme, wer zum Teufel du bist oder um was es hier ging, denn ich werde jeden wachen Augenblick darauf verwenden –«

Emmitt schnitt ihr das Wort ab, indem er einen Arm durch ihren schlang und sie zurückzerrte. »Es ist erledigt«, sagte er und zog sie mit sich. »Wir sind hier raus.«

Sie drängten sich alle durch die kleine Metalltür nach draußen und Evie spürte, wie Emmitt sie vor sich schob, während er noch einen Moment im Gebäude verweilte. »Wenn wir beide uns je in einer dunklen Gasse begegnen«, sagte er leise, aber wild zu Marc, »werde ich dein Gehirn auf dem Beton verteilen, ehe du mich bitten könntest aufzuhören. Du willst ein Kerl sein, der Frauen und Kinder stiehlt, um zu bekommen, was du willst? Das wird sich rächen. Bedrohe mich oder meine Familie nie wieder oder ich werde dafür sorgen, dass ich dich in einer solchen Gasse antreffe.«

Die Tür knallte hinter ihnen zu und Emmitt übernahm sofort die Führung. »Ich habe keine Kindersitze, aber das macht nichts. Setze sie sofort in meinen Wagen. Evie, du fährst ihn zurück zum Hotel. Sperre ihn in meinem Zimmer ein und lasse ihn nicht aus den Augen.« Er zog ein Messer aus der Tasche und ließ die Klinge herausspringen. »Ich komme, sobald ich kann, aber tu, was immer du für nötig hältst.«

»Ich werde deinen Vater nicht erstechen«, sagte sie und schob das Messer von sich.

»Na schön«, sagte er und sah aus, als hätte er diese Antwort erwartet. Er ging um den Wagen herum, schleifte seinen Vater mit sich und warf ihn auf den Beifahrersitz. Mit einem schnellen Schlag auf den Hinterkopf ließ er seinen Körper nach vorne sacken. »Jetzt solltest du mit ihm keine Probleme mehr haben.«

»Emmitt«, protestierte Harlan, aber er führte sie schnell zu seinem Wagen und raste davon.

Evie stieg ungeschickt auf der Fahrerseite ein und blickte zu dem zusammengesunkenen Haufen eines Mannes hinüber, dessen Hände immer noch in Handschellen steckten. In dieser Lage und nach dem, was sie gerade von Marc Azeela gehört hatte, fragte sie sich unwillkürlich, ob ihre Rettungsideale bei einem solchen Mann fehl am Platz waren. Bloß vor ein paar Stunden war ihr alles so klar und richtig vorgekommen. Jetzt wollte sie nur in Emmitts Arme kriechen und sich von ihm trösten lassen. Doch als sie sich in die entgegengesetzte Richtung von Emmitt auf den Weg machte, fühlte sie sich in jeder Hinsicht entfernt von ihm.

# KAPITEL 30

»Ich verstehe das nicht«, sagte Harlan wohl zum hundertsten Mal, oder so kam es ihm wenigstens vor. Wenn sie diese Worte nicht wiederholte, schien seine Mutter es zu tun.

»Da gibt es nicht viel zu verstehen«, erklärte Emmitt, während er im Wohnzimmer auf und ab ging. »Dad hat viele Leute betrogen. Diese haben dann das Eintreiben seiner Schulden einem Kerl aufgetragen, der sich überzeugenderer Taktiken bedient. Sie wussten, dass Mom aus einer reichen Familie kommt, und haben beschlossen, dich und die Mädchen zu benutzen, um Mom zum Zahlen zu zwingen.«

»Wo ist das Geld hergekommen?«, fragte Harlan und erschauerte. »Wie konntest du so schnell so viel Bargeld auftreiben?«

»Mathew«, erklärte er und sah auf die Uhr. »Hört mal, die Mädchen sind im Bett. Ich habe an jeder Ecke des Hauses Wachen aufgestellt. Mathews FBI-Kontakt wird bald hier sein. Ich muss mich jetzt mit Dad beschäftigen.«

»Dad«, sagte Harlan ernsthaft. »Hat er das geplant?«

»Er hat nichts davon gewusst«, sagte Emmitt und sah, wie

erleichtert seine Mutter war. »Aber es ist trotzdem seine Schuld. Wenn er sich nicht in diese Lage gebracht hätte, wäre all dies gar nicht erst passiert. Und wenn er nicht unbemerkt bleiben kann, sind sie wieder hinter euch her.«

»Und wie willst du das erreichen?«, fragte seine Mutter händeringend. »Er wird wieder spielen. Wir wissen, dass er nicht aufhören kann.«

»Das nehme ich schon in die Hand. Von euch erwarte ich nur, dass ihr im Haus bleibt, auf das Sicherheitsteam hört und mich anruft, wenn sich irgendein Problem ergibt.«

»Ich sehe mal nach den Mädchen«, verkündete seine Mutter, trat über die Schwelle des Raumes, dann wieder zurück und wieder heraus, während sie etwas vor sich hin murmelte.

»Sie ist verunsichert«, bemerkte Harlan laut.

»Du denn nicht?«, fragte Emmitt, dem plötzlich klar wurde, dass dies die erste Minute war, in der er seit ihrer Entführung mit seiner Schwester allein war.

»Ich war sauer«, gab sie zu, »aber ich habe gewusst, dass du kommen würdest. Ich habe keine Sekunde daran gezweifelt, dass du auf uns warten würdest, wenn die Mädchen und ich herausgelassen würden. Darin unterscheidest du dich von Dad. Ich brauchte nicht an dir zu zweifeln.« Sie durchquerte das Zimmer, um ihn zu umarmen, und drückte ihn liebevoll an sich. »Du und Mom und Mathew sind genug Familie für mich. Auch wenn du weg bist oder eine Dummheit machst, mehr Familie brauchen die Mädchen und ich nicht.«

»Es tut mir leid, dass er nicht besser war«, entschuldigte sich Emmitt. »Ich weiß, dass du das gehofft hattest.«

»Hoffnung ist etwas Wunderbares«, seufzte sie, »aber zu viel davon kann dazu führen, dass man gekidnappt wird.«

Sie mussten beide lachen, dann löste er sich aus ihrer

Umarmung und sah sie prüfend an. »Bist du sicher, dass alles in Ordnung ist?«, fragte er skeptisch, als beide wieder ernst wurden.

»Nein«, stöhnte sie und ließ sich aufs Sofa fallen. »Meine Ehe war alles andere als perfekt, aber wenigstens hatte ich jemanden, der auf meiner Seite war. Meine einzige Aufgabe besteht darin, die Mädchen zu beschützen, und heute habe ich versagt. Als diese Männer plötzlich da waren, war ich wie erstarrt. Vielleicht schaffe ich das nicht allein.«

»So ein Unsinn«, erwiderte Emmitt. »Heute hast du dich in einer Notlage befunden. Sie waren schließlich bewaffnet und hatten tausend Gründe, aufgebracht zu sein. Du hast ganz richtig reagiert und dafür gesorgt, dass alles sicher und ruhig abgelaufen ist. Ich weiß, dass die Dinge für dich im Moment nicht rosig aussehen, aber du bist eine gute Mutter.«

Sie brach in Tränen aus und begegnete seinen Komplimenten mit einer abwehrenden Geste.

»Es ist mir ernst damit. Mit dir, nur mit dir, sind sie viel besser dran, und daran wird sich auch nichts ändern. Deine Scheidung, die Pleite mit Dad – all das liegt bald in der Vergangenheit und dann geht es dir wieder besser.«

»Was wird mit Dad? Werde ich ihn wiedersehen?«

»Willst du das denn, nach allem, was passiert ist?«, fragte Emmitt verblüfft.

»Eines Tages wirst du auch Kinder haben. Mit etwas Glück sogar mit Evie, wenn du es dir nicht vermasselst. Und dann wirst du verstehen, warum ich die Möglichkeit nicht ausschließen möchte, Dad vielleicht einmal wiederzusehen. Ich werde mich nie wieder auf ihn verlassen und ich werde ihm niemals richtig trauen, aber er ist ein Teil von mir. Das wird sich nie ändern. Und ebenso werden meine Töchter hoffentlich immer glauben, dass ich ihrer Liebe wert bin, ganz egal, wie inkompetent ich ihnen erscheinen mag.«

»Ich kann im Moment nichts versprechen«, entschuldigte sich Emmitt. »Immer schön eins nach dem anderen. Du bist in Sicherheit. Die Mädchen sind in Sicherheit. Lassen wir es erst einmal dabei.«

»Mit einer Sache hattest du recht«, seufzte Harlan.

»Bloß mit einer?«, fragte er und hob arrogant eine Augenbraue.

»Bilde dir nicht zu viel auf dich ein«, rügte sie ihn. »Du hattest recht damit, dass es nicht einfach sein kann, die Charakterschwächen anderer so klar zu erkennen. Es muss bedrückend sein zu wissen, dass die Menschen so schlecht sind.«

»Das ist mein Job«, erwiderte Emmitt achselzuckend, nahm den Autoschlüssel aus der Tasche und strebte zur Tür.

»Du könntest ein bisschen öfter zu uns kommen«, schlug Harlan so zahm wie möglich vor. Es fiel ihr nicht leicht, sich zu beherrschen und diesen Streitpunkt mit Emmitt nicht zu verschärfen. »Wir haben dich gern bei uns. Und Evie scheint ein wirklich nettes Mädchen zu sein. Ich war an dem Abend, als wir uns zum ersten Mal gesehen haben, richtig zickig zu ihr, und sie hat es mir nicht übel genommen. Wenn ich mir vorstellen kann, mich mit jemandem anzufreunden, kann es nur jemand wie sie sein.«

»Evie ist fantastisch. Sie war es, die die Männer belauscht hat und ihnen dann nachgefahren ist. Ohne sie hätten wir nie gewusst, wo du warst. Sie ist heute Abend ein großes Risiko eingegangen und zum Glück ist es ja gut gegangen. Aber ob wir genug gemeinsam haben, um darauf ein solides Verhältnis aufzubauen, weiß ich nicht.«

»Du brauchst nicht so tiefsinnig darüber zu reden«, widersprach ihm Harlan. »Die meisten Leute können dir alles erzählen. Sie stimmen dir in allem zu und verstellen sich so lange, wie es dauert, dich zu ködern. Das ist alles nur Schall und Rauch. Wenn sie von Anfang an bereit gewesen ist, sich mit einem Mann wie dir zu streiten, ist sie es wert, dass du an ihr festhältst.«

Er nickte zustimmend, wich aber ihrem Blick aus. Es war gut möglich, dass Harlan mit ihrer Beurteilung richtiglag, aber Emmitt wusste, dass das nicht viel ändern konnte. Er war immer noch der Mann, der alles zerstörte, und Evie würde immer die Art von Frau bleiben, die alles daransetzte, die Dinge zusammenzuhalten. Dies konnte nur so enden, dass einer von ihnen enttäuscht oder verletzt würde.

»Fahr vorsichtig«, sagte Harlan und winkte ihm zum Abschied zu. »Kommst du morgen zum Abendessen?«

»Vielleicht«, antwortete er ausweichend. Er wusste bereits, dass er morgen um diese Zeit weit weg sein würde.

# KAPITEL 31

Evie hatte keine Ahnung, wie lange ein bewusstloser Mann brauchte, um wieder zu sich zu kommen. Im Film schien es ziemlich schnell zu gehen. Aber sie schaffte es bis zurück zum Hotel, ehe Charles irgendwelche Anzeichen zeigte aufzuwachen.

»Mr. Kalling«, sagte Evie, als sie den Wagen geparkt hatte, und berührte ihn sanft an der Schulter. Er sprang plötzlich auf und hob die immer noch mit Handschellen gefesselten Hände schützend über den Kopf.

»Nein«, brüllte er und versuchte, sich zu orientieren.

»Es ist alles in Ordnung, Mr. Kalling. Sie sind in Sicherheit. Mein Name ist Evie und ich bringe Sie bloß zu unserem Hotel zurück, bis Emmitt kommen kann.« Sie hatte eine Hand an der Wagentür, bereit, jederzeit herauszuspringen, falls er sich nicht beruhigte.

»Richtig«, knurrte Charles und rieb sich den wunden Punkt an seinem Schädel. »Emmitt kommt.«

»Er sollte bald hier sein. Es hat alles geklappt. Sie sind in Sicherheit.«

»Alles hat geklappt?« Charles lachte wie ein Verrückter. »Alles ist vermasselt, verdammt noch mal. Warum haben Sie das getan?« Er blickte sie wütend an, als er sich an alles erinnerte.

»Was ich getan habe?«, fragte sie und wunderte sich, ob er vielleicht dachte, sie hätte ihm den Schlag auf den Kopf versetzt.

»Warum zum Teufel haben Sie denen erzählt, ich würde mit dem Glücksspiel aufhören? Haben Sie eigentlich eine Ahnung, was die meinen Kindern antun werden?«

»Aber Emmitt wird Ihnen helfen, etwas für Sie ausfindig zu machen. Sie können damit fertigwerden.«

»Sie kennen mich doch gar nicht«, widersprach er ihr und schlug sich mit den Händen an die Stirn. »Wenn ich das könnte, hätte ich das längst getan, bevor meine Ehe ruiniert war. Ich hätte es getan, ehe ich alles verloren habe.«

»Es ist Ihnen doch klar, dass sie sonst heute Abend umgebracht worden wären?«, fragte Evie ungläubig. »Wenn Sie nicht mit uns da rausgekommen wären, wären Sie gar nicht mehr da rausgekommen.«

»Sie brauchen mir nichts über Alternativen zu erzählen«, sagte Charles verächtlich. »Sie sind nicht diejenige, die gerade aufwachen musste, um zu erkennen, was für ein Unheil Sie angerichtet haben. Sie hätten mich ja vielleicht heute Abend gar nicht ermordet. Sie hätten mir vielleicht die Beine gebrochen oder mich irgendwie verstümmelt, aber das hätte ich wohl überlebt, sobald sie einmal ihr Geld hatten. Jetzt verurteilt der Handel, den Sie gemacht haben, meine Tochter zu etwas viel Schlimmerem.«

»Aber Sie brauchen doch nur mit dem Glücksspiel aufzuhören, sich von den Kreisen fernzuhalten, in denen Sie verkehrt haben, und keine Scherereien mehr zu verursachen.

Wenn Sie doch wissen, dass Sie damit Ihre Tochter oder Ihre Enkelinnen in Gefahr bringen, lassen Sie es doch einfach bleiben.«

»Sie Närrin«, sagte er und kaute erregt am Daumennagel. »Sie haben ja keinen blassen Dunst, wie das funktioniert. Sie hätten sich nicht einmischen dürfen. Sie hätten den Mund halten sollen. Emmitt hatte recht. Er hatte mit allem recht.«

»Und Sie sollten mir dankbar sein«, gab sie zurück, verärgert über seinen Mangel an Verantwortungsbewusstsein für die ganze Angelegenheit.

»Sagen Sie mir das, wenn diese Kerle mich das nächste Mal in der Mangel haben und sie wieder an Harlans Tür klopfen.«

Sie wollte gerade etwas erwidern, aber ein lautes Hämmern an der Beifahrertür hinderte sie daran. Emmitt stand davor und betrachtete sie angewidert, als wären sie Hundekot, den er von seinen sehr teuren Schuhen wischen musste.

Er öffnete die Tür und zerrte seinen Vater heraus. »Gehen wir hinein«, sagte er kalt und wies in Richtung Hotel.

»Du hättest ihr nicht erlauben sollen, das zu tun«, sagte Charles schnell, um seine Ansicht zu äußern, ehe Evie auch nur ein Wort sagen konnte.

»Das habe ich nicht«, erwiderte Emmitt, ohne einen von beiden eines Blickes zu würdigen.

»Die Gefahr, in der deine Schwester jetzt –«, begann Charles, aber Emmitt schnitt ihm das Wort ab.

»Ich weiß.«

»Seid ihr beiden verrückt geworden?«, fragte Evie, als die Türen des Aufzugs sich geschlossen hatten und ihnen ein wenig mehr Privatsphäre boten. »Wir sind doch alle heil rausgekommen.«

»Du hättest gar nicht erst hereinkommen sollen«, sagte

Emmitt. »Du solltest verschwinden und die Sache mir überlassen.«

»Es hat aber nicht sehr ermutigend geklungen«, widersprach Evie. »Er hat mehr Geld gefordert.«

»So läuft das eben«, gab Emmitt böse zurück. »Ich hatte mehr Geld dabei. Es ist wie ein Tanz, ein Spiel, und du bist mitten hineingeplatzt.«

»Harlan und deine Mutter müssen umziehen«, sagte Charles, der immer noch nervös an den Fingernägeln kaute und dabei mit den Handschellen klirrte.

»Ich weiß«, stöhnte Emmitt.

»Kannst du ihn nicht irgendwo eine Entziehungskur machen lassen? Du bist doch stinkreich. Schick ihn auf eine Insel. Schick ihn ans andere Ende der Welt, um Himmels willen«, bettelte Evie, wobei ihre Stimme einige Oktaven höher klang.

»Er ist ein notorischer Spieler«, erwiderte Emmitt, steckte die elektronische Schlüsselkarte in den Schlitz der Hotelzimmertür und stieß seinen Vater hinein. »Es gibt keinen Platz auf dieser Erde, der ihn vom Glücksspiel abhalten könnte. Er würde immer einen Weg finden.«

»Das ist ja Wahnsinn«, protestierte Evie.

»Es ist Wahnsinn, für einen Mann ein Versprechen abzugeben, der unfähig ist, es zu halten«, schnauzte Emmitt. »Es ist Wahnsinn zu behaupten, dass ein Mann, dem das in seinem ganzen Leben noch nicht gelungen ist, plötzlich das Richtige tun wird. Selbst er weiß das.«

Charles schüttelte den Kopf, vermied aber, ihn anzusehen. »Ich habe es nicht gewusst, Emmitt«, sagte er leise, als hätte er geduldig auf die Gelegenheit gewartet, es zu wiederholen. »Ich habe es nicht mit ihnen geplant. Ich würde niemals deine

Schwester oder die Kinder dazu benutzen, deine Mutter um Geld zu erpressen.«

»Wie hattest du denn geplant, sie zum Zahlen zu bringen, da das immerhin dein Ansatzpunkt war? Was genau hattest du dir vorgestellt?«

»Ich weiß nicht«, sagte Charles achselzuckend und selbst Evie konnte sehen, dass er log. »Es war eigentlich kein richtiger Plan.«

»Nun sag schon«, schrie Emmitt ihn so laut an, dass Evie erschrocken zusammenzuckte. »Wie wolltest du Mom dazu bringen, dir zweihunderttausend Dollar zu geben?«

»Ich wollte ihr sagen, dass ich eine Weile sauber geblieben wäre und mich in dieser Gegend niederlassen wollte, damit ich euch Kinder öfter sehen könnte. Es ist immer ihr größter Wunsch gewesen, dass ich ein Teil eures Lebens sein würde. Das habe ich gewusst.«

»Und du hast geplant, es auszunutzen«, knurrte Emmitt.

»Ja«, gab Charles verlegen zu. »Ich wollte ihr sagen, dass ich vorhätte, für ein Haus in der Nähe eine Anzahlung zu machen. Wenn sie mir dabei helfen würde, könnte ich hierbleiben. Ich würde ein neues Leben anfangen.«

»Das hätte sie auch gemacht«, sagte Emmitt und sah ganz enttäuscht aus. »Mom hätte dir trotz allem, was du ihr angetan hast, noch eine Chance gegeben, weil sie immer nur gewollt hat, dass du uns ein Vater sein würdest.«

»Was wirst du jetzt machen?«, fragte Charles, der sich brennend wünschte, Emmitt könnte etwas unternehmen, um ihn vor sich selbst zu retten. »Du kannst mich jetzt nicht einfach gehen lassen.«

»Ich weiß«, antwortete Emmitt und schien noch darüber nachdenken zu müssen. »Du und ich werden morgen in ein Flugzeug steigen.«

»Warte mal«, sagte Evie, die von Panik ergriffen wurde. Sie konnte sich nur an eine Situation erinnern, in der es ihr ebenso ging, als sie im Schwimmbecken ihrer Großmutter unter einem großen Gummiboot stecken geblieben war und dachte, sie würde nie wieder darunter hervorkommen. »Was meinst du damit?«

»Ich meine damit, dass wir morgen in ein Flugzeug steigen und niemandem sagen, wo wir hinfliegen. Harlan möchte trotz allem, was passiert ist, immer noch Kontakt mit ihm haben, und dazu gebe ich ihr nicht die Gelegenheit.«

»Will sie das?«, fragte Charles voller Hoffnung, die aber durch einen wütenden Blick von Emmitt gleich wieder zerschlagen wurde.

»Wie lange wirst du weg sein?«, fragte sie und ihr war es in diesem Moment gleich, dass sie sich dumm und selbstsüchtig vorkam.

»So lange, wie es dauert«, erwiderte Emmitt und begann bereits zu packen.

»Ich weiß nicht, was du damit sagen willst. So lange, wie was dauert? Wirst du eine Behandlung für ihn organisieren?«

»Evie«, brüllte Emmitt sie an, dann atmete er einmal tief ein, um sich zu fassen. »Ich kann das jetzt nicht. Ich kann mich jetzt nicht mit deiner Sicht des Lebens durch die rosa Brille beschäftigen, die dir offenbar ans Gesicht geklebt zu sein scheint. Mein Vater ist nicht vertrauenswürdig und du hast dennoch mit einem Mann eine Vereinbarung getroffen und dabei meine Familie in die Waagschale geworfen. Das muss ich jetzt wieder in Ordnung bringen.«

»Ich wollte doch nur helfen«, weinte sie. »Sonst hätten sie ihn vielleicht heute Abend getötet.«

»Und jetzt töten sie uns vielleicht alle, wenn er es wieder vermasselt. Ich bin kein Spieler, aber die Wahrscheinlichkeit ist sehr groß. Und jetzt pack deine Sachen und sag mir, wo du hinwillst. Ich werde dafür sorgen, dass du dazu die Transportmöglichkeit hast und genügend Geld, um deiner Mutter zu helfen, wenn du es immer noch darauf verschwenden willst.«

»Und was ist mit den Barringtons?«, gab Evie zu bedenken und hoffte, seine Fluchtpläne dadurch zu verzögern, dass sie ihn an seine Verpflichtungen erinnerte.

»Ich habe, was ich brauche, damit ich Asher morgen früh etwas geben kann. Mit etwas Glück wird es ihn so weit zufriedenstellen, dass er sich mit Mathew trifft. Alles ist bestens geregelt«, stieß er böse hervor.

»Wie kannst du das sagen?«, fragte sie und wischte sich heiße Tränen von den Wangen.

»Meine Familie ist in Sicherheit, Mathew bekommt das Treffen, das er sich erhofft hat, und du hast das Geld, das deiner Meinung nach deiner Mutter helfen wird. Darum bist du doch damals mit mir ins Flugzeug gestiegen, oder nicht?«

»Du hast gesagt, dass du mich liebst«, weinte sie und ignorierte die Tatsache, dass sie sich in der Öffentlichkeit befanden. »Du hast gesagt, du wärst froh, dass ich die Dinge auf meine Weise sehe.«

»Ich nehme morgen ein Flugzeug, Evie. Ich weiß nicht, wie lange ich fort sein werde oder ob ich mich melde. Du tust, was du tun musst, und ich mache es genauso.«

»Und was dann?«, krächzte sie und hoffte, er möge ihr irgendetwas geben, an dem sie sich festhalten konnte.

»Auf Wiedersehen, Evie«, sagte er, küsste sie und geleitete sie zur Tür. »Pack deine Sachen. Glaub mir, es ist das Beste so. Rückblickend wirst du froh sein, dass du deinen eigenen Weg gegangen bist.«

Ihr stockte der Atem, als sich die schwere Zimmertür hinter ihr schloss. Als sie sich schluchzend zwang, zum

Aufzug zu gehen, konnte sie sich nicht vorstellen, wie sie am selben Abend noch irgendetwas packen könnte. Sie wollte bloß den Kopf im Kissen vergraben und weinen, bis ihr die Seiten schmerzten und die Wangen brannten. Als sie zuvor am Abend ins Lagerhaus eingedrungen war, war ihr alles so klar und richtig erschienen. Jetzt war ihr zumute, als hätte ihr jemand Schlamm in die Ohren gegossen und ihr die Gedanken vollkommen verwirrt. Vielleicht hatte Emmitt ja recht, vielleicht war sie ein Risiko eingegangen, das ihr nicht zustand, und nun musste sie dafür bezahlen.

# KAPITEL 32

Emmitt starrte auf sein Handy hinunter und wählte ihre Nummer beinahe ein Dutzend Mal. Evie hatte nicht darauf gewartet, sich am nächsten Morgen zu verabschieden. Sie hatte weder sein Geld angenommen noch sein Angebot, ihre Reise zu organisieren. Sie war einfach verschwunden. Und das war eines der Dinge, die er an ihr schätzte. Ganz gleich, wie viele Schwierigkeiten sich ihr in den Weg stellten, Evie schien immer bereit, sie zu überwinden. Sie verlor selten die Nerven oder spielte die Jungfrau in Nöten. Er fragte sich, wo sie wohl sein könnte. Hatte sie sich eine Busfahrkarte in den Mittleren Westen besorgt oder fuhr sie mit dem Zug zurück nach Texas?

»Diese Information wird mir sehr nützlich sein«, sagte Asher, als er sich die Unterlagen ansah, die Emmitt ihm vorgelegt hatte. Es war nicht seine beste Arbeit, aber zum Glück waren die Sicherheitsvorkehrungen bei Lance Barrington so mangelhaft, dass er nur auf Grundlage der gesammelten Daten und seiner angestellten Untersuchungen jede Menge Verbesserungsvorschläge machen konnte.

»Die Analyse ist ziemlich elementar«, gab er zu. »Es gab

viele Schwachpunkte. Aber das gibt ihm die Gelegenheit, einiges zu straffen. Ein neues Ausweissystem. Zusätzliche Überprüfung in der Eingangshalle.«

»Gut«, sagte Asher, der sich immer noch die Vorschläge anschaute.

»Und da ist noch etwas«, sagte Emmitt und nahm sein Handy hervor, »ein Bauunternehmen wird sich wahrscheinlich um einige der notwendigen Maßnahmen in Lance' Auftrag bewerben: Restoration Consultants, Inc. Nehmen Sie sich vor denen in Acht. Sie sind unehrlich. Sie haben schon mehrmals die Datensicherheit von Unternehmen verletzt, um sich die Pläne anzusehen und herauszufinden, wer mit ihnen in Konkurrenz steht, ehe sie ein Angebot machen. Ich habe keine Beweise gefunden, dass sie das in Lance' Büro bereits getan haben, aber wie Sie sehen, habe ich problemlos aus einem nicht abgeschlossenen Computerraum jede beliebige Akte herunterladen können. Dort würde ich als Erstes die Sicherheit verschärfen.«

»Das sehe ich ein«, nickte Asher, legte die Seite zurück in den Stoß und erhob sich. »Sagen Sie Ihrem Bruder, er kann mich über diese Nummer erreichen.« Er überreichte Emmitt eine Visitenkarte. »Ich werde mir für ein Treffen mit ihm etwas Zeit reservieren.«

»Danke«, sagte Emmitt, nickte Asher kurz zu und strebte auf die Tür zu.

»Haben Sie die Grippe oder so?«, fragte Asher, ehe Emmitt das Büro verlassen konnte.

»Nein«, antwortete dieser, verwirrt durch die merkwürdige Frage.

»Da bin ich ja beruhigt. Ich hatte schon erwogen, den Putztrupp damit zu beauftragen, alles zu desinfizieren. Ich dachte mir, Sie müssten krank sein, denn als Sie das letzte Mal hier waren, haben Sie ununterbrochen geredet. Alles Mögliche darüber, wie alles gemacht werden muss. Jetzt haben Sie plötzlich nichts mehr zu sagen.«

»Ich habe einen Auftrag ausgeführt. Ich habe das Meine getan. Sie werden das Ihre tun. Da ist nichts mehr zu sagen.« Emmitt vergrub die Hände in den Hosentaschen und seufzte gereizt.

»Ganz recht«, äußerte Asher sachlich. »Aber ich hatte trotzdem gedacht, Sie würden hier auftauchen und etwas anderes fordern. Ich war schon darauf vorbereitet, Sie zum Teufel zu schicken.«

»Tut mir leid, dass ich Sie dieses Vergnügens beraubt habe«, gab Emmitt zurück, während er erneut auf sein Handy sah. Immer noch nichts von Evie.

»Meinen Sie immer noch, dass es meine Zeit wert ist, mich mit Ihrem Bruder zu unterhalten? Das letzte Mal haben Sie mir das sehr empfohlen.«

»Mein Bruder ist ein guter Geschäftsmann. Sie sollten sich alles anhören, was er mit West Oil vorhat. Geben Sie ihm eine Stunde Zeit. Sie werden es nicht bereuen.«

Emmitt wandte sich um und verließ ohne ein weiteres Wort das Büro. Die Hälfte seiner Verpflichtungen war damit erledigt. Mathew würde jetzt bekommen, was er wollte. An ihm war es nun, sie von dieser Plage von einem Vater zu befreien. Es war Zeit, das zu tun, was er am besten konnte. Verschwinden.

# KAPITEL 33

»Sie ist etwas Besonderes«, sagte Charles, als er beobachtete, wie Emmitt sein Handy zum hundertsten Mal checkte. Er schnallte sich sorgfältig im Sitz direkt neben Emmitt an.

»Wir haben den ganzen Jet für uns, du brauchst nicht direkt neben mir zu sitzen«, seufzte Emmitt und verdrehte die Augen.

»Wir können uns ja unterhalten«, schlug sein Vater mit einem strahlenden Lächeln vor, das Emmitt ganz nervös machte.

»Wir haben uns nichts zu sagen.« Emmitt goss sich einen Drink ein, ohne sich die Mühe zu machen, seinem Vater auch einen anzubieten. »Du kannst dich glücklich schätzen, dass ich dir die Handschellen abgenommen habe.«

Charles massierte sich gedankenvoll die noch schmerzenden Handgelenke. »Du solltest sie nicht zurücklassen. Nimm sie doch mit. Sie würde sicher gern mitkommen. Das habe ich ihr angesehen, als du ihr gesagt hast, dass wir abreisen. Es ist noch nicht zu spät. Der Jet geht doch auf deine Rechnung. Du kannst dem Piloten sagen, dass er warten soll.«

»Sie kommt nicht mit«, beharrte Emmitt. »Ich tue ihr damit einen Gefallen, es jetzt zu beenden.«

»Richtig, dieses Argument kommt mir bekannt vor.« Sein Vater lachte, beherrschte sich aber schnell, als er sah, dass Emmitt mit den Zähnen knirschte. »Ich sage ja nur, dass es ein Witz ist, Leute vor dir selbst schützen zu wollen. Das ist ja auch gar nicht der echte Grund.«

»Ach nein?«, fragte Emmitt, in dessen Gesichtsausdruck sich Frustration und Ekel widerspiegelten. »Dann kläre mich doch bitte mal auf.«

»Du schützt sie nicht vor dir selbst, du schützt dich selbst vor den Gefühlen, die sie in dir auslöst. Vor der Tatsache, dass sie dich überhaupt etwas fühlen lässt, obwohl du so gut darin geworden bist, sie zu unterdrücken. Du kannst immer wieder behaupten, dass du es um ihretwillen tust, und du kannst damit viele Leute täuschen. Aber Männer wie du und ich —« Emmitt schnitt ihm das Wort ab, indem er mit der Faust gegen die Armlehne stieß.

»Ich bin dir überhaupt nicht ähnlich«, brüllte er. »Tu nicht so, als könntest du meine Beweggründe verstehen. Du hast noch nie einen Menschen mehr geliebt als dich selbst.«

»Da hast du vollkommen recht«, sagte Charles und hob beschwichtigend die Arme. »Du bist ein besserer Mensch als ich. Aber damit, dass du diesem Mädchen lieber jetzt als später das Herz brichst, ersparst du ihr gar nichts. Sag dem Piloten, er soll warten. Ruf sie an.«

Emmitt hielt sein Handy so fest, dass er es beinahe zerquetschte. »Wir haben Anschlussflüge gebucht. Ich kann nichts verzögern. Je eher du hier weg bist, desto besser.«

»Du hast immer noch nicht verraten, wo wir hinfliegen«, beschwerte sich Charles, der gar nicht glücklich darüber war, so wenig Kontrolle über die Situation zu haben.

»Du wirst es schon erfahren, wenn wir ankommen«, sagte Emmitt, nahm die Kopfhörer aus der Reisetasche und setzte sie sich auf. Er drehte die dröhnende Musik auf volle Lautstärke und schloss die Augen. Sein Vater würde immer weiterreden wollen, also beendete er ihre Unterhaltung auf diese Weise. Als die Kopfhörer im Rhythmus zu vibrieren begannen, gelang es ihm, an gar nichts mehr zu denken. Das vertraute Gefühl der Nichtigkeit durchströmte seinen Körper und er konnte endlich wieder atmen.

# KAPITEL 34

Evie war ganz übel vor Nervosität und weil sie Busfahren nicht vertrug. Sie waren nun beinahe angekommen; während die anderen Leute neben ihr gar nicht abwarten konnten auszusteigen, wollte sie sich am liebsten unter dem Sitz verstecken und die Nacht am Busbahnhof verbringen. Dann würde sie niemandem erzählen müssen, dass sie schon vor Monaten von dem Filmproduzenten gefeuert worden war. Dann würde sie nicht ihrer Mutter gegenübertreten und sehen müssen, wie katastrophal sich ihr Zustand verschlimmert hatte, seit sie die Behandlung abgebrochen hatte.

»Wollen Sie nicht hier aussteigen?«, fragte sie der alte Mann, dessen Augen schmal und eingesunken wirkten, mit einem schiefen Lächeln.

»Aber ja«, sagte sie gezwungen fröhlich, ergriff ihre Reisetasche und machte sich durch den schmalen Gang auf den Weg. Als sie ausstieg, spürte sie sofort den Unterschied, der praktisch in der Luft lag. Sie hatte gewusst, dass sie eines Tages hierhin zurückkehren würde; sie hatte gewusst, dass sie sich allem stellen musste, vor dem sie sich versteckt hatte, aber als sie nun wirklich hier war, empfand sie es schlimmer, als sie es sich je vorgestellt hatte.

Evie nahm den Rest ihres Bargeldes hervor und überlegte, wie sie am besten nach Hause kommen würde. Sie konnte ein Taxi nehmen oder ihren Bruder anrufen. Ein Taxi würde ihr wenigstens ein wenig länger gestatten, anonym zu bleiben. Sie könnte ihr Geheimnis ein wenig länger bewahren.

»Evie?«, erklang eine vertraute, fröhliche Stimme hinter ihr. »Was machst du denn hier?«

»Sara«, erwiderte Evie mit säuselnder Stimme, als ihre beste Freundin sich ihr in die Arme stürzte.

»Hast du eine Pause vom Filmen?«, fragte Sara, lehnte sich zurück und betrachtete ihre Freundin prüfend. Der trübe Ausdruck in Evies Augen verriet sie. »Ist alles in Ordnung?«

»Nein«, gestand Evie mit einem erstickten Schluchzen. »Es ist schrecklich. Alles ist ja so furchtbar.« Sara führte sie zu einer Bank und Evie erzählte ihr, was während der letzten Monate alles geschehen war. Die ganze traurige Geschichte über das Scheitern all ihrer Träume noch einmal zu erleben war schmerzhafter, als Evie es erwartet hatte.

»Du musst hier weg, Evie«, sagte Sara und blickte sich um, ob irgendwelche anderen Bekannten in der Nähe waren. »Du gehörst nicht hierhin. Das hast du noch nie. Wenn du jetzt hierbleibst, arbeitest du am Ende nur im Schnellimbiss und gibst die paar Cent, die du dort verdienst, alle deiner Mutter, um ihr bei der Genesung zu helfen. Dieser Ort«, flüsterte sie und machte eine umfassende Gebärde, »ist für jemanden wie dich zu klein. Steig lieber wieder in den Bus und versuche es noch einmal. Aber wenn du jetzt bleibst, sitzt du für immer hier fest. Das weiß ich einfach.«

»Aber was ist mit meiner Mutter?«, weinte Evie. »Ich kann doch nicht einfach wieder wegfahren und sie im Stich lassen.«

»Du wirst genau das erreichen, was du dir vorgenommen hattest, als du uns das erste Mal verlassen hast. Du wirst ungeheuer berühmt und dann hast du alles, was du brauchst, um ihr wirklich zu helfen. Wenn du bleibst, wird die Traurigkeit und Hilflosigkeit dich lähmen und zerstören.«

»Ich dachte, du würdest mir als Erste sagen, das hättest du dir ja gleich gedacht«, schniefte Evie.

»Das würde ich nie tun«, versicherte Sara. »Ich habe immer gewusst, dass du etwas Großes erreichen würdest, das deiner ganzen Familie hilft. Ich hatte zwar erwartet, dass du und ich mittlerweile auf dem roten Teppich in Fotos von Berühmtheiten erscheinen würden, aber ich bin gewillt zu warten.«

Sie lachten wie jemand, dem noch die Tränen in den Augen standen, aber dessen Niederlage von einem kleinen Hoffnungsschimmer erleuchtet wurde.

»Du musst ihn anrufen. Nach allem, was du mir über Emmitt erzählt hast, kann ich nur glauben, dass er sich genauso unglücklich fühlt, wie du es gerade bist. Du gehörst nicht an diesen staubigen, beschissenen Ort. Betrachte dich als ein Rettungsboot. Kehre nicht zu dem sinkenden Schiff zurück, sondern fahre los und hole Hilfe für uns.« Sara rempelte sie spielerisch mit der Schulter an und versuchte, sie zum Lächeln zu bringen. Evie tat ihr widerstrebend den Gefallen, aber sie hatte vor Sorge immer noch Magenschmerzen.

»Ich soll also einfach wieder abfahren?«, fragte Evie und zeigte auf den Bus. »Soll ich nach Texas fahren? Nach Boston? Ich weiß nicht, wo Emmitt hinwollte.«

»Folge deinem Herzen«, kicherte Sara. »Ich weiß, das klingt kitschig, aber es ist wahr. Und falls ich dich immer noch nicht überzeugt habe, motiviere dich damit.« Sara griff in ihre Handtasche, zog ein Namensschildchen daraus hervor und steckte es Evie an. »Bleib hier, dann kannst du dieses tolle Schildchen jeden Tag tragen. Du kannst neben mir stehen und Leuten Eis verkaufen, die tausend kostenlose Geschmacksproben verlangen und sich ganze Packungen von Papierservietten in die Tasche stopfen. Lauf weg, solange du noch die Gelegenheit hast.«

»Komm doch mit«, sagte Evie, die einen plötzlichen Adrenalinstoß verspürte. »Vergiss den Eisladen und die ganze Misere hier. Steig mit mir in den Bus.«

»Du bist auf der Suche nach Erfolg und dem Mann, den du liebst. Ich habe hier schon einen Mann gefunden«, sagte Sara, hob den Ringfinger und zeigte stolz auf einen schmalen Goldreif mit einem kleinen Diamanten.

»Sara?«, keuchte Evie. »Du hast dich mit Marty verlobt?«

»Allerdings«, erwiderte Sara glühend vor Stolz. »Wir haben noch kein Datum festgesetzt, aber seine Eltern überlassen uns ihre Ferienwohnung in Florida für die Hochzeitsreise. Ich brauche also nicht in den Bus zu steigen, aber du musst es tun.«

»Es kommt mir ganz verrückt vor«, sagte Evie und vergrub das Gesicht in den Händen.

»Was kann schon groß schiefgehen?«, ermutigte sie Sara. »Schlimmstenfalls kann ich dir ja schon mal einen Eisportionierer zurechtlegen.«

Evie nickte und ließ sich von ihrer ältesten Freundin umarmen. »Es tut mir leid, dass ich dich in den letzten Monaten nicht angerufen habe. Du musst mich für ein ganz arrogantes Miststück gehalten haben.«

»Ich hatte so meine Zweifel«, sagte Sara errötend. »Aber jedes Mal, wenn sie mir kamen, erinnerte ich mich daran, wie du mit mir zu Hause geblieben bist, anstatt zum Abschlussball der achten Klasse zu gehen, weil Billy mich sitzen gelassen hatte. Du warst es auch, die mir gezeigt hat, wie ich mein krauses Haar glätten kann, und die mir versichert hat, dass ich mit meiner Zahnspange lässiger aussähe als ohne, obwohl wir beide wussten, dass das eine Lüge war.«

»Ich nehme den Bus«, verkündete Evie, als müsste sie sich diese Neuigkeit selbst mitteilen.

»Braves Mädchen«, sagte Sara, winkte ihr zum Abschied noch einmal kurz zu und verschwand in der entgegengesetzten Richtung. »Ich darf nicht zu spät zur Arbeit kommen. Wer wird sonst das Pfefferminzeis mit Schokoladensplittern verkaufen?«

Während Evie ihrer Freundin nachsah, rechnete sie schnell im Kopf nach, wie viel Geld sie noch auf ihrem Konto hatte. Wenn sie wirklich wieder abfahren wollte, musste sie es gleich jetzt tun. Wenn sie weiter in die Stadt ging, ihren Bruder sah oder herausfinden würde, wo ihre Mutter war, wusste sie, dass sie sich diesen verrückten Plan wieder aus dem Kopf schlagen würde. Es war jetzt oder nie.

# KAPITEL 35

»Dies ist eine sehr kleine Rollbahn, also schnall dich an«, erklärte Emmitt seinem Vater, als er aus dem Fenster auf das trockene Land herabblickte.

»Wo auf Gottes grüner Erde sind wir denn?«, fragte Charles, der den Kopf rollte, um die Nackenschmerzen loszuwerden, und den steifen Rücken streckte.

»Sehr grün ist es hier nicht«, schmunzelte Emmitt, der sich fragte, wie sein Vater reagieren würde, wenn er herausfand, wo sie waren. »Wir sind in Botswana in Afrika. Jedenfalls werden wir das sein, wenn wir landen.«

»Was?«, fragte Charles und lehnte sich zur Seite, um einen Blick aus dem Fenster zu werfen. »Was zum Teufel machen wir denn hier?«

»Hier gibt es weit und breit keine Spielhölle«, lachte Emmitt, als er an die völlige Abgeschiedenheit dachte, in der sie sich befinden würden.

»Vergiss das Glücksspiel, gibt es hier eine Toilette oder müssen wir ein Loch in der Wüste graben?«

»Beruhige dich, es ist ein Luxushotel. Na ja, jedenfalls relativ gesehen.« Emmitt hatte diesen Ort wegen seiner Abgeschiedenheit ausgewählt. Es gab keinen Handyempfang. Nicht viele Touristen wagten sich so weit in die Wildnis. Sein Vater konnte mit niemandem aneinandergeraten, es sei denn mit einem Löwen. Und das würde bedeuten, dass sich das Problem von selbst erledigt hatte.

»Afrika?«, fragte sein Vater wieder, während er sich an die Armlehnen klammerte, um das Holpern und Stoßen des kleinen Propellerflugzeuges auszugleichen.

»Eine Frau ist auch hier.«

»Wie schön«, sagte Charles erfreut, wurde aber schnell enttäuscht.

»Es handelt sich um eine Ärztin, die auf Spielsucht und Verhaltensstörungen spezialisiert ist. Du bleibst hier, bis sie dich aus ihrer Behandlung entlässt. Du brauchst gar nicht erst zu versuchen, ihr was vorzumachen. Sie hat dreißig Jahre Erfahrung; du kannst nichts tun, was sie nicht schon einmal gesehen hätte. Du kannst also versuchen, dich mit der Wahnsinnsidee vertraut zu machen, deinen Zustand tatsächlich zu verbessern.«

»Sind wir denn hier überhaupt sicher?«, fragte Charles und betrachtete misstrauisch die kurze Rollbahn, der sie sich näherten.

»Ich habe ein paar Sicherheitsbeamte mitgebracht. Du brauchst gar nicht erst zu versuchen, sie zu bestechen, sie sind alte Kameraden von mir. Sie werden auch nicht auf dich hereinfallen.« Das Flugzeug kam rutschend zum Halten, nachdem es holpernd gelandet war.

»Wann fliegst du zurück?«, fragte Charles, der Emmitt aufmerksam betrachtete und offenbar versuchte, jede Änderung seines Gesichtsausdrucks zu interpretieren. Emmitt war zu klug, ihm einen Hinweis zu geben.

»Ich bleibe noch ein bisschen.«

»Warum? Ich habe eine Ärztin, abgelegener geht es nicht mehr und ich weiß, dass die Sicherheitsleute nicht zu meinem Schutz da sind, sondern um dafür zu sorgen, dass ich nicht abhaue. Ich sehe nicht, was du da noch zu tun hast.«

»Vielleicht will ich auf Safari gehen«, witzelte Emmitt, während er aus dem Fenster starrte und zusah, wie die neue Kulisse vor ihm Gestalt annahm. Um sie herum erstreckte sich ein trockenes, felsiges Plateau, gesprenkelt mit winzigen Punkten von stacheligen, grünen Büschen. In der Ferne gingen Lichter an, als die Sonne tiefer sank.

»Du versteckst dich«, sagte Charles und schüttelte tadelnd den Kopf. »Dieses Mädchen wird nicht ewig auf dich warten.«

»Sie heißt Evie und ich will gar nicht, dass sie wartet.«

»Weißt du, was die größte Tragödie meines Lebens war?«, fragte Charles, der immer noch Emmitt fixierte, um zu demonstrieren, wie ernst es ihm war.

»Kannst du das wirklich genau festlegen? Ich hätte gedacht, bei den unzähligen Dingen, die du vermasselt hast, wäre es schwierig, einen Fehler vom nächsten zu trennen.«

»Ich habe nicht Fehler gesagt. Ich sagte Tragödie.«

Emmitt verdrehte die Augen, unterbrach ihn aber nicht mehr. Das war die einzige Ermunterung zum Erzählen, die er geben würde.

»Ich habe mich in eine Frau verliebt, die dann aufgehört hat, mich zu lieben«, sagte er feierlich. »Nicht deine Mutter. Du wünschst dir sicher, dass sie es wäre.«

»Ich bin froh, dass du in ihrem Leben keine Rolle spielst.«

»Das weiß ich, aber da war ein Mädchen, das ich kennenlernte, als ich achtzehn war. Es war vor diesem ganzen Mist mit dem Glücksspiel. Sie hat mich sofort geliebt. Sie hat es mir gesagt. Und sie hat es mir immer gezeigt. Sie war warmherzig und liebevoll und nachsichtig. Sie hatte alle Eigenschaften, die man bei einem Mann wie mir braucht. Ich war zu sehr mit mir selbst beschäftigt; ich hatte damals andere Probleme, aber ich hatte damit zu kämpfen. Sie liebte mich zwei Jahre lang, obwohl sie wusste, dass ich ihre Gefühle nicht erwiderte. Als ich mich dann in sie verliebte, war es zu spät. Sie hat mich verlassen und ich habe endlich begriffen, was ich an ihr hatte. Aber da hatte ich sie schon verloren. Von allen Erfahrungen, die ich in meinem Leben gemacht habe, würde ich diese nicht einmal meinem schlimmsten Feind wünschen. Es ist, als ob man mit einer Feldflasche voll Wasser durch die Wüste wandert, und wenn man das Wasser dann braucht, stellt man fest, dass es die ganze Zeit über langsam aus der Flasche gesickert ist und sie jetzt leer ist. Du hast es die ganze Zeit in der Hand gehabt, aber es ist dir entronnen.«

»Evie glaubt fest daran, dass jeder gerettet werden kann«, stöhnte Emmitt frustriert. »Sie glaubt, jeder sollte eine Million Chancen haben, ganz gleich, was es sie kostet. Dem kann ich nicht gerecht werden und sie wird immer wieder von mir enttäuscht sein. Ich bin kein Mann, den eine Frau wie sie auf Dauer lieben kann. Ich bin nur eine Bodenschwelle, ein Umweg. Frauen wie Evie bleiben nur so lange bei mir, bis ihnen klar wird, was sie wirklich wollen. Ich bin derjenige, der sie zu ihrem Ehemann führt. Aber das ist immer ein anderer. Ich bin nicht der Mann, den sie für immer lieben kann.«

»Du hättest eine ganze Menge mit mir anfangen können«, seufzte Charles und sah alles andere als überzeugt aus. »Du hättest mich in irgendeiner der Höllen, in denen du stationiert warst, in eine Höhle werfen können. Du hättest mich in irgendeinem Gefängnis verschwinden lassen können. Diese Ärztin, die du extra für mich angestellt hast, kostet dich sicher ein Vermögen. Dieses Hotel mitten in der Wildnis ist auch nicht kostenlos. Glaubst du, dass ich hier draußen von meiner Sucht geheilt werden kann?«

»Wie kann ich das wissen?«, sagte Emmitt achselzuckend.

»Hoffst du es denn?«

»Ob ich das hoffe?«, erwiderte Emmitt verächtlich. »Ich bin keine Wunschfee. Ich bin kein zwölfjähriges Mädchen. Ich hoffe gar nichts. Entweder verwirkliche ich etwas oder ich gebe es auf.«

»Mich hast du aber nicht aufgegeben«, gab Charles selbstzufrieden zurück. »Deiner eigenen Logik zufolge hast du vor, dies zu verwirklichen. Du gibst mir eine Chance, die ich nicht verdient habe. Obwohl es dich viel Geld kostet. Das erinnert mich sehr daran, wie du Evie beschrieben hast.«

Emmitt wollte etwas erwidern, aber ihm fiel nichts ein. Er würde niemals laut sagen, er *hoffte*, dass sein Vater sich erholen würde. Keine Folter der Welt würde ihn dazu bringen, diese Worte zu äußern. Aber er musste zugeben, dass in einem versteckten Winkel seines Bewusstseins etwas war, das er nicht endgültig begraben konnte. Er sah sich mit seinem Vater auf dem Sofa sitzen und einen alten Zeichentrickfilm anschauen. Sie hielten beide eine Schale mit Cornflakes auf dem Schoß. Es musste an irgendeinem Samstagmorgen sein, an dem sonst nichts wichtig war und die Welt außerhalb ihres Wohnzimmers gar nicht existierte. Und wenn er es auch nicht laut sagen wollte, wünschte er sich doch, dass es tief im Inneren seines Vaters diesen Mann noch gab. *War wünschen etwas anderes als hoffen? Verdammt, wahrscheinlich nicht.*

»Bleib nicht hier«, bettelte Charles. »Verliebe dich nicht immer mehr in sie, während sie versucht, dich zu vergessen.«

Emmitt räusperte sich und wechselte abrupt das Thema.

»In einer Viertelstunde haben wir einen Termin mit der Ärztin.«

»Hast du gesagt, dass sie Verhaltenstherapeutin ist?«, fragte Charles arrogant. »Dann solltest du vielleicht auch einen Termin mit ihr vereinbaren.«

# KAPITEL 36

Evie hatte unterschätzt, wie viel Mut dazu gehörte, um einen Job zu bitten. Aber Sophie Barrington hatte es ihr ziemlich leicht gemacht. Und diese Frau hatte eindrucksvolle Verbindungen. Ehe sie wusste, wie ihr geschah, arbeitete Evie für eine kleine Schauspieltruppe, die bei vielen Wohltätigkeitsveranstaltungen zugunsten von Kindern auftrat. Es war keine anspruchsvolle Aufgabe, aber sie machte Spaß und lenkte sie ab, sodass sie beinahe ihren ganzen Herzschmerz vergessen konnte. Aber eben nur *beinahe*.

Abgesehen von der kostenlosen Verköstigung nach den aufwendigen Galaabenden war das Beste an diesem Job, dass sie sich Kontakte schaffen konnte. Viele bekannte Schauspieler und Schauspielerinnen stellten sich den Stiftungen freiwillig zur Verfügung, wenn sie gerade in der Stadt waren, und Evie gelang es, Verbindungen herzustellen, die sie angesichts ihrer Vergangenheit nie für möglich gehalten hätte. Sie tauschte mit einigen erfahrenen Berufsschauspielern Horrorgeschichten über verschiedene Filmregisseure und Produzenten aus, und obwohl sie keine außergewöhnlichen Angebote erhielt, tat es ihr wohl, zu wissen, dass sie damit nicht allein war. Alle rieten ihr immer wieder, *durchzuhalten und nicht aufzugeben.*

»Die Vorstellung heute Abend wird sicher niedlich«, sagte eine freundliche Kellnerin, die gerade ein frisches, weißes Tischtuch auf einen der fünfunddreißig Tische legte, die im Festsaal verteilt waren.

»Wir wollen die Kinder heute Abend richtig gut unterhalten. Ich glaube, es wird ihnen gut gefallen.« Evie ergriff die andere Hälfte des Tischtuches und half ihr, es gerade zu ziehen.

»Du brauchst nicht beim Eindecken zu helfen«, lachte die Kellnerin. »Wir haben hier eine Hierarchie und glaub mir, ich bin ganz unten.«

»Ich habe jede Menge Zeit«, scherzte Evie und begann, die Stühle zu entstapeln und aufzustellen. »Wenn ich nicht hier bin, sitze ich zu Hause und brüte über mein verkorkstes Leben. Darum ist dieser Job auch so gut für mich. Nichts rückt die Dinge besser in Perspektive als kranke, hungrige oder heimatlose Kinder. Wenn man das sieht, kann man sich selbst gar nicht leidtun.«

»Da hast du recht.« Die Kellnerin lachte. »Ich bin Lilly und ich bin dankbar für deine Hilfe, falls sich das jetzt nicht so angehört hat.«

»Ich heiße Evie und ich hoffe, ich habe jetzt nicht allzu deprimierend geklungen.«

»Ganz und gar nicht. Ich bin Weltmeisterin darin, zu Hause zu sitzen und Trübsal zu blasen. Manche Leute nähen, andere kochen dann. Ich trinke Wein und beschwere mich über meine verflossenen Freunde. Ich betrachte es als einen gelungenen Abend, wenn ich niemandem betrunken simse.«

»Ich schließe mein Handy jetzt nachts immer in eine Schublade ein«, kicherte Evie, die froh war, eine verwandte

Seele gefunden zu haben. »Und ich klebe Memos daran, um mich daran zu erinnern, warum ich ihn nicht anrufen soll.«

»Was für welche denn?«, fragte Lilly und sah vollkommen vertieft in ihre Arbeit aus.

»Der Hauptgrund ist, dass er mich nicht angerufen hat.«

»Wie lange ist die Trennung denn her?«, fragte Lilly voller Anteilnahme. »Ist es gerade erst passiert?«

»Ungefähr vor einem Monat«, antwortete Evie und konnte es immer noch nicht fassen, dass es schon so lange her war. Aber manche Dinge hatten begonnen, sich zu regeln. Das Geld, das sie sparte, hatte dazu ausgereicht, dass sie sich eine kleine Wohnung über einem indischen Restaurant mieten konnte. Sie hatte Kontakt mit ihrem Bruder aufgenommen und es war ihr gelungen, ihm so viel Geld zu schicken, dass er einen seiner Jobs aufgeben und seinen Wagen reparieren konnte. Nach einigen weiteren Aufführungen war der nächste Punkt auf ihrer Liste, ihre Mutter in ein Resozialisierungszentrum zu bringen, das zwar nichts mit ihrem Suchtverhalten zu tun hatte, aber zunächst einmal zum Ziel hatte, ihre Lebensverhältnisse zu stabilisieren. Die Kosten dafür waren tragbar und Evie hoffte, dass sich das in ein paar Wochen ergeben würde, wenn die Dinge sich weiterhin in die richtige Richtung bewegten.

»Vielleicht sollten wir nach der Aufführung ausgehen und unsere Männerprobleme vergessen«, schlug Lilly vor, während sie noch ein seidiges, weißes Tischtuch über einen Tisch breiteten.

»Vielleicht.« Evie zuckte die Achseln. »Ich habe noch nie besonderes Talent gehabt, Dinge loszulassen.«

»Ich auch nicht«, gestand Lilly errötend. »Ich habe bloß gedacht, dass die meisten das so machen. Wie ist es denn mit Freunden, hast du viele hier in der Stadt? Dein Handy hat bestimmt zehnmal geklingelt, seit wir angefangen haben, uns zu unterhalten. Jemanden musst du also kennen.«

»Bloß ein paar Leute, die ich in Texas kennengelernt habe. Ich schulde ihnen einen Anruf. Es sind Freunde meines Ex-Freundes. Ich wollte keine große Sache daraus machen, aber mir scheint, sie wollen den Hinweis nicht befolgen.«

»Manchmal ist es besser, sie einfach zurückzurufen und es ihnen offen zu sagen«, riet Lilly ihr. Evie nickte zustimmend und steckte sich das Handy in die Tasche. Nach ihrem Auftritt heute Abend würde sie Jessica zurückrufen. Es war genügend Zeit verstrichen und sie hatte das Gefühl, dass sie wieder auf eigenen Füssen stand.

»Ich werde sie anrufen«, sagte Evie selbstbewusst.

»Kann das warten, bis wir die Tische gedeckt haben? Das machst du wirklich gut.«

# KAPITEL 37

»Evie«, schimpfte Jessica. »Ich versuche schon seit drei Tagen, dich zu erreichen.«

»Ich weiß«, entschuldigte sich Evie. »Ich habe bloß versucht, eine Weile abzuwarten, ehe ich über alles reden wollte. Ich wollte dich nicht in eine peinliche Situation bringen.«

»Hast du es denn noch nicht gehört?«, fragte Jessica in einem Ton, bei dem sich Evie die Nackenhaare sträubten.

»Was gehört?«, stieß Evie heiser hervor.

»Emmitt hatte einen Unfall. Er wird gerade von Botswana zurückgeflogen.« Jessica hätte ebenso gut eine Fremdsprache sprechen können. Evie nahm kaum etwas davon auf.

»Botswana? Afrika? Warum war Emmitt in Afrika?«

»Er hat seinen Vater dort hingebracht. Er wurde dort behandelt, um ihn von seiner Spielsucht zu heilen. Soviel ich weiß, ging alles ganz gut. Sie haben sich sogar einigermaßen gut verstanden. Aber dann kam der Unfall mit dem Jeep dazwischen.«

»Ist er verletzt?«, fragte Evie und hielt sich auf dem Weg nach Hause am nächsten Laternenpfahl fest.

»Er muss am Bein operiert werden und seine Kopfverletzung scheint besorgniserregend zu sein. Aber die Familie war sich einig, dass er hier in Boston die beste Pflege bekommen würde. Wir sind jetzt alle hier versammelt. Libby und James sind gerade eingetroffen.«

»Hier in Boston? Du bist hier?«

»Ja, wieso? Du etwa auch? Bist du nie weggefahren? Als ich gehört habe, dass Emmitt ohne dich nach Afrika geflogen ist, habe ich angenommen, dass du nach Nebraska heimgekehrt wärst.«

»Ich bin in Boston«, erklärte Evie außer sich. Bei dem Gedanken, dass Emmitt gerade irgendwo über ihr war, um sicher zu einem Krankenhaus zu gelangen, wurden ihr die Knie weich. »Wann wird er hier sein? Wo bringen sie ihn hin?«

»Ich weiß es noch nicht genau«, sagte Jessica, die ihr Gespräch kurz unterbrach, um mit jemand anderem im Zimmer zu reden. »Komm einfach hierher. Ich schicke dir einen Wagen, wenn du mir sagst, wo du bist.«

»Ich komme gerade von der Arbeit«, antwortete sie und blickte zu den Straßenschildern um sie herum auf. »Ich bin unterwegs nach Hause. Hier ist ein Café, Brews Cruise. Ich kann hier warten.«

»Einverstanden, ich sage Mathew, er soll dir einen Wagen schicken. Halt die Ohren steif.«

»Vielleicht sollte ich das lieber nicht tun«, sagte Evie, die plötzlich innehielt und über die letzte Unterhaltung nachdachte, die sie mit Emmitt gehabt hatte. Danach war er nach Afrika geflogen und hatte seitdem kein Wort mehr mit ihr gewechselt. War es jetzt fair von ihr, nun einfach aufzutauchen, wenn er verletzt war?

»Evie, du musst kommen. Ich habe mittlerweile genug über diese Kalling-Männer gelernt, um zu wissen, dass du da sein musst, wenn er landet. Sie sind Experten im tatenlosen Zuschauen, wenn Dinge in die Brüche gehen; sie brauchen Leute, die gewillt sind, sie wieder zusammenzusetzen. Sie halten sich für stark, aber die wirklich Starken sind wir. Das bist du.«

»Ich komme mir aber gar nicht stark vor. Jedes Mal wenn ich an ihn denke, fühle ich mich eher schwach. Ich habe nie gewusst, wo dran ich mit ihm war, bis er endlich gesagt hat, dass er mich liebt. Ein paar Stunden später war dann plötzlich alles vorbei. Das muss ja wohl ein Rekord sein. Himmel, es muss eine Warnung sein. So schwer sollte es einem nicht gemacht werden.«

»Doch, so schwer sollte es sein. Du solltest so viel an ihn denken, dass er es auch dann spürt, wenn ihr getrennt seid. Du findest überall in deinem Leben kleine Teile von ihm, in allem, was du tust, in jedem Lied, das du hörst. Und so wird es wieder sein, wenn dies vorüber ist. Stell dir vor, wie schön es sein wird, wenn ihr euch versöhnt habt.«

»Vielleicht solltest du ihm diese Rede halten«, seufzte Evie. »Er findet sicher keine kleinen Teile von mir in allem, was er tut.«

»Der Wagen ist unterwegs zu dir. Als sie Mathew angerufen haben, um ihm von dem Unfall zu berichten, haben die Sanitäter gefragt, wer Evie ist. Offenbar hat Emmitt sie angefleht, dich zu holen. Du bist alles, was er will. Er hat vielleicht zugesehen, wie eure Beziehung in die Brüche ging, aber er will deine Hilfe dabei, sie wieder zusammenzuschweißen. Wenn der Wagen da ist, steig ein.«

# KAPITEL 38

»Ach du je«, sagte Evie, als sie das private Wartezimmer des Krankenhauses betrat, drehte sich auf dem Absatz um und ging schnell wieder hinaus. Mathew folgte ihr dicht auf den Fersen den Gang entlang.

»Wo willst du hin? Wir sollten bald etwas über Emmitt erfahren. Er ist gerade angekommen und wird jetzt untersucht.«

»Ich muss mich nur schnell umziehen. Ich habe nicht gewusst, dass eure Mutter schon hier ist.« Sie wies auf ihre rote Bluse und sah, wie seine Züge sich verhärteten.

»Du weißt darüber Bescheid?«, fragte er und richtete den Blick zur Decke. »Mir war nicht klar, dass du und Emmitt euch so nahegekommen seid. Mein Bruder hat noch nie eine Frau mit nach Hause gebracht, um sie meiner Mutter vorzustellen.«

»Es waren bloß merkwürdige Umstände, die mich ins Haus deiner Mutter verschlagen haben, sonst nichts.« Evie kniete sich nieder und begann, ihre große Handtasche zu durchwühlen. »Ich habe einen Pullover da drin. Er ist blau.«

»Glaub mir, Evie, wenn Emmitt nicht gewollt hätte, dass du meine Mutter kennenlernst, hätte er das unter keinen Umständen zugelassen. Er muss dir wirklich vertrauen. Meine Mutter befindet sich in einem zerbrechlichen Zustand, für den die meisten Leute wenig Verständnis zeigen.«

»Was ihn auch immer dazu bewogen haben mag, mich dorthin mitzunehmen, hat leider nicht gereicht, um uns zusammenzuhalten«, murmelte Evie, während sie sich den Pullover über den Kopf zog. »Ich hoffe ja so sehr, dass er sich wieder erholt«, sagte sie mit unnatürlich hoher Stimme und brach in Tränen aus.

»Ich auch«, gestand Mathew, dem dieser Gefühlsausbruch offensichtlich peinlich war. Sie wischte sich schnell die Tränen weg und versuchte, sich zu fassen, um zu hören, was Mathew zu sagen hatte. »Der Arzt hat mir versichert, dass er uns sofort Bescheid sagt, wenn die Untersuchungen abgeschlossen sind. Dies ist eines der besten Krankenhäuser des Landes und er ist der Chefarzt der neurochirurgischen Abteilung.«

»Was soll ich jetzt tun?«, fragte Evie, der ihre völlige Nutzlosigkeit auf die Nerven ging.

»Komm mit und tu, was wir alle tun«, sagte Mathew und wies auf das private, steril wirkende Wartezimmer hin.

»Was denn?«

»Warten, uns Sorgen machen und das Gefühl haben, dass wir mehr tun sollten.«

»Klingt gut«, lachte sie.

Als sie eintraten und Evie die blutunterlaufenen Augen und besorgten Blicke aller Anwesenden bemerkte, kam ihr der Ernst der Lage voll zu Bewusstsein. Während des letzten Monats hatte es viele Dinge gegeben, die Evie gern zu Emmitt gesagt hätte, und der Gedanke daran, dass etwas sie daran hindern könnte, machte sie vor Angst ganz krank.

»Hätte jemand gern etwas?«, fragte Libby, die immer bereit war, in der Not zu helfen. »Ich kann uns Kaffee besorgen.«

»Das wäre nett«, erwiderte James, stand von seinem Stuhl auf und ergriff seine Brieftasche.

»Ich helfe dir«, bot Evie an, wurde aber sofort von Emmitts Mutter zurückgehalten.

»Er möchte dich hier haben, Liebes. Er hat die ganze Zeit nur nach dir gefragt. Wir haben keine Ahnung, wie es ihm geht. Da er jetzt hier ist und gründlich untersucht wird, finden wir vielleicht heraus, dass es viel ernsthafter ist. Der Arzt hat uns gewarnt, dass Kopfverletzungen sehr kompliziert sind. Es gibt endlos viele Varianten.« Vor lauter Sorge hielt sie sich die Hand ans Herz. »Ich rede zu viel, aber ich will damit sagen, dass er nach dir gefragt hat. Ich möchte, dass mein Sohn bekommt, was er will, wenn er aufwacht. Und er will dich.«

Evie suchte nach Worten, aber ihr fiel nichts ein. Aller Augen ruhten nun auf ihr und sie spürte, wie ihr vor Nervosität die Wangen brannten.

»Störe ich?«, fragte ein großer, dunkelhäutiger Mann mit lockigem, weißem Haar, der gerade das Zimmer betrat. Libby und James unterbrachen ihre Aufnahme der Kaffeebestellung und es herrschte auf einmal Totenstille. Zum ersten Mal glaubte Evie die Bedeutung dieses Ausdrucks zu verstehen. Totenstill.

»Dr. Myers«, sagte Mathew, kam rasch nach vorne und begrüßte den Arzt mit einem festen Händeschütteln. »Wie geht es meinem Bruder?«

»Der Flug hat ihn sehr mitgenommen«, erklärte Dr. Myers, der ohne Umschweife gleich zum Wesentlichen kam. »Trotzdem war es die richtige Entscheidung, ihn hierher zurückzubringen. Wir haben wesentlich bessere medizinische

Einrichtungen, aber der Transport war schwierig. Um es kurz zu machen, Emmitt hat ein Schädel-Hirn-Trauma erlitten. Die dekompressive Kraniotomie in Botswana hat ihm das Leben gerettet. Aber diese Art von Verfahren erfordert konsequente Pflege und Überwachung. Und das können wir ihm hier bieten.«

»Was genau ist das denn?«, fragte Jessica schüchtern. »Eine Kraniotomie.«

»Ein Teil der Hirnschale wird herausgetrennt, um den Gehirndruck zu verringern, damit es sich so weit wie nötig ausdehnen kann. Bei uns ist das ein Routineeingriff, aber in Botswana war es eine Notversorgung und darum viel riskanter. Es ist ein gutes Zeichen, dass er es überlebt hat.«

Als sie die Worte *Schädeldecke* und *Hirn* hörte, verlor Emmitts Mutter die Fassung und konnte sich nicht länger aufrecht halten. Sie sank schluchzend James in die Arme. »Sein Hirn?«, rief sie aus. »Es blutet?«

»Ja, aber ich habe vor, das operativ zu beheben. Die Blutung ist relativ unbedeutend. Die Schwellung ist gestoppt und manche Ärzte würden empfehlen, sie zu beobachten und zu hoffen, dass sie von selber zurückgeht. Aber meiner Erfahrung nach ist es besser, dieses Risiko nicht einzugehen. Die Langzeitprognose könnte wesentlich verbessert werden, wenn wir die zurückgebliebenen Hämatome beseitigen.«

»Wie genau sieht die Langzeitprognose denn aus?«, fragte Mathew, dem es nicht gelang, das Zittern in seiner Stimme zu verbergen. »Ich dachte, er wäre bei Bewusstsein gewesen und hätte sogar sprechen können.«

»Unmittelbar nach dem Unfall konnte er das. Das war vor der Blutung und der Drucksteigerung in seinem Hirn. Ich muss sagen, die Ärzte in Botswana waren unglaublich proaktiv. Sie sorgten dafür, dass er genügend Sauerstoff bekam, und die

Kraniotomie hat ihm das Leben gerettet, wie ich bereits gesagt habe. Aber ich kann momentan nicht genau ausmachen, welche Körperfunktionen er vielleicht verloren hat. Kopfverletzungen sind unberechenbar. Es hängt vom individuellen Patienten ab, wie die Regeneration läuft, selbst wenn die Verletzungen sehr ähnlich sind.«

Evie versuchte, den kalten und sachlichen Ton zu ignorieren, in dem der Arzt Emmitts Zustand erklärte.

»Libby, James, würdet ihr wohl mit meiner Mutter nach unten gehen, damit sie eine Pause machen kann? Vielleicht etwas essen?« Mathew steckte die Hand in die Hosentasche und wandte sich halb um, damit er nicht zu sehen brauchte, wie seine zittrige Mutter aus dem Zimmer geführt wurde.

Als sie gegangen waren, fuhr er fort, Fragen zu stellen. »Dr. Myers, ich würde gern Genaueres darüber wissen, was meinem Bruder bevorsteht, wenn er aufwacht. Wenn jemand von euch lieber rausgehen möchte, steht euch das frei, aber ich muss es wissen.« Harlan, die bisher wie eine Flickenpuppe schweigend an der Wand gelehnt hatte, fand endlich ihre Stimme wieder.

»Ich auch«, würgte sie hervor. »Ich will es auch wissen.«

»Da gibt es ein breites Spektrum«, wiederholte Dr. Myers, setzte sich auf einen der weichen Stühle in der Ecke des Zimmers und schlug die Beine übereinander. »Der Schweregrad bleibender Auswirkungen und Schäden hängt davon ab, wie ernsthaft die Verletzung ist, welche Stelle des Hirns davon betroffen ist und vom Alter und dem allgemeinen Gesundheitszustand des Patienten. Emmitt ist gesund und fit, was ihm zum Vorteil gereicht. Aber es ist auch wichtig zu wissen, dass einige häufig auftretende Behinderungen kognitiver Art sein können, also Denkprozesse, Gedächtnis und Logik betreffen. Andere Probleme können im sensorischen Bereich bezüglich

Seh- und Hörfähigkeit, Tastsinn, Geschmacks- und Geruchssinn auftreten. Bei vielen meiner Fälle war das Kommunikationsvermögen, also Ausdruck und Verstehen, beeinträchtigt. Weniger häufige, aber schwerwiegende Behinderungen treten in Form von Verhaltensstörungen oder psychischen Problemen auf, wie Depressionen, Angstzuständen, Persönlichkeitsveränderungen, Aggressionen, Aus-der-Rolle-Fallen und sozial unangemessenem Verhalten.«

»In diesem Falle werden wir den Unterschied vielleicht gar nicht merken«, scherzte Mathew und alle lachten pflichtschuldigst. »Sein Verhalten war immer schon ziemlich unangemessen.«

Der Arzt zerbrach diesen kleinen Moment der Leichtherzigkeit wie eine Axt, die durch altes, morsches Holz fährt. »Ernsthaftere Kopfverletzungen können einen reaktionslosen Zustand zur Folge haben, den wir als PVS oder Wachkoma bezeichnen.«

»Es besteht also die Möglichkeit, dass er gar nicht aufwacht?«, fragte Evie mit vor Angst wogender Brust und erwartete die Antwort mit angehaltenem Atem.

»Dieses Risiko besteht immer bei Kopfverletzungen und Gehirnoperationen. Ich betrachte es nicht als meine Aufgabe, falsche Versprechungen abzugeben. Aber eines kann ich Ihnen versichern, solange er auf meinem Operationstisch liegt und sich in meiner Pflege befindet, werde ich ihn wie meinen eigenen Sohn behandeln.« Während im Zimmer fassungsloses Schweigen herrschte, erhob sich der Arzt. »Wir operieren, sobald die Einverständniserklärung unterschrieben ist. Ich lasse Sie durch jemanden auf dem Laufenden halten.«

»Wir danken Ihnen, Herr Doktor«, brachte Mathew schließlich hervor, als Dr. Myers schon beinahe draußen war. Danach saßen alle eine halbe Ewigkeit lang schweigend da und versuchten, mit der Realität von Emmitts Prognose fertigzuwerden. Was wäre, wenn er nie mehr aufwachte? Was, wenn er aufwachte, aber weder sehen noch hören könnte? Wenn er für den Rest seines Lebens mit grauenvollen Leiden und Behinderungen zu kämpfen hätte?

»Er würde es verabscheuen«, sagte Harlan leise und brach damit das Schweigen. »Von allen Leuten, die ich je gekannt habe, fällt mir niemand ein, der dies mehr verabscheuen würde als Emmitt. Wenn er nicht mehr derselbe ist, wenn er aufwacht, wird er nicht mehr leben wollen.«

»Falls er aufwacht«, korrigierte sie Mathew, wurde aber schnell von Jessica zum Schweigen gebracht, die entschlossen war, etwas Optimismus zu verbreiten.

»Er wird aber aufwachen, und ganz gleich, welche Probleme er dann haben mag, er hat viele Leute, die ihm dabei helfen.«

»Dad«, sagte Harlan und schüttelte bei diesem Gedanken den Kopf. Ihr langes, braunes Haar hing ihr strähnig ums traurige Gesicht.

»Was ist mit ihm?«, fragte Mathew leicht gereizt.

»Wir sollten ihn anrufen und ihm Bescheid sagen. Er macht sich sicher Sorgen.«

»Nein«, widersprach Mathew ihr. »Er ist der Grund dafür, dass sich Emmitt überhaupt dort aufhielt. Wenn er nicht wäre –«

Evie unterbrach ihn mit lauter Stimme. »Nein, daran bin ich schuld. Meinetwegen hat er seinen Vater ans Ende der Welt bringen müssen. Er war meinetwegen in Afrika. Ihr kennt nicht die ganze Geschichte.«

»Doch, ich schon«, stellte Mathew richtig. »Und Harlan ebenfalls. Emmitt hat uns ganz genau berichtet, was passiert ist, und wir haben ihm gesagt, wie idiotisch es von ihm war, dich fortzuschicken. Du hast in jener Nacht etwas unglaublich Mutiges getan.«

»Und du hast meinem Vater das Leben gerettet«, warf Harlan ein. »Auch wenn er es nicht zu verdienen schien, gerettet zu werden, sollst du wissen, dass ich dankbar bin. Mathew und Emmitt haben ihre eigenen Ansichten über ihn, und das verstehe ich auch. Ich will ja nur die Gelegenheit haben, mir meine eigene Meinung zu bilden. Und du hast sie mir verschafft. Also gib bitte nicht dir die Schuld an irgendetwas von dem, was geschehen ist.«

»Sie hat recht«, pflichtete Mathew bei. »Jedenfalls zur Hälfte. Ihre Gefühle für meinen Vater kann ich nicht gutheißen, aber ich bin froh, dass du da warst. Und dass du so gehandelt hast.«

»Er verdient es, Bescheid zu wissen«, sagte Harlan wieder. »Sie haben sich gut verstanden. Zwischen ihnen ist alles ganz gut gegangen. Als ich das letzte Mal mit Emmitt telefoniert habe, hat er zuversichtlich geklungen.«

Mathew vermied es, Harlan direkt anzusehen. Er hielt ihr den Rücken zugewandt, während er darüber nachdachte. »Ich habe letzte Woche mit ihm gesprochen und er hat gesagt, dass der Aufenthalt Dad guttue. Sie hatten begonnen, zusammen Ausflüge zu machen, um sich den Chobefluss und die Wildtiere anzusehen. Er hörte sich ganz optimistisch an, und das will bei Emmitt schon etwas heißen.«

»War er glücklich?«, fragte Evie, die sich noch nie im Leben in einem solchen Zwiespalt befunden hatte, was die Antwort betraf. Ein Ja würde ihr Frieden geben, denn es würde bedeuten, dass er ein gemeinsames Ziel und Hoffnung mit seinem Vater teilte, aber es würde ebenfalls beweisen, dass er nicht annähernd so sehr wie sie unter der Trennung litt. Der

Zweifel stand ihr wohl ins Gesicht geschrieben, denn Harlan gab ihr die Antwort.

»Er hat es für dich getan«, versicherte sie mit einem süßen Lächeln. »Gewöhnlich zeigt mein Bruder den Leuten gern, dass sie im Unrecht sind. Wir machen uns immer darüber lustig, dass sein Motto lautet: *Ich habe es dir ja gleich gesagt.* Aber einige der Dinge, die du zu ihm gesagt hast, hat er auch akzeptiert. Er hat gesagt, dass die Stille dort draußen ihm viel Zeit zum Nachdenken gibt.«

»Er wird es schon schaffen«, sagte Mathew, als beide Frauen mit den Tränen kämpften bei dem Gedanken daran, dass Emmitt nicht mehr da sein könnte und sie sich vielleicht nie wieder gegenseitig ärgern und mit ihm unterhalten könnten. »Emmitt ist ein sturer Mistkerl. Wenn er uns weiter nerven kann, gibt er unter keinen Umständen auf. Wenn es nach ihm geht, werden wir ihm sagen, er soll den Mund halten, ehe wir uns dessen versehen.«

# KAPITEL 39

»Du musst hingehen«, sagte Evie schließlich, die sich nicht länger vornehm zurückhalten konnte. »Emmitt hat getan, was er konnte, um dir dieses Treffen mit Asher zu ermöglichen. Das hat er unbedingt gewollt.« Das kleine, private Wartezimmer war jetzt vollgestopft mit Mänteln und Krankenhausdecken. Leere Styroporbecher standen auf den beigen Tischchen, die sich in regelmäßigen Abständen zwischen den beiden Stuhlreihen befanden.

»Wir müssen hierbleiben«, widersprach Mathew. »Zumindest ich. Emmitt befindet sich seit drei Tagen in einem künstlichen Koma. Der Eingriff war ein Erfolg und er kann jetzt jederzeit aufwachen. Mom musste nach Hause, es war alles zu viel für sie. Aber ich werde hier gebraucht.«

Evie ging an der Tür auf und ab, während sie überlegte, wie lautstark sie ihre Meinung zum Ausdruck bringen konnte. »Emmitt wollte etwas für dich tun. Das war ihm sehr wichtig.«

»James, du kannst ja ohne mich hingehen«, fuhr Mathew fort, als hätte Evie gar nichts gesagt.

»Wir sollten es verschieben«, schlug James vor. »Ich bin

nicht so gut mit den Zahlen. Unsere einzige Chance, Asher Barrington zu überzeugen, will ich uns nicht versauen.«

»Wir kriegen nur eine Chance«, stimmte Mathew zu. »Und das heißt, dass Verschieben nicht infrage kommt.«

»Du gehst hin«, brüllte Evie und schlug sich mit der Faust in die Handfläche. Mathew und James verstummten erschrocken und starrten sie an. Evie wusste, dass sie ziemlich wild aussah. Sie hatte ihr Haar in einen losen Knoten hochgesteckt, aber er hatte sich zum Teil wieder aufgelöst. Ihr Pullover war mit Kaffeeflecken übersät und ihre Fingernägel waren abgekaut. Sie konnte die Funken praktisch spüren, die wie im Wahnsinn aus ihren Augen blitzten. Wut, Erschöpfung und Sorge hatten sich in ihr angesammelt und nun kochte sie über. »Geh duschen, zieh einen deiner viel zu teuren Anzüge an und begib dich zu dem Treffen, denn genau das hat Emmitt gewollt. Er hat auf seine Art endlich etwas für dich tun wollen. Das darfst du ihm nicht nehmen. Wenn er aufwacht und herausfindet, dass du abgesagt hast, wird er dir das nie verzeihen.«

»Sie hat recht«, stimmte James ihr zu und knackte mit den Knöcheln. »Ich habe Emmitt schon viel egoistischen Mist bauen sehen, aber als er nach Boston gekommen ist und für Asher gearbeitet hat, hat er das für dich gemacht.«

»Ich rufe dich an, wenn hier irgendeine Änderung eintritt. In zwanzig Minuten kannst du wieder hier sein. Ich glaube, Asher wird es unter den gegebenen Umständen verstehen, wenn das Treffen etwas kürzer ausfällt.«

»Harlan wird ja auch bald zurück sein«, erinnerte Jessica sie. »Sie wollte bloß schnell nach den Mädchen und deiner Mutter sehen. Wenn Emmitt aufwacht, wird er viele vertraute Gesichter um sich haben. Libby holt uns etwas zum Mittagessen. Es wird schon alles gut gehen.« Jessica lehnte sich zu ihm hinüber, legte die Hand um Mathews Wange, küsste ihn und hielt ihn eine Weile so, um ihn zu beruhigen.

Das Zimmer wirkte leer, als sie gegangen waren. Evie und Jessica ließen sich auf Stühle fallen und ächzten im Chor. »Das alles ist so furchtbar«, sagte Jessica und kniff die Augen zu. »Vor ein paar Monaten haben wir noch rumgesessen und miteinander gealbert. Ich kann nicht fassen, dass Emmitt jetzt hier ist und darum kämpft, bloß aufzuwachen.«

»Hallo?«, sagte Dr. Myers und klopfte leise an die Tür. Jessica und Evie sprangen auf, als hätte sie jemand wie Marionetten genau zur gleichen Zeit an ihren Fäden hochgezogen. »Emmitt wacht auf. Die Medikation wurde schon vor einer ganzen Weile reduziert, aber jetzt scheint er endlich auf Stimuli zu reagieren. Ich glaube, jetzt ist der richtige Zeitpunkt für Sie, zu ihm zu gehen.«

»Alle anderen sind gerade unterwegs«, sagte Jessica in wilder Panik. »Ich rufe sie jetzt zurück. Geh du schon mal, Evie. Dich will er sehen, wenn er aufwacht.«

»Ich erwarte nicht, dass er gleich voll bei Bewusstsein sein wird«, warnte der Arzt. »Es braucht sich niemand zu beeilen. Es dürfen ohnehin immer nur zwei Leute auf einmal zu ihm.«

»Gib Mathew und James noch etwas mehr Zeit«, sagte Evie, die versuchte, ihr zerzaustes Haar zu bändigen und sich die verlaufene Wimperntusche unter den Augen wegzuwischen. Es würde Emmitt ganz gleich sein, wie sie aussah, denn er würde sicher selbst sehr mitgenommen aussehen, aber sie wollte trotzdem nicht, dass er sich darüber sorgte, wie müde sie erschien.

»Folgen Sie mir«, sagte Dr. Myers, der ihr bereits die Hälfte des Ganges entlang so schnell vorausgeeilt war, wie es die Krankenhausarbeit an einem hektischen Tag wohl immer notwendig machte.

»Er ist noch intubiert«, erklärte Dr. Myers. »Wenn er aufwacht, ist es ganz natürlich, dass er sich dagegen wehren wird. Sie müssen dafür sorgen, dass er ruhig bleibt. Reden Sie mit ihm, erklären Sie ihm, wo er sich befindet und dass alles in Ordnung ist. Die Krankenschwestern und ich werden auch im Zimmer sein und versuchen, jegliche Anzeichen kognitiver Defizienz oder möglicherweise eingeschränkter körperlicher Funktionen festzustellen. Wir werden damit beschäftigt sein; Sie sollen inzwischen mit ihm reden.«

»Was meinen Sie damit, wenn Sie sagen, dass er sich vielleicht gegen die Intubation wehren wird?«, fragte Evie, die unwillkürlich an die breiten Schultern und großen Hände des Emmitts dachte, den sie gekannt hatte, und sich mit Schaudern vorstellte, wie er mit allen im Raum kämpfen würde.

»Er wird aus der Narkose aufwachen und noch schwach sein, aber wir werden uns bemühen, ihn ruhig zu halten. Nach dem Eingriff an seinem Gehirn muss er ruhig bleiben und still liegen. Sie machen das schon.«

Evie war zumute, als hätte man ihr gerade aufgetragen, ein Flugzeug zu fliegen. Als wäre sie jetzt im Cockpit und sollte das Ding zum Abheben bringen, ohne zu wissen, welche Kontrollen sie dazu benutzen musste.

Als Dr. Myers seine Kennkarte durch den Kartenleser führte und sich die elektronische Doppeltür öffnete, wäre Evie am liebsten weggelaufen. So musste es Emmitt jedes Mal zumute sein, wenn er es mit jemandem zu tun hatte, der verzweifelt seine Hilfe brauchte und von ihm erwartete, dazubleiben, die Gefahr abzuwenden und alles in Ordnung zu bringen. Sie erfuhr den Flucht- oder Kampfinstinkt am eigenen Leib und hatte auf einmal für Emmitts Drang, wegzulaufen, viel mehr Verständnis.

Dr. Myers nickte ihr kurz zu und näherte sich Emmitts

Bett. »Emmitt, Mr. Kalling, können Sie mich hören?«, fragte er mit lauter Stimme, während er eines von Emmitts Augenlidern hochschob und ihm mit einem winzigen, hellen Licht ins Auge leuchtete. Zur Antwort kam ein leises Stöhnen aus Emmitts Kehle und verursachte Evie wildes Herzklopfen. Das Stöhnen verwandelte sich in ein lang gezogenes, leises Wimmern, als Emmitt seine mit Klebeband und Kabeln beschwerte Hand auf seinen Mund zubewegte.

»Sie haben noch einen Schlauch in der Kehle, Emmitt«, erklärte Dr. Myers ruhig und winkte Evie zu sich heran. »Wir werden ihn gleich entfernen. Wir wollen bloß zuerst sicherstellen, dass Ihr Blutdruck und Ihr Herzschlag stabil sind. Evie ist hier bei Ihnen. Sie wird dabei Ihre Hand halten.«

Evie kam zögernd und beschämend langsam näher, wenn man bedachte, wie schnell, zielbewusst und zuversichtlich sich alle um sie herumbewegten.

»Reden Sie mit ihm, meine Liebe«, sagte Dr. Myers und obwohl er leise sprach, war seine Aufforderung mehr ein Befehl als ein Vorschlag.

»Ich bin hier, Emmitt«, sagte Evie leise und verschlang ihre Finger mit den seinen. »Du bist im Krankenhaus und alles wird wieder gut, aber du musst jetzt still liegen.« Seine Hand klammerte er fest an ihre, während er sich aufbäumte und sein Wimmern zu einem Urlaut des Schmerzes anschwoll. »Es ist alles in Ordnung«, ermutigte sie ihn, aber er schien sie nicht hören zu können. Seine Augen waren zwar geöffnet, aber sein Blick blieb an nichts hängen, sondern huschte ziellos im Zimmer umher, panisch und voller Angst.

»Husten Sie mal, Emmitt«, sagte Dr. Myers in einem aufmunternden, positiven Ton. Einen Moment später war der Schlauch auch schon entfernt und Emmitt rang nach Luft und schluckte. »Legen Sie sich zurück und bleiben Sie ganz ruhig liegen«, wies Dr. Myers ihn an.

»Evie«, flüsterte Emmitt mit brüchiger Stimme.

»Ich bin ja da«, sagte Evie unter Tränen. »Ich bin hier bei dir und ich bleibe auch hier. Ich liebe dich.«

Er nickte mit dem Kopf, ganz kurz nur, und schloss dann die Augen. »Ruhen Sie jetzt ein bisschen«, sagte Dr. Myers und tätschelte Emmitt die Schulter. »Sie sind in guten Händen, wie ich sehe.« Er warf Evie einen wissenden Blick zu und lächelte. »Ich bin in der Nähe, wenn Sie etwas brauchen, und wir kommen gleich wieder, um Sie zu untersuchen.«

»Deine ganze Familie ist unterwegs zu dir«, versicherte ihm Evie und küsste ihn auf die stoppelige Wange. Der Kopfverband hinderte sie daran, ihm übers Haar zu streichen. »Sie werden alle bald hier sein.«

»Unvorbei«, lallte er undeutlich.

»Was?«, fragte Evie und beugte sich näher zu ihm.

»Evie«, wiederholte er, »unvorbei.«

»Herr Doktor«, rief sie in den Flur hinaus, »er versucht, etwas zu sagen, aber ich glaube nicht, dass er es richtig herausbringt. Es macht keinen Sinn.«

»Schon gut«, sagte Dr. Myers beruhigend, war aber beunruhigend schnell zur Stelle. »Treten Sie bitte ein wenig zurück, Evie.«

Sie versuchte, ihm die Hand zu entziehen, aber er hielt sie fest. Dabei zerquetschte er ihre Finger mit seinen beinahe. »Er will nicht loslassen«, sagte Evie und versuchte, Platz zu machen. Dr. Myers lächelte bloß. »Sein Griff ist fest. Ein gutes Zeichen. Können Sie etwas sagen, Emmitt? Sprechen Sie mir nach.«

Evie war es, als ob sich der Boden unter ihren Füßen drehte. Wie ein Karussell, dem sie nicht entrinnen konnte.

Emmitt konnte nichts wiederholen, was Dr. Myers ihm vorsprach. Das einzige Wort, das er klar sagen konnte, war ihr Name.

»Ruhen Sie noch ein wenig«, empfahl Dr. Myers, aber zwischen seinen dichten Brauen stand eine Falte, die Evie beinahe das Herz stehen bleiben ließ.

»Ist etwas nicht in Ordnung?«, fragte Evie voll panischer Angst.

»Warten wir ab, bis noch jemand von seiner Familie eintrifft«, sagte Dr. Myers und räusperte sich. »Ich sehe mal im Wartezimmer nach, ob sie schon da sind.«

Dr. Myers war bereits verschwunden, ehe Evie ihn bitten konnte, dazubleiben und alles wieder in Ordnung zu bringen. Den Mann, den sie liebte, wieder heil zu machen. »Es wird alles wieder gut, Emmitt«, versprach sie ihm mit zitternder Stimme und legte ihm ihre kühle Hand auf die warme Wange. »Erinnere dich nur an diese Nacht«, wisperte sie und lehnte sich ganz nahe zu ihm. »Denk an diese Nacht, als wir draußen auf dem Wasser waren. Weißt du noch, wie du gelacht hast, als ich beinahe hineinfiel? Denk an unsere wilden und wunderbaren Nächte.«

»Evie«, sagte er und lächelte überglücklich. Er hatte nun die Augen geschlossen und sie betrachtete dies als ein Geschenk, denn so konnte er weder die Angst in ihrem Blick noch die Tränen auf ihren Wangen oder ihre zitternden Hände sehen.

»Denk an unsere Nächte.«

# KAPITEL 40

»Ich kann immer noch nicht fassen, dass du hierhin zurückkehren wolltest«, sagte Evie und gähnte, als sie die Folgen des Jetlags voll zu spüren begann. Aber wenigstens befand sie sich in guter Gesellschaft. Der Einzige in der Gruppe, dem die lange Reise und der Zeitunterschied nichts auszumachen schien, war Mathew, der oft auf Dienstreisen gehen musste. Harlan, ihre Mutter, ihre Töchter und selbst Jessica sahen völlig erschöpft aus.

»Es geht mir nicht nur um die Reise«, erklärte Emmitt, während er zum scheinbar millionsten Mal versuchte, sich beim Gehen kaum auf seine Krücke zu verlassen. Die operativen Eingriffe an seinem Bein und seinem Gehirn waren erfolgreich gewesen, aber die Reha war ihm zu langsam und Emmitt hasste alles Langsame. Im Laufe der Zeit war eine vollständige Wiederherstellung zu erwarten, solange er gewillt war, konsequent daran zu arbeiten.

»Aber an den Ort zurückzukehren, an dem du den Unfall hattest«, bemerkte Harlan und wischte sich den Schweiß von der Stirn, »erscheint mir irgendwie makaber.«

»Ich will euch allen etwas zeigen. Darum sind wir hier.«
Emmitt griff nach der Reisetasche seiner Schwester, aber
Mathew kam ihm zuvor.

»Ich kümmere mich ums Gepäck, konzentriere du dich
darauf, aufrecht zu bleiben.« Mathew wuchtete das Gepäck auf
einen Leiterwagen und scheuchte seinen Bruder weg.

»Gefällt es dir, Mom?«, fragte Emmitt hoffnungsvoll und
wies auf das Hotel. »Es sieht von außen nicht besonders aus,
aber es ist wirklich mit nichts zu vergleichen, was ich bisher
kennengelernt habe.«

»Solch eine ungeheure Weite«, antwortete sie und breitete
die Arme aus. »Ich habe ein bisschen Angst«, gestand sie
ihrem Sohn und rieb ihm die Schulter. »Aber ich freue mich
auch.«

Emmitt ging mit ihnen zum Empfang und versicherte
ihnen, dass in allen ihren Räumen die Klimaanlage funktio-
nierte. »Ihr werdet euch hier sehr wohlfühlen. Ganz
bestimmt.«

Harlan schickte die Mädchen schon einmal mit Jessica
voraus und versuchte, unbemerkt mit ihrem Bruder zu reden.
»Wir werden Dad besuchen, nicht wahr? Geht es noch gut mit
ihm?«

»Dad hält sich großartig«, erwiderte Emmitt so laut, dass
sich alle nach ihm umdrehten. »Ich bin stolz auf ihn.«

»Entschuldige«, sagte Mathew, der sich zwingen musste,
nicht allzu schockiert auszusehen. »Wir müssen uns alle erst
noch an den neuen, fröhlichen und optimistischen Emmitt
gewöhnen. Das müssen wir erst mal verdauen.«

»Dem Tod so nahe zu kommen gibt einem eine ganz
andere Perspektive vom Leben«, sagte Emmitt und legte
seinem Bruder einen Arm um die Schultern. »Aber unter
normalen Umständen kann ich es nicht empfehlen.«

»Du hast uns immer noch nicht verraten, was wir alle hier machen«, meldete sich Evie, während sie durch die Eingangshalle des Hotels hindurch direkt zum Hof dahinter gingen.

Emmitt führte sie zu Stühlen, die offensichtlich für sie im Halbkreis aufgestellt worden waren. Charles saß bereits auf einem davon und obwohl die Begrüßung etwas zögernd und reserviert ausfiel, sagten ihm alle Guten Tag.

»Der Unfall hat mir nichts weggenommen«, begann Emmitt, als alle sich gesetzt hatten. Er ging vor ihnen etwas nervös auf und ab, immer noch leicht verärgert darüber, dass er noch mit Stock gehen musste. »Botswana hat mir nichts weggenommen. Es hat mir im Gegenteil sogar etwas gegeben. Ich bin in Wüsten gewesen, ich bin im tropischen Regenwald gewesen und an Stränden auf der ganzen Welt. Aber hier habe ich eine Ruhe und ein Gleichgewicht gefunden, die mir noch nirgendwo anders begegnet sind. Und dadurch begann ich auch, endlich alles zu hören, was die Menschen zu mir gesagt hatten. Die Dinge, denen ich mich bisher immer verschlossen hatte.«

»Du wirst also endlich all meine brillanten Ratschläge befolgen?«, scherzte Mathew, verstummte aber unter Jessicas tadelndem Blick.

»Gewissermaßen schon«, nickte Emmitt. »Aber hauptsächlich konnte ich die Dinge hören, die Evie zu mir gesagt hatte. Ich hörte ihre Definition von Hoffnung, und da Dad ja auch hier ist, begann ich schließlich, sie zu verstehen. Es ging nicht darum, bei allem Perfektion als Maßstab zu setzen, sondern darum, kleine Imperfektionen zu tolerieren, während man daran arbeitet.«

»Das ist wunderbar«, äußerte seine Mutter stolz, während sie mit einer losen Haarsträhne spielte. Diese Reise stellte eine enorme Belastung für sie dar und Emmitt war ihr so dankbar dafür, all dies auf sich zu nehmen, um ihm zu helfen. Er hatte sie darum gebeten und sie war sofort für ihn da.

»Ich möchte hier in Botswana ein Behandlungszentrum einrichten, das sich auf Hoffnung konzentriert. Es soll auf Suchtkrankheiten aller Art spezialisiert sein und von auf ihrem jeweiligen Gebiet führenden Fachärzten geleitet werden.«

»Hier?«, fragte Evie, die immer noch etwas verstört aussah angesichts dieser Landschaft. Von solch einer ungeheuren Weite umgeben zu sein, die sich bis ins Unendliche erstreckte, war ungewohnt für sie.

»Ja«, lächelte Emmitt. »Genauer gesagt, etwa zwei Kilometer von hier entfernt, aber ich habe gedacht, euch ein unbebautes Stück Land zu zeigen, das ich gekauft habe, würde nicht viel Sinn machen. Ihr müsst einfach eure Fantasie spielen lassen.«

Harlan, die immer wieder ihren Vater von der Seite ansah, nickte zustimmend. »Ich finde, das ist eine fantastische Idee. Du könntest damit so vielen Menschen helfen.«

Evie sah nervös aus, zwang sich aber, ermutigend zu lächeln. »Du willst hierbleiben?«, fragte sie und machte eine umfassende Gebärde. »Du willst in Botswana leben?«

»Zumindest für eine Weile. Ich hatte gehofft, du und ich könnten das gemeinsam machen«, schlug er vor. »Der Standpunkt hier hat es mir ermöglicht, einige Maßnahmen zu treffen, um die Dinge in Gang zu bringen, bis das geplante Behandlungszentrum gebaut werden kann. Das bedeutet, es könnte einigen Menschen bereits jetzt schon geholfen werden.«

»Ich habe vor zwei Monaten meine Mutter in ein Resozialisierungszentrum gegeben. Ich glaube nicht, dass ich so einfach für längere Zeit nach Afrika ziehen kann. Ich muss für sie erreichbar sein.« Evies Augen wirkten glasig und nervös, und Emmitt hatte ein schlechtes Gewissen, weil er noch mehr Unsicherheit in ihr Leben gebracht hatte. Sie hatte ihm bei seiner Behandlung und Heilung unermüdlich zur Seite gestanden. Und so sehr er es verabscheute, durch den Unfall so geschwächt zu sein, war dadurch seine Liebe zu ihr noch stärker geworden.

»Dieses Zentrum beschäftigt sich nicht mit ihrer Sucht. Sie bekommt dort weder auf psychischer noch auf physischer Ebene irgendwelche Unterstützung. Sie kann zwar dort wohnen, aber sie kann nicht geheilt werden.«

»Das weiß ich ja«, gab Evie zurück und klang nun ein wenig verärgert. »Aber es ist die beste Alternative, die ich im Moment habe angesichts der Tatsache, dass sie eine weitere Entziehungskur abgelehnt hat. So weiß ich wenigstens, wo sie wohnt und wo sie sich meistens aufhält.«

»Sie ist bereit, sich behandeln zu lassen«, sagte Emmitt listig. »Sie ist bereits seit beinahe zwei Wochen hier, und obwohl sie noch davor zurückschreckt, uns alle zu treffen, ist sie sehr froh darüber, dass du hier bist. Und was noch wichtiger ist, sie ist froh, dass sie hier ist.«

»Meine Mutter ist hier?«, fragte Evie ungläubig. »Wie hast du denn das geschafft? Sie hat sich strikt geweigert, als ich es ihr vorgeschlagen habe.«

»Ich bin deinem Rat gefolgt«, erklärte Emmitt und gestikulierte aufgeregt vor Freude, dass er endlich all seine Neuigkeiten loswerden konnte. »Suchtkranke sind nicht aus Spaß süchtig. Tief drinnen hat deine Mutter genug davon. Sie hat auf einen Ausweg gewartet und dies war ihr das Risiko wert. Als ich ihr erzählt habe, wie es hier draußen ist, was sie erwarten kann und dass du ihr hier bei jedem Schritt auf dem Weg beistehen würdest, war sie ganz begeistert. Es tut mir leid, dass ich dir nichts davon gesagt habe, aber ich wollte ihr etwas Zeit geben, sich zu entscheiden, ob sie hierbleiben und der Sache eine Chance geben wollte. Bisher ist es gut gelaufen. Sie ist bei einem Spezialisten in Behandlung und sie machen viel mehr als bloß eine Entziehungskur. Dieser Therapieansatz richtet sich an Körper, Geist und Seele.«

»Es ist eine riesige Umstellung«, meldete sich Charles, der nicht sicher war, ob irgendjemand seine Meinung hören wollte, aber trotzdem weitersprach. »Ich war zuerst auch skeptisch. Aber Emmitt hat recht; wenn man nach Botswana kommt, wird man gezwungen, sein altes Ich hinter sich zu lassen. Man gewinnt Einsichten, die man nie zuvor hatte. Diese Klarheit ist zunächst erschreckend. Ich will nicht behaupten, dass es einfach ist, aber ich habe hier alles gefunden, was ich brauchte, um mein Ziel zu erreichen.«

»Sie ist hier?«, fragte Evie erneut und blickte sich um, als würde sie erwarten, ihre Mutter jeden Moment von irgendwo auftauchen zu sehen.

»Wie gesagt, sie ist noch nicht bereit, alle zu begrüßen«, sagte Emmitt, näherte sich ihr und strich ihr beruhigend von den Schultern bis zu den Ellbogen und stützte sie gleichzeitig. »Aber sie wartet auf dich.«

Evie brach in Tränen aus und warf sich ihm in die Arme. »Ich kann für nichts garantieren. Ich wollte ihr bloß die best-mögliche Chance geben.« Er fing sie auf, als ihr die Knie versagten, und sie schlang ihm fest die Arme um den Hals. »Aber wenn sie bleibt, hoffe ich, dass du dich auch dazu entschließt. Ich weiß nicht, ob ich das ohne dich aufbauen kann. Ich bin aber ganz sicher, dass du genau das besitzt, was dieser Ort braucht.«

»Was denn?«, fragte sie, ließ ihn schließlich los und benutzte die Handrücken, um sich die Tränen von den Wangen zu wischen.

»Blinde, unangebrachte, unbeirrbare, unlogische Hoffnung angesichts jeglicher Tatsachen, die dich von deinem Glauben abbringen sollten. Ich habe dich in den unmöglichsten Situationen daran festhalten sehen«, sagte er und ließ sich plötzlich auf ein Knie nieder. »Und bei den unmöglichsten Menschen.« Er lächelte und sie wussten beide, dass er damit sich selbst meinte. Er zog ein Schmuckkästchen aus der Tasche, öffnete es und nahm ihre Hand. »Evie, ich habe keine Ahnung, was der Rest meines Lebens mir bringen wird, aber um deinetwillen hege ich die Hoffnung, dass es sich lohnt, es abzuwarten. Und wenn ich Glück habe, empfindest du dasselbe. Willst du meine Frau werden?«

Wilde Aufregung brach hinter ihnen aus und Evie bedeckte sich mit der freien Hand den Mund. Sie hatte das nicht erwartet und das war sein Plan gewesen. Die ganze Angelegenheit. Sie hatte für den Rest ihres Lebens freudige Überraschungen verdient.

»Also?«, fragte Harlan, während Evie noch versuchte, sich zu fassen. »Lass uns nicht so lange hängen. Wirst du ihn heiraten?«

Evie nickte bloß heftig und streckte ihm die Hand hin, damit er ihr den Ring an den Finger stecken konnte. »Ja«, keuchte sie.

Emmitt stand auf, hob sie hoch und wirbelte sie im Kreis herum, bis sie ihn atemlos vor Lachen bat, sie wieder auf die Füße zu stellen.

»Können wir wirklich hier draußen leben?«, fragte sie ihn mit einer kleinen Sorgenfalte auf der Stirn.

»Wir haben alles, was wir brauchen«, versprach ihr Emmitt. »Solange wir nur zusammen sind.«

»Und solange wir Kaffee haben«, fügte Jessica hinzu. »Solange wir alle zusammen sind und es Kaffee gibt.«

Alle umringten sie, um zu gratulieren und abwechselnd den Ring zu bewundern. Dann wurden Champagnergläser verteilt, alle prosteten sich zu und umarmten sich.

Mathew erhob sein Glas zu einem Toast. »Auf die Hoffnung«, sagte er und klopfte seinem Bruder mit der freien Hand auf die Schulter.

»Du musst dir eine bessere Rede ausdenken, wenn du mein Trauzeuge werden willst«, scherzte Emmitt und Mathew nahm sein Angebot mit einem Kopfnicken an, denn ihm fielen die perfekten Worte noch nicht ein.

»Auf die Hoffnung«, sagten alle im Chor und erhoben die Gläser.

»Und nun lasst uns diesen Ort erforschen«, sagte Emmitt ganz aufgeregt. Seine zukünftige Frau war an seiner Seite, die Familie war um ihn versammelt. »Ich habe für euch alle eine Aufgabe. Es gibt eine ganze Menge Arbeit zu erledigen.«

Evie hatte die Tränen getrocknet, ihren Champagner getrunken und kicherte jetzt. »Seht euch vor, euer neuer Boss kann ein ganz schön harter Bursche sein.«

»Nein«, lachte Emmitt, »nicht euer Boss.« Er schüttelte den Kopf, als wäre das eine ganz verrückte Idee gewesen. »Ihr könnt mich euren erlauchten Leiter in allen Lebensfragen nennen.«

Sie folgten ihm durch den Hof in die weite Ebene, die vor ihnen lag. Dies war ein neuer Anfang. Ein neuer Tag. Und Emmitt glaubte endlich wieder, dass sein Leben lebenswert war. Jetzt war es an der Zeit, diesen Glauben an jeden weiterzugeben, der ihm hierhin zu folgen bereit war. Mit Evie an seiner Seite konnte er alles erreichen.

Er flüsterte ihr zu: »Ich habe immer recht. Ich habe dir ja gesagt, wenn je die Möglichkeit bestünde, dass ich ein guter Mensch werde, wäre es mit dir.«

»Du warst immer schon ein guter Mensch, Emmitt. Und ich habe dir gesagt, ich würde daran glauben, bis du selbst daran glauben würdest. Du lernst zwar langsam, aber ich bin froh, dass du es endlich geschafft hast.« Sie stellte sich auf die Zehenspitzen und küsste ihn, und diesmal brauchte er sich keine Sorgen zu machen wie zuvor, dass dies ihr letzter Kuss sein würde. Diesmal hegte er keinen Zweifel mehr, dass er den Rest seines Lebens damit verbringen würde, sie zu küssen.

### ~Ende~

Herzen, treu und ehrlich (Buch 4)

Kontakt
Besuchen Sie Danielle im Netz!
Webseite: AuthorDanielleStewart.com
E-Mail: AuthorDanielleStewart@Gmail.com
Facebook: Author Danielle Stewart
Twitter: @DStewartAuthor

*Die Welt der Barrington-Milliardäre:*
Ungezügelte Leidenschaft (Buch 1)
Glühend heiße Blicke (Buch 2)
Nächte, wild und unvergessen (Buch 3)
Herzen, treu und ehrlich (Buch 4)
Ungezähmte Hingabe (Buch 5)

**Und auch die folgenden Bücher von Danielle Stewart
werden in Kürze auf Deutsch erhältlich sein:**

*Aus der Reihe »Die Welt der Barrington-Milliardäre«*
Stormy Attraction (Buch 6)
Foolish Temptations (Buch 7)
Surprising Destiny (Buch 8)
Lovely Dreams (Buch 9)
Perfect Homecoming (Buch 10)